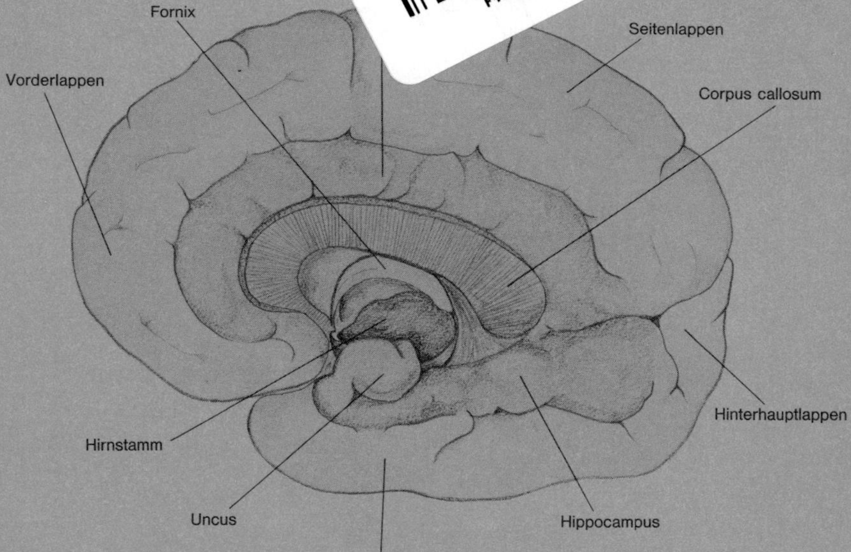

Gehirn (Schnitt)

Michael Crichton · Endstation

Michael Crichton

ENDSTATION

Roman

Droemer
Knaur

1. bis 25. Tausend
Eine gekürzte Ausgabe dieses Romans
erschien ursprünglich im »Playboy«

Die Originalausgabe THE TERMINAL MAN
erschien bei Alfred A. Knopf, New York

Ins Deutsche übertragen von Norbert Wölfl
Gesamtherstellung Graphische Betriebe
May & Co Nachf., Darmstadt
Printed in Germany
ISBN 3-85886-020-4

Inhaltsverzeichnis

Für Kurt

Ich bin zu dem Schluß gelangt, daß alle Versuche, meine Handlungen möglichst genau zu begründen, größtenteils der Einbildung entspringen. Ich weiß nicht, warum ich etwas tue.

J. B. S. HALDANE

Die Wildnis wird schließlich den Kolonisten bezwingen.

FREDERICK JACKSON TURNER

Einleitung

Wer sich von diesem Buch schockiert oder beängstigt fühlt, soll sich doch nicht selbst täuschen – nichts davon war unbekannt. Das medizinische Studium des Gehirns wird seit einem Jahrhundert betrieben; die Technik, unsere Verhaltensweisen zu beeinflussen, entwickelt sich seit über fünfzig Jahren. Jahrzehntelang also sind diese Probleme aktuell; jeder konnte sich informieren, konnte diskutieren, sich dafür oder dagegen aussprechen.

Es gab genügend Veröffentlichungen. Die neuro-biologischen Erkenntnisse waren so spektakulär, daß selbst die Sonntagsbeilagen der Tageszeitungen davon berichteten. Aber die Öffentlichkeit hat eben diese Dinge nie richtig ernst genommen. Viele Jahre lang hat es so viel mysteriöses Gerede gegeben, kursierten so viel übertriebene Spekulationen, daß die Öffentlichkeit schließlich heute noch meint, die »Gedankenkontrolle« sei ein Problem der fernen Zukunft: Irgendwann kann es schon einmal soweit kommen, aber heute ist es nicht aktuell und auch in einem Zeitraum nicht, der die heute lebenden Menschen noch berühren könnte.

Die Experten der Fachbereiche haben die öffentliche Diskussion gesucht. James V. McConnell von der Universität Michigan sagte seinen Studenten schon vor Jahren: »Überzeugt euch von unseren Möglichkeiten. Wir sind in der Lage, jedes Verhalten zu kontrollieren. Wer soll jetzt darüber entscheiden, was künftig zu geschehen hat? Wenn ihr mir nicht bald sagt, wie ich vorgehen soll, werde ich die Entscheidung für euch treffen. Dann ist es für euch zu spät.«

Eine viel zu große Zahl von Menschen hat heute den Eindruck, in einer Welt zu leben, in der alles vorbestimmt ist und seinen festgelegten Verlauf nimmt. Aber Entscheidungen der Vergangenheit haben uns die Umweltverschmutzung, Entpersönlichung und Großstadtprobleme gebracht; andere trafen die Entscheidungen für uns, und wir müssen die Folgen tragen.

Diese passive Haltung ist eine ebenso unreife wie gefährliche Ablehnung jeglicher Verantwortung; als das sollte sie jeder erkennen. In diesem Sinne soll die folgende Zeittafel vorgestellt werden:

Geschichte der Therapie psychomotorischer Epilepsie

1864 Morel, Fairet und andere französische Neurologen beschreiben einige Elemente der psychomotorischen Epilepsie.

1888 Hughlings Jackson (Großbritannien) formuliert die klassische Beschreibung der psychomotorischen Epilepsie und ihrer Vorstufen.

1898 Jackson und Colman (Großbritannien) lokalisieren die Krankheit – ihr Sitz ist der Schläfenlappen des Gehirns.

1908 Horsley und Clark (Großbritannien) beschreiben stereotaktische Operationsmethoden für Tiere.

1941 Jasper und Kershman (USA und Kanada) weisen nach, daß für Patienten mit psychomotorischer Epilepsie ein anomales Enzephalogramm des Schläfenlappens charakteristisch ist.

1947 Spiegel und seine Mitarbeiter (USA) berichten von der ersten an einem Menschen vorgenommenen stereotaktischen Operation.

1950 Penfield und Flanagan (Kanada) führen mit gutem Erfolg bei psychomotorischer Epilepsie ablative Operationen durch (operative Entfernung von Hirnpartien).

1958 Talairach und seine Mitarbeiter (Frankreich) beginnen mit der stereotaktischen Implantation bleibend eingepflanzter Elektroden.

1963 Heath und seine Mitarbeiter (USA) erlauben ihren Patienten, sich nach Belieben über implantierte Elektroden zu stimulieren.

1965 Narabayashi (Japan) berichtet über stereotaktische Eingriffe bei 98 gewalttätigen Patienten.

1965 Bis zu diesem Zeitpunkt sind bereits über 24 000 stereotaktische Behandlungen an Menschen vorgenommen worden.

1968 Delgado und seine Mitarbeiter (USA) versehen ambulante Krankenhauspatienten, die unter psychomotorischer Epilepsie leiden, mit sogenannten »Stimoceivern«, das sind Funk-Impulsgeber kombiniert mit einem Empfänger (stimolator plus receiver).

1969 In Alamogordo (Neu-Mexiko) wird ein Schimpanse über Funk mit einem programmierten Computer verbunden, der seine Hirnstimulationen steuert.

1971 In Los Angeles wird der Patient Harold Benson operiert.

M. C.

Los Angeles
23. Oktober 1971

Erklärung wichtiger medizinischer Fachbegriffe

ABLATIVE OPERATION Chirurgischer Eingriff mit Entfernung eines Organs, Organteils oder eines Körperteils.

AURA Ungewöhnliche, einem epileptischen Anfall vorausgehende Geruchs- oder Geschmacksempfindungen.

DURA Harte Hirnhaut.

EEG *(Elektroenzephalogramm)* Methode, die bioelektrischen Erscheinungen am lebenden Gehirn abzunehmen und als Kurvenbild darzustellen.

ENZEPHALITIS Gehirnhautentzündung.

IMPLANTATION Einpflanzung von fremdem organischem oder nichtorganischem Material in den Körper.

LIMBISCHES SYSTEM Entwicklungsgeschichtlich sehr alter Hirnanteil, der die mit Affekt und Gefühl verbundenen, unbewußt verlaufenden Körperfunktionen bewirkt.

POST MORTEM Nach Eintritt des Todes.

PSYCHOTISCH Zentral bedingte Störung der seelischen Funktion, die über den Gesunden schicksalhaft hereinbricht und die Struktur des gesamten Erlebens wandelt.

SEDATIVA Beruhigungsmittel.

STEREOTAKTISCHE OPERATION Mit Hilfe von raumorientierenden Zielgeräten durchgeführte Zerstörung genau umschriebener Hirngebiete, auch Kontrollverfahren zur Einführung von Reiz- oder Ableitelektroden in genau bezeichnete Hirnregionen.

STIMULATION Hier die punktuelle Reizung von Nervenzellen im Gehirn.

SYNDROM Eine Gruppe von Krankheitszeichen in typischer Kombination.

VENTRIKEL Hirnkammern.

Dienstag, 9. März 1971

Aufnahme

1

Sie kamen mittags herunter in die Notaufnahme und setzten sich auf die Bank gleich hinter der Pendeltür, die von der Parkbucht der Ambulanz hereinführte. Ellis war nervös und mit seinen eigenen Gedanken beschäftigt. Morris aß gelassen ein Stück Schokolade und schob das zusammengeknüllte Einwickelpapier in die Tasche.
Von ihrem Platz aus konnten sie sehen, wie die Sonne draußen grell auf das große Schild NOTAUFNAHME – UNFALLSTATION fiel. Darunter hing ein kleineres Schild NUR FÜR KRANKENWAGEN – PARKEN VERBOTEN! In der Ferne hörten sie Sirenen.
»Ist er das?« fragte Morris.
Ellis sah auf die Uhr. »Kaum, es ist noch zu früh.«
Sie blieben sitzen und hörten, wie die Sirenen näher kamen. Ellis nahm die Brille ab und wischte mit seinem Schlips darüber. Eine Krankenschwester, die Morris nicht mit Namen kannte, trat näher und fragte gutgelaunt: »Na, das Empfangskomitee?«
Ellis blinzelte sie an. Morris antwortete: »Wir nehmen ihn gleich mit. Haben Sie seine Karte hier?«
»Ich denke schon, Doktor«, sagte die Schwester und ging ein wenig verärgert weg.
Ellis seufzte. Er setzte die Brille wieder auf und sah der Schwester stirnrunzelnd nach.
»Sie hat's nicht so gemeint«, sagte Morris.
»Ich fürchte, das ganze verdammte Krankenhaus weiß schon Bescheid«, bemerkte Ellis.

»Wie soll man so etwas auch geheimhalten?«
Das Sirenengeheul war ganz nahe gekommen. Durch die Fenster sahen sie einen Krankenwagen in die Parkbucht einfahren. Zwei Pfleger öffneten die Tür und zogen eine Trage heraus. Darauf lag eine zierliche, alte Dame, die keuchend nach Atem rang und dabei ein feuchtes Gurgeln hören ließ. Schweres Lungenödem, dachte Morris und sah ihr nach.
»Hoffentlich ist er in guter Verfassung«, sagte Ellis.
»Wer?«
»Benson.«
»Warum sollte er nicht?«
»Sie haben ihn vielleicht hart angefaßt.« Ellis sah trübsinnig aus dem Fenster. Er hat eine miserable Laune, dachte Morris. So war es bei Ellis immer, wenn er sich aufregte. Er hatte schon so oft mit Ellis zusammengearbeitet, daß er ihn genau kannte. Unter dem Druck des Wartens trat seine Reizbarkeit zutage, aber wenn die Operation dann begann, strahlte er eine vollkommene, fast schon schläfrige Ruhe aus.
»Wo zum Teufel bleibt er nur?« fragte Ellis mit einem Blick auf die Uhr.
Morris wechselte das Thema. »Ist alles klar für halb vier?« Nachmittags um 15 Uhr 30 sollte Benson bei einer neurochirurgischen Sondervisite den Ärzten vorgestellt werden.
»Soviel ich weiß, schon«, antwortete Ellis. »Ross übernimmt den Vortrag. Ich hoffe nur, daß Benson in guter Verfassung ist.«
Eine sanfte Stimme drang aus dem Lautsprecher. »Doktor Ellis, Doktor John Ellis zwo-zwo-drei-vier! Doktor Ellis zwo-zwo-drei-vier!«

»Teufel«, murmelte Ellis und stand auf.
Morris wußte, was er damit meinte. Zwo-zwo-drei-vier war die Nummer des Labors für Tierversuche. Der Anruf bedeutete wahrscheinlich, daß bei den Affen etwas schiefgelaufen war. Ellis behandelte seit einem Monat jede Woche drei Affen, um sich und seinen Stab in Form zu halten.
Ellis ging hinüber zur Wand und hob dort einen Telefonhörer ab. Sein leichtes Hinken war die Folge einer Verletzung aus der Kindheit – bei einem Unfall hatte er sich im rechten Bein den seitlichen Wadenbeinnerv durchtrennt. Morris fragte sich oft, ob diese Verletzung bei Ellis nicht mit ausschlaggebend war für den Entschluß, Neurochirurg zu werden. Ellis legte oft eine verbissene Entschlossenheit an den Tag, Defekte zu korrigieren und Dinge in Ordnung zu bringen. Das sagte er auch oft zu seinen Patienten: »Wir bringen Sie schon wieder in Ordnung.« Dabei wies er selbst eine ganze Reihe von Defekten auf: Er hinkte, er hatte vorzeitig eine Glatze, seine Augen waren schwach, und er mußte eine dicke Brille tragen. Er wirkte dadurch so verletzlich, daß man ihm seine Reizbarkeit verzieh.
Vielleicht war diese Reizbarkeit aber auch auf die jahrelange Arbeit als Chirurg zurückzuführen. Morris konnte das nicht beurteilen, denn dafür war er selbst noch nicht lange genug Chirurg. Er sah aus dem Fenster, hinaus auf den sonnenbeschienenen Parkplatz. Die Besuchszeit am Nachmittag begann gerade. Verwandte trafen ein, stiegen auf dem Parkplatz aus, warfen einen Blick hinauf zu den hohen Fensterfronten des Krankenhauses. Ihren Gesichtern war die Beklommenheit deutlich anzumerken. Ein Krankenhaus verbreitet Furcht.

Morris bemerkte, wie viele von diesen Leuten schon braungebrannt waren. Der Frühling in Los Angeles war warm und sonnig, doch er war immer noch so blaß wie der weiße Anzug, den er Tag für Tag trug. Ich muß öfter an die frische Luft, sagte er sich. Vielleicht sollte ich mir mittags mein Essen mit ins Freie nehmen. Natürlich spielte er Tennis, aber oft erst spät am Abend.
Ellis kam zurück. »Scheiße«, sagte er. »Ethel hat sich den Faden herausgezogen.«
»Wie ist denn das passiert?« Ethel war ein junger Rhesusaffe, an dem tags zuvor eine Gehirnoperation vorgenommen worden war. Die Operation war einwandfrei verlaufen. Und Ethel war für einen Rhesusaffen ungewöhnlich still und gelehrig.
»Weiß ich nicht«, antwortete Ellis. »Anscheinend hat sie einen Arm freibekommen. Jetzt schreit sie, und seitlich ist der Knochen freigelegt.«
»Hat sie sich die Drähte herausgerissen?«
»Das weiß ich nicht. Aber ich muß hinunter und eine frische Naht legen. Können Sie das hier übernehmen?«
»Ich denke schon.«
»Kommen Sie mit der Polizei zurecht?« fragte Ellis. »Ich glaube nicht, daß man Ihnen Schwierigkeiten machen wird.«
»Das glaube ich auch nicht.«
»Bringen Sie nur Benson so schnell wie möglich hinauf nach Sieben«, sagte Ellis. »Dann rufen Sie Ross an. Ich komme nach, sobald ich kann.« Er sah wieder auf die Uhr. »Wenn sich Ethel anständig benimmt, wird das Nähen ungefähr vierzig Minuten dauern.«
»Viel Glück«, sagte Morris lächelnd.
Ellis machte ein mürrisches Gesicht und ging.

Dann kam die Krankenschwester aus der Notaufnahme zurück. Sie fragte: »Was ist denn mit ihm los?«
»Er ist nur nervös«, sagte Morris.
»Ja, das merkt man«, murmelte die Schwester. Sie zögerte und sah aus dem Fenster.
Morris beobachtete sie ebenso verständnisvoll wie amüsiert. Er war schon lange im Krankenhaus und hatte einen Blick für die subtilen Statussymbole. Er hatte als junger Krankenhausarzt ohne jeglichen Status begonnen. Die meisten Schwestern verstanden mehr von der klinischen Praxis als er, und wenn sie müde waren, gaben sie sich keine Mühe, es vor ihm zu verbergen. Im Laufe der Jahre wurde er Oberarzt in der chirurgischen Abteilung und spürte alsbald, daß ihm die Schwestern mit mehr Hochachtung begegneten. Als er dann zum Chefarzt avancierte, sah man seine Stellung so, daß ihn nur noch wenige der Schwestern beim Vornamen nannten. Schließlich wurde er in den Stab der Neuropsychiatrischen Forschungsabteilung versetzt, und man brachte ihm seitdem eine gewisse formelle Höflichkeit entgegen. Aber das hier war noch etwas anderes. Eine Krankenschwester hielt sich einfach deshalb in seiner Nähe auf, weil er eine besondere Wichtigkeit ausstrahlte. Alle im Krankenhaus wußten, was bevorstand.
Die Schwester blickte immer noch zum Fenster hinaus.
»Da kommt er«, sagte sie.
Morris stand auf. Ein blauer Polizeiwagen rollte auf die Notaufnahme zu, wendete und wurde rückwärts zum Eingang gefahren.
»Gut«, sagte er, »verständigen Sie den siebenten Stock und sagen Sie Bescheid, daß wir kommen.«
»In Ordnung, Doktor.«

Die Krankenschwester ging. Zwei Pfleger öffneten die Pendeltür. Sie wußten nichts von Benson. Einer fragte Morris: »Erwarten Sie diese Einlieferung?«
»Ja.«
»Notaufnahme?«
»Nein, normale Überweisung.«
Die beiden Pfleger nickten und traten beiseite. Der Polizeibeamte, der den Transportwagen gefahren hatte, stieg aus und öffnete die hintere Tür. Dort saßen zwei weitere Beamte, die vom plötzlichen Sonnenlicht geblendet wurden und blinzelten. Dann kam Benson zum Vorschein.
Morris war wieder einmal von seinem Äußeren betroffen. Benson war ein sanfter, rundlicher Mann von vierunddreißig Jahren, der stets einen etwas verwirrten Eindruck machte. Er blieb neben dem Wagen stehen, die Arme mit Handschellen aneinandergefesselt, und sah sich um. Als er Morris erblickte, sagte er: »Hallo.« Dann wandte er verlegen den Blick ab.
»Sind Sie verantwortlich?« fragte einer der Beamten.
»Ja, ich bin Doktor Morris.«
Der Beamte machte eine Bewegung mit dem Daumen. »Dann gehen Sie voraus, Doktor.«
»Würden Sie ihm bitte die Handschellen abnehmen.«
Benson warf Morris einen Blick zu, dann sah er auf seine Hände herab.
»Wir haben diesbezüglich keine Anweisungen bekommen.« Die beiden Polizeibeamten tauschten einen raschen Blick. »Aber es ist wohl nichts dagegen einzuwenden.«
Während sie ihm die Handschellen abnahmen, hielt der Fahrer dem Arzt eine Tafel mit einem Formular hin.

»Überweisung eines Verdächtigen in ärztliche Behandlung.« Morris unterschrieb.
»Hier noch einmal«, sagte der Fahrer.
Morris leistete die zweite Unterschrift, dann sah er Benson an. Er stand ruhig da, rieb sich die Handgelenke und sah geradeaus. Die Sache mit Formular und Unterschrift spielte sich so nüchtern und unpersönlich ab wie bei der Auslieferung eines Einschreibepäckchens. Ob Benson sich vielleicht selbst wie ein Paket vorkommt?, überlegte Morris.
»Alles klar«, sagte der Fahrer. »Danke, Doktor.«
Morris führte die beiden Polizeibeamten und Benson ins Krankenhaus. Die Pfleger schlossen die Türen. Eine Schwester brachte einen Rollstuhl herbei. Benson setzte sich. Die beiden Beamten wirkten befremdet.
»Das ist bei uns im Krankenhaus immer so«, erklärte Morris.
Sie gingen gemeinsam zu den Lifts.

In der Halle wartete ein halbes Dutzend Besucher bei den Lifts, aber sie zögerten, als sie Morris, Benson im Rollstuhl und die beiden Uniformierten sahen. »Bitte nehmen Sie die nächste Kabine«, sagte Morris zu ihnen. Die Tür glitt zu. Die Kabine schwebte nach oben.
»Wo ist Doktor Ellis?« fragte Benson. »Er wollte eigentlich hier sein.«
»Er ist drüben im OP, aber er kommt gleich.«
»Und Doktor Ross?«
»Frau Doktor Ross kommt nachher zur Vorstellung.«
»Ach so.« Benson lächelte. »Die Vorstellung.«
Die Beamten wechselten einen mißtrauischen Blick, sagten aber nichts. Im siebenten Stock stiegen alle aus.

Im siebenten Stock lag die Sonderchirurgie, in der schwierige Fälle behandelt wurden. Eigentlich war es mehr eine Forschungsabteilung. Hier wurden die schwersten Fälle von Herz-, Nieren- und Kreislaufkranken behandelt. Sie gingen erst in das Stationszimmer, einen mit Glas abgetrennten Raum im Mittelpunkt der X-förmigen Anlage.

Die Schwester vom Dienst hob den Kopf. Der Anblick der beiden Uniformierten überraschte sie, aber sie machte keine Bemerkung darüber.

Morris sagte: »Das ist Mister Benson. Haben wir Siebenhundertzehn fertig?«

»Alles vorbereitet«, sagte die Schwester und lächelte Benson aufmunternd an. Benson antwortete mit einem unsicheren Lächeln und sah dann hinüber zu dem Computerpult in der Ecke des Dienstraumes.

»Sie haben hier oben auch einen Anschluß?«

»Ja«, sagte Morris.

»Und wo ist der Hauptcomputer?«

»Im Keller.«

»Hier in diesem Gebäude?«

»Ja. Er braucht eine Menge Strom, und die Anschlüsse führen direkt in dieses Gebäude.«

Benson nickte. Morris konnten diese Fragen nicht überraschen. Benson war bemüht, sich von den Gedanken an die Operation abzulenken, und schließlich war er ja Computerfachmann.

Die Schwester überreichte Morris die Krankenkarte. Sie steckte in der üblichen blauen Plastikhülle mit dem Siegel des Universitätskrankenhauses. Aber diese Mappe hatte drei Anhänger: einen roten, der Neurochirurgie bedeutete, einen gelben für Intensivstation, und einen weißen, den Morris an einer Krankenkarte fast noch nie gesehen hatte. Dieser weiße Anhänger bedeutete Sicherheitsvorkehrungen.

»Ist das meine Krankengeschichte?« fragte Benson, während Morris ihn den Flur entlang zum Zimmer 710 schob. Die beiden Polizeibeamten folgten ihnen.

»Ja.«

»Ich wollte schon immer gern wissen, was drinsteht.«

»Hauptsächlich unleserliche Symbole.« In Wirklichkeit war Bensons Krankengeschichte umfangreich und durchaus lesbar. Sie enthielt die Computerergebnisse der verschiedenen Tests.

Sie erreichten die Tür mit der Nummer 710. Bevor sie eintraten, ging ein Polizeibeamter hinein. Der zweite blieb an der Tür stehen. »Nur zur Sicherheit«, sagte er.

Benson sah zu Morris auf. »Die Leute sind sehr vorsichtig«, sagte er. »Das ist fast schmeichelhaft.«

Der Beamte kam wieder heraus. »Alles in Ordnung«, meldete er.

Morris schob Benson hinein. Es war ein großes Zimmer an der Südseite des Krankenhauses, und die Nachmittagssonne schien herein. Benson sah sich um und nickte anerkennend. »Eines der schönsten Zimmer im ganzen Krankenhaus«, sagte Morris.

»Darf ich jetzt aufstehen?«

»Selbstverständlich.«

Benson erhob sich aus dem Rollstuhl und setzte sich auf das Bett. Er probierte die Matratze aus. Dann drückte er auf die Knöpfe, die das Bett hoben und senkten, bückte sich und betrachtete den Mechanismus unter dem Bett. Morris zog inzwischen die Vorhänge zu, um das grelle Licht etwas zu dämpfen.

»Ganz simpel«, sagte Benson.

»Was?«

»Der Mechanismus hier. Bemerkenswert simpel. Sie sollten einen Rückkopplungsmechanismus einbauen, damit die Körperbewegungen des Patienten automatisch ausgeglichen werden.«

Er ging hin und her, öffnete Schranktüren, warf einen Blick ins Bad und kam wieder zurück. Er verhält sich gar nicht wie ein gewöhnlicher Patient, dachte Morris. Die meisten Patienten wirkten im Krankenhaus eingeschüchtert, aber Benson benahm sich so, als hätte er ein Hotelzimmer gemietet.

»Ich nehme das Zimmer«, sagte Benson und lachte. Er setzte sich wieder aufs Bett und sah erst Morris, dann die Polizeibeamten an. »Müssen die beiden hierbleiben?«

»Ich denke, sie können draußen warten«, sagte Morris. Die beiden Beamten nickten, verließen das Zimmer und schlossen die Tür hinter sich.

»Ich meine nur – brauchen wir sie überhaupt?« fragte Benson.

»Ja.«

»Immer?«

»Ja. Es sei denn, die Anklage gegen Sie wird fallengelassen.«

Benson runzelte die Stirn. »War es ... ich meine, habe ich ... War's sehr schlimm?«

»Sie haben ihm das Auge blau geschlagen und eine Rippe gebrochen.«

»Er ist doch wieder in Ordnung?«

»Ja.«

»Ich erinnere mich an nichts mehr«, erklärte Benson. »Der ganze Speicher ist gelöscht.«

»Ich weiß.«
»Aber ich bin froh, daß es ihm wieder gut geht.«
Morris nickte. »Haben Sie etwas mitgebracht? Einen Pyjama vielleicht?«
»Nein«, antwortete Benson. »Aber ich kann mir meine Sachen schicken lassen.«
»Gut. Bis dahin besorge ich Ihnen Krankenhauskleidung. Ist vorläufig alles in Ordnung?«
»Natürlich.« Er verzog das Gesicht. »Ein Schlückchen könnte vielleicht nicht schaden.«
Morris grinste zurück. »Das werden Sie sich abgewöhnen müssen.«
Benson seufzte.
Morris verließ das Zimmer.

Die Polizisten hatten sich einen Stuhl mitgebracht. Einer saß darauf, der andere stand daneben. Morris klappte sein Notizbuch auf.
»Sie wollen sicher wissen, wie's weitergeht«, sagte er. »Innerhalb der nächsten halben Stunde kommt jemand aus der Verwaltung, weil Benson die Kostenübernahmeerklärung unterschreiben muß. Um halb vier wird er dann hinunter in den Vorlesungssaal zur chirurgischen Visite gebracht. Nach etwa zwanzig Minuten kommt er zurück. Heute abend wird sein Kopf rasiert. Die Operation ist für morgen früh sechs Uhr festgesetzt. Haben Sie noch Fragen?«
»Kann uns jemand etwas zu essen besorgen?« fragte einer von ihnen.
»Ich werde der Stationsschwester Bescheid sagen. Zwei Personen oder nur eine?«
»Eine. Wir wechseln uns alle acht Stunden ab.«

»Ich sage Bescheid«, versprach Morris. »Sie sollten sich bei der diensthabenden Schwester an- und abmelden. Sie weiß immer gern, wer sich in ihrer Etage aufhält.«
Die beiden nickten. Nach kurzem Schweigen fragte einer von ihnen: »Was fehlt ihm denn überhaupt?«
»Er leidet unter einer Art Epilepsie.«
»Ich habe den Mann gesehen, den er zusammengeschlagen hat. Ein Kleiderschrank von einem Kerl. Ich hätte nie geglaubt, daß so einer ihn schafft.« Er machte eine Kopfbewegung zur Zimmertür hin.
»Wenn er einen epileptischen Anfall hat, wird er gewalttätig.«
Die beiden nickten. »Und jetzt wird er operiert?«
»Ja. Es handelt sich um eine Gehirnoperation, die wir ›Stufe drei‹ nennen«, sagte Morris. Weitere Erklärungen sparte er sich. Die Polizisten hätten ihn doch nicht verstanden. Und wenn ihn jemand verstanden hätte, dachte er, so würde er ihm vermutlich nicht glauben.

2

Die große neurochirurgische Visite, bei der ungewöhnliche Fälle vorgestellt und von allen Ärzten des Krankenhauses besprochen wurden, fand üblicherweise am Donnerstag um neun statt. Sondervisiten wurden nur selten einberufen. Es war technisch zu schwierig, alle Ärzte zusammenzubekommen. Aber jetzt saßen sie dicht gedrängt in den Zuschauerreihen; weiße Jacken und bleiche Gesichter sahen auf Ellis herab. Er schob sich die Brille auf dem Nasenrücken hoch und sagte: »Viele von Ihnen werden schon wissen, daß die Neuropsychiatrische Forschungsstation morgen früh erstmalig an einem Menschen einen Eingriff vornehmen wird, den wir ›Stufe drei‹ nennen.«

Die Zuhörer verharrten schweigend und regungslos. Janet Ross stand nahe der Tür und fand diesen Mangel an Reaktion recht seltsam. Dennoch war diese Haltung nicht überraschend. Jeder im Krankenhaus wußte, daß die Neuropsychiatrie für diesen Eingriff nur auf den geeigneten Patienten gewartet hatte.

Ellis fuhr fort: »Ich muß Sie bitten, sich mit Fragen zurückzuhalten, wenn nachher der Patient vorgestellt wird. Er ist ein sehr sensibler Mann und leidet unter einer schweren Störung. Bevor wir ihn hereinbringen, möchten wir seinen psychiatrischen Werdegang darstellen. Die behandelnde Psychiaterin, Frau Doktor Ross, wird Ihnen eine zusammenfassende Darstellung geben.« Ellis nickte ihr zu. Sie trat in die Mitte des Raumes.

Als sie in das steile Halbrund hinaufsah zu den Reihen von Gesichtern, fühlte sie eine momentane Beklemmung. Janet Ross war eine große, schlanke, dunkelblonde Schönheit. Selbst kam sie sich manchmal zu dick und knochig vor und wünschte sich, weicher, weiblicher zu sein. Aber sie wußte auch, daß sie eine auffallende Erscheinung war, und hatte mit ihren dreißig Jahren nach zehnjähriger Arbeit in einem von Männern beherrschten Beruf gelernt, ihr Äußeres wirksam einzusetzen.
Sie verschränkte die Hände hinter dem Rücken, holte tief Luft und gab ihre Zusammenfassung rasch, knapp und präzise, wie es bei diesen Vorstellungen erwartet wurde.
»Harold Franklin Benson ist vierunddreißig Jahre alt, geschieden, Computerfachmann. Er war bis vor zwei Jahren völlig gesund. Dann wurde er auf der Santa-Monica-Autobahn in einen Verkehrsunfall verwickelt. Wie lange er danach bewußtlos lag, ist unbekannt. Er wurde über Nacht zur Beobachtung ins nächste Krankenhaus gebracht und am folgenden Tag als gesund entlassen. Sechs Monate lang ging es ihm gut, dann setzten die sogenannten ›Blackouts‹ ein.«
Immer noch wurde kein Wort gesprochen. Ausdruckslose Gesichter sahen auf sie herab.
»Diese Bewußtseinstrübungen dauerten mehrere Minuten und wiederholten sich etwa alle Monate. Sie wurden häufig eingeleitet durch eigenartige und unangenehme Geruchsempfindungen. Oft kam es zu diesen ›Blackouts‹ nach Alkoholgenuß. Der Patient konsultierte seinen Arzt, der Überarbeitung feststellte und empfahl, den Alkoholgenuß zu mindern. Benson richtete sich danach, aber die Bewußtseinstrübungen wiederholten sich.
Im vorigen Jahr – also ein Jahr nach dem Unfall – be-

merkte er, daß die Bewußtseinsstörungen sich häuften und auch länger andauerten. Oft fand er sich in einer unbekannten Umgebung wieder. In mehreren Fällen hatte er Platzwunden und Beulen, seine Kleidung war zerrissen, was auf Handgreiflichkeiten hinwies. Er konnte sich jedoch nie daran erinnern, was während der Bewußtseinsstörung vorgefallen war.«

Einige Zuhörer nickten. Sie begriffen, was ihnen da vorgestellt wurde: Die typische Krankengeschichte einer Seitenlappenepilepsie. Aber das Entscheidende mußte noch kommen.

Sie fuhr fort: »Freunde erklärten dem Patienten, er benehme sich anders, aber er gab nichts auf ihre Meinung. Mit der Zeit verlor er den Kontakt zu den meisten seiner Freunde. Etwa um dieselbe Zeit – also vor einem Jahr – machte er bei seiner Arbeit eine Entdeckung, die er als monumental bezeichnet. Benson ist Computerfachmann und Spezialist auf dem Gebiet künstlicher Lebensäußerungen oder maschineller Intelligenz. Im Verlauf seiner Arbeit will er entdeckt haben, daß Maschinen mit dem Menschen in Wettbewerb treten und letztlich die Herrschaft über die Welt übernehmen werden.«

Jetzt wurde unter den Zuhörern geflüstert. Das interessierte ganz besonders die Psychiater. Sie sah in der obersten Reihe ihren alten Lehrer Manon, der seinen Kopf in beide Hände stützte. Manon wußte Bescheid.

»Benson teilte seinen noch verbliebenen Freunden diese Entdeckung vertraulich mit. Sie ärgerten ihn mit dem guten Rat, einen Psychiater aufzusuchen. Im letzten Jahr wurde er immer sicherer in der Erkenntnis, daß die Maschinen sich zu einer Machtübernahme verschworen haben.

Nun wurde der Patient vor sechs Monaten von der Polizei unter dem Verdacht verhaftet, einen Flugzeugmechaniker niedergeschlagen zu haben. In Ermangelung einer einwandfreien Identifikation wurde die Anklage fallengelassen. Diese Episode erschütterte Benson jedoch und veranlaßte ihn schließlich, sich doch in psychiatrische Behandlung zu begeben. In ihm war der vage Verdacht entstanden, vielleicht wirklich der Mann gewesen zu sein, der den Mechaniker blutig geschlagen hatte. Zwar schien ihm die Sache undenkbar, aber der quälende Verdacht blieb.

Er wurde vor vier Monaten, also im November 1970, in die Neuropsychiatrische Forschungsabteilung des Universitätskrankenhauses eingeliefert. Aufgrund seiner Krankengeschichte – Kopfverletzung, periodisch auftretende Gewalttätigkeit mit vorhergehenden eigentümlichen Geruchsempfindungen – vermutete man bei ihm psychomotorische Epilepsie. Wie Sie wissen, nimmt unsere Abteilung nur Patienten mit organisch bedingten behandlungsfähigen Verhaltensstörungen auf.

Eine neurologische Untersuchung erbrachte ein ganz normales Ergebnis. Auch das Elektroenzephalogramm war völlig normal. Der Kurvenverlauf der Gehirnaktivität ließ keine pathologischen Veränderungen erkennen. Die Ableitungen wurden nach Alkoholgenuß wiederholt, worauf anomale Kurvenverläufe sichtbar wurden. Das EEG zeigte Krampftätigkeit im rechten Schläfenlappen des Hirns. Damit stand die Diagnose der psychomotorischen Epilepsie im ersten Stadium fest.«

Sie holte Luft und ließ den Zuhörern ein wenig Zeit, das bisher Gesagte zu verdauen.

Dann fuhr sie fort: »Der Patient ist ein intelligenter

Mensch. Seine Krankheit wurde ihm erläutert. Man teilte ihm mit, daß er durch den Verkehrsunfall eine Hirnverletzung erlitten habe, die zu einer Form der Epilepsie geführt hat, die psychische und nicht körperliche Krampfanfälle auslöst, also geistige Umnachtungen mit Gewalttätigkeiten im Gefolge. Man teilte ihm mit, diese Krankheit sei nicht ungewöhnlich und auch zu behandeln. Daraufhin wurde die medikamentöse Behandlung aufgenommen.

Vor drei Monaten wurde Benson wegen gefährlicher Körperverletzung festgenommen. Das Opfer war eine vierundzwanzigjährige Striptease-Tänzerin, die ihre Klage später zurückzog. Das Krankenhaus intervenierte zu seinen Gunsten.

Vor einem Monat wurde die experimentelle Medikation mit Morladon, p-Amino-Penzadon und Triamilin abgeschlossen. Bensons Zustand zeigte keinerlei Besserung. Das ließ auf das zweite Stadium schließen, nämlich einer drogenresistenten psychomotorischen Epilepsie. Er wurde auf eine ›Stufe-drei-Operation‹ vorbereitet. Und das ist es, worüber wir heute sprechen.«

Sie hielt einen Augenblick inne. Dann sagte sie: »Bevor ich ihn hereinhole, möchte ich noch hinzufügen, daß er gestern nachmittag einen Tankwart angefallen und übel zugerichtet hat. Die Operation ist für morgen angesetzt. Wir haben die Polizei veranlaßt, ihn uns zu treuen Händen zu übergeben. Juristisch betrachtet, steht er noch unter der Anklage der schweren Körperverletzung.«

Es war ganz still in dem Auditorium. Sie holten Benson herein.

Benson saß in einem Rollstuhl vor den Türen zum Auditorium, eingehüllt in den blau-weiß gestreiften Bademantel des Krankenhauses. Er lächelte Janet Ross entgegen. »Hallo, Frau Doktor Ross.«

»Hallo, Harry«, sie lächelte zurück. »Wie geht es Ihnen?«

Es war eine Höflichkeitsfloskel. Ihre langjährige psychiatrische Praxis ließ sie genau erkennen, wie er sich fühlte: Er war nervös und verängstigt, Schweiß perlte auf der Oberlippe, die Schultern waren eingezogen, die Hände im Schoß verkrampft.

»Mir geht's prima«, sagte er.

Hinter Benson standen Morris und ein Polizist. Sie fragte Morris: »Muß er mit hereinkommen?«

Bevor Morris antworten konnte, sagte Benson in unbeschwertem Ton: »Er begleitet mich überallhin.«

Der Polizist nickte verlegen.

»Na, gut«, sagte sie.

Sie öffnete die Türen, dann schob Morris den Rollstuhl in die Mitte des Auditoriums hinüber zu Ellis. Der drückte Benson die Hand.

»Freut mich, Sie zu sehen, Mister Benson.«

»Hallo, Doktor Ellis.«

Morris drehte ihn so herum, daß er mit dem Gesicht zu den Zuhörern saß. Janet Ross nahm an der Seite Platz und sah hinüber zu dem Polizisten, der an der Tür stehengeblieben war und sich Mühe gab, möglichst unauffällig zu wirken. Ellis stellte sich neben Benson und betrachtete mit ihm eine beleuchtete Milchglaswand, an der ein Dutzend Röntgenbilder befestigt waren. Benson schien sie als seine eigenen Schädelaufnahmen zu erkennen. Ellis bemerkte es und schaltete das Licht hinter der Glaswand aus. Die Röntgenfilme wurden schwarz.

»Wir möchten Sie darum bitten, den Ärzten einige Fragen zu beantworten«, sagte Ellis. Er zeigte auf die weißgekleideten Männer auf den halbrunden Rängen. »Sie sind doch nicht nervös, wie?«

Janet Ross machte ein finsteres Gesicht. Sie hatte schon Hunderte solcher großen Visiten mitgemacht und jedesmal die Frage gehört, ob die Patienten durch die vielen Zuschauer nervös würden. Natürlich verneinten alle Patienten.

»Klar machen sie mich nervös, sie würden jeden nervös machen.«

Janet Ross unterdrückte ein Lächeln. Eins zu Null für dich, dachte sie.

Benson fuhr fort: »Wenn Sie nun eine Maschine wären und ich würde Sie einem Haufen Computerexperten vorstellen, die herausfinden sollten, was Ihnen fehlt und wie man's wieder in Ordnung bringt, wie wäre Ihnen dann zumute?«

Ellis war sprachlos. Er fuhr sich mit beiden Händen durch das schütter werdende Haar und sah hinüber zu Janet Ross. Sie schüttelte unmerklich den Kopf. Das war der falsche Ort, um Bensons Psychopathologie zu erkunden.

»Ich wäre auch nervös«, sagte Ellis.

»Na also«, murmelte Benson. »Verstehen Sie nun?«

Ellis schluckte.

Er will ihn absichtlich reizen, dachte Doktor Ross. Schluck den Köder nicht.

Ellis fuhr fort: »Aber ich bin ja schließlich keine Maschine, nicht wahr?«

Janet zuckte zusammen.

»Das kommt auf den Standpunkt an«, sagte Benson. »Einige Ihrer Funktionen wiederholen sich und sind me-

chanisch. Von diesem Standpunkt aus sind Sie leicht zu programmieren und relativ unkompliziert, wenn Sie ...«
Doktor Ross erhob sich. »Ich glaube, wir gehen jetzt zu den Fragen über.«
Das paßte Ellis nicht, aber er schwieg. Glücklicherweise sagte auch Benson nichts. Sie sah hinauf zu ihren Zuhörern, nach einer Weile hob ziemlich weit oben jemand die Hand und fragte: »Mister Benson, könnten Sie uns einiges über die Geruchsempfindungen vor Ihren Bewußtseinsstörungen berichten?«
»Eigentlich nicht«, antwortete Benson. »Ich kann nur sagen, daß es seltsame Gerüche sind. Scheußliche Gerüche, aber verstehen Sie, man kann nicht sagen: Es riecht *wie* etwas. Ich meine damit, man kann den Geruch nicht identifizieren. Die Erinnerungsspeicher laufen leer.«
»Können Sie uns die Gerüche genauer beschreiben?«
Benson zuckte die Achseln. »Nur ungefähr. Schweinekot in Terpentin.«
Eine andere Hand hob sich. »Mister Benson, Ihre Blackouts häufen sich. Wurden sie auch zeitlich länger?«
»Ja«, sagte Benson. »Sie dauern jetzt mehrere Stunden.«
»Und wie fühlen Sie sich, wenn Sie wieder zu sich kommen?«
»Dann ist mir übel.«
»Können Sie das genauer erklären?«
»Manchmal muß ich brechen. Ist das genau genug?«
Doktor Ross war besorgt. Sie sah, daß sich Benson ärgerte. »Noch weitere Fragen?« erkundigte sie sich. Sie sah hoffnungsvoll zu den Zuhörern empor. Es entstand ein längeres Schweigen.
»Nun gut«, sagte Ellis, »dann können wir vielleicht fortfahren und die Einzelheiten des Eingriffs diskutieren.

Mister Benson weiß genau Bescheid. Er kann hierbleiben oder den Saal verlassen, wie es ihm lieber ist.«
Damit war Janet Ross nicht einverstanden. Ellis spielte sich auf und kehrte den Chirurgen heraus, der beweisen will, daß sich sein Patient freiwillig aufschneiden und verstümmeln läßt. Es war unfair, zu verlangen, daß Benson blieb. Es war auch gewagt.
»Ich bleibe«, sagte Benson.
»Gut«, sagte Ellis. Er trat an die Tafel und skizzierte schematisch ein Gehirn. »Soviel wir über den Krankheitsverlauf wissen«, sagte er, »wird ein Gehirnabschnitt bei der Epilepsie geschädigt, und es bildet sich eine Narbe. Sie ähnelt einer Narbe in anderen Körperorganen – eine Menge Bindegewebe, Zusammenziehungen und Entstellungen. Diese Narbe wird zum Zentrum für anomale elektrische Gehirnströme. Wir beobachten, daß sie sich konzentrisch von diesem Zentrum ausbreiten wie Wellen auf einem Teich, in den man einen Stein geworfen hat.«
Ellis malte einen Punkt und zeichnete ein paar konzentrische Kreise drum herum.
»Diese kreisförmigen Erregungswellen, die sich über das Gehirn ausbreiten, verursachen einen Anfall. Je nachdem, in welchem Gehirnabschnitt so ein anomales Zentrum liegt, kann es etwa starkes Körperschütteln als Folge von Muskelkrämpfen erzeugen, oder an anderer Stelle bewirken, daß dem Patienten Schaum vor dem Mund steht und so fort. In verschiedenen Hirnabschnitten können sich also extrem unterschiedliche Wirkungen ergeben. Liegt solch ein Erregungszentrum nun im Schläfenlappen des Gehirns, wie im Fall von Mister Benson, dann haben wir es mit einer sogenannten psy-

chomotorischen Epilepsie zu tun; sie verursacht psychische Krämpfe im Gegensatz zu Muskelkrämpfen. Es entstehen seltsame abwegige Gedankenverläufe, die vielfach zu Gewalttätigkeiten führen, denen eine charakteristische Aura vorhergeht, in manchen Fällen eine Geruchswahrnehmung.«

Benson hörte aufmerksam zu und nickte.

Ellis fuhr fort: »Wir wissen aus der Arbeit vieler Forscher, daß es möglich ist, einen Anfall zu unterbinden, indem man auf die richtige Gehirnpartie einen Elektroschock ausübt. Der Anfall beginnt langsam. Es dauert einige Sekunden, manchmal eine halbe Minute, ehe sich der Anfall auswirkt. Ein in diesem Augenblick einsetzender Schock wirkt dem Anfall entgegen und verhindert ihn.«

Er durchkreuzte an der Tafel seine konzentrischen Kreise. Dann zeichnete er ein neues Gehirn, skizzierte den Kopf drum herum und einen Hals. »Wir stehen hier vor zwei Problemen«, sagte er. »Erstens: Welches ist die richtige Stelle für den Elektroschock? Wir wissen ungefähr, daß sie im Bereich des Mandelkerns liegt, im Anhang des sogenannten Limbischen Systems. Mister Benson bekommt in diesen Bereich morgen früh vierzig Elektroden eingesetzt.«

Er zeichnete zwei Linien, die ins Gehirn führten.

»Unser zweites Problem besteht darin, zu erfahren, wann ein Anfall beginnt. Wir müssen ja wissen, wann wir den heilsamen Elektroschock anwenden sollen. Glücklicherweise kann man über dieselben Elektroden, die wir zur Erteilung des Schocks benutzen, auch die elektrischen Vorgänge des Gehirns ableiten. Einem jedem Anfall gehen ganz typische elektrische Veränderungen voraus.«

Ellis machte eine Pause, sah hinüber zu Benson und dann hinauf zu seinen Zuschauern.

»Wir haben es hier mit einer Rückkopplung zu tun. Wir benutzen dieselben Elektroden zur Signalisierung eines neuen Anfalls und zur Erteilung des Elektroschocks. Ein Computer wird diesen Feed-back-Mechanismus steuern.«

Er malte auf seiner Skizze ein kleines Quadrat in die Nackengegend.

»Die Mitarbeiter der Neuropsychiatrischen Abteilung haben einen Computer entwickelt, der die elektrischen Stromverläufe im Hirn überwacht und dann, wenn er einen beginnenden Anfall feststellt, dem verursachenden Hirnanteil einen elektrischen Schlag erteilt. Dieser Computer hat etwa Briefmarkengröße und wiegt nur wenige Gramm. Er wird am Hals des Patienten unter die Haut gepflanzt.«

Er zeichnete einen länglichen Gegenstand unterhalb des Halses ein und verband ihn mit dem Quadrat des Computers.

»Die Stromquelle des Computers ist eine Handler-PP-J-Plutoniumeinheit, die an der Schulter ebenfalls unter die Haut gepflanzt wird. Dadurch wird der Patient vollkommen autonom. Diese Energiequelle versorgt ihn zuverlässig zwanzig Jahre lang mit Strom.«

Er zeigte mit seiner Kreide auf die verschiedenen Teile seiner Skizze. »Das ist die komplette Feed-back-Schleife: Vom Hirn über Elektroden, Computer und Energiequelle zurück zum Hirn. Ein in sich geschlossener Kreis, ohne äußere Komponenten.«

Er drehte sich zu Benson um, der dem Vortrag mit unpersönlichem Interesse gefolgt war.

»Irgendwelche Bemerkungen, Mister Benson?«
Janet Ross ärgerte sich. Ellis setzte dem Mann wirklich schwer zu. Diese Frage war selbst bei einem Chirurgen sadistisch zu nennen.
»Nein«, antwortete Benson. »Ich habe dazu nichts zu sagen.«
Er gähnte.

Als Benson hinausgeschoben wurde, begleitete ihn Janet Ross. Das war eigentlich unnötig, aber sie machte sich Sorgen um seine Verfassung. Sie war auch ein wenig schuldbewußt wegen Ellis' Behandlung.
»Wie geht's Ihnen?«
»Ich fand das sehr interessant.«
»Inwiefern?«
»Nun, es war eine rein medizinische Diskussion. Ich hätte einige philosophische Akzente erwartet.«
»Wir sind eben praktisch veranlagt«, sagte sie leichthin. »Und wir haben es hier mit einem praktischen Problem zu tun.«
Benson lächelte. »Bei Newton war es genauso. Oder gibt es etwas Praktischeres als die Frage, warum ein Apfel auf den Boden fällt?«
»Sehen Sie darin denn wirklich einen philosophischen Sinn?«
Benson nickte. Er wurde ernst. »Ja«, sagte er. »Und Sie sehen ihn auch. Sie tun nur einfach so, als sähen Sie ihn nicht.«
Sie blieb mitten auf dem Flur stehen und sah Benson nach, der zum Lift geschoben wurde. Neben ihm standen Morris und der Polizist. Ungeduldig drückte Morris ein paarmal auf den Knopf, dann kam endlich der Aufzug,

und sie stiegen ein. Benson winkte ihr noch einmal zu, dann schloß sich die Tür.
Sie kehrte ins Auditorium zurück.

»... befindet sich seit zehn Jahren in der Entwicklung«, sagte Ellis gerade. »Zuerst war er für einen Herzschrittmacher bestimmt, bei dem das Auswechseln der Batterien etwa jedes Jahr einen kleinen Eingriff erforderlich machte. Das ist lästig für Arzt und Patient. Die Atomkraftquelle ist absolut zuverlässig und hat eine hohe Lebensdauer. Falls Mister Benson so lange lebt, müßten wir sie frühestens 1990 auswechseln.«
Janet Ross bekam gerade noch die nächste Frage mit: »Wie wollen Sie feststellen, welche der vierzig Elektroden einen Anfall verhindert?«
»Wir werden alle einsetzen«, sagte Ellis, »und auch den Computer anschließen. Aber wir werden vierundzwanzig Stunden lang keine der Elektroden verschweißen. Einen Tag nach der Operation werden wir über Funk jede der Elektroden aktivieren und dann feststellen, welche die besten Ergebnisse bringt. Diese wird dann unter Fernkontrolle verschweißt.«
Hoch oben auf dem Rang hustete eine bekannte Stimme und bemerkte: »Diese technischen Einzelheiten sind zwar interessant, aber sie scheinen mir an der Sache vorbeizugehen.«
Ross sah hinauf zu Manon. Manon war fast fünfundsiebzig, ein emeritierter Professor der Psychiatrie, der sich im Krankenhaus nur noch selten blicken ließ. Dann wurde er zumeist als etwas skurriler Greis betrachtet, der seinen Höhepunkt längst überschritten und den Kontakt zur modernen Wissenschaft verloren hat.

»Ich habe den Eindruck«, fuhr Manon fort, »daß der Patient psychotisch ist.«
»Das ist ziemlich hart ausgedrückt«, sagte Ellis.
»Vielleicht«, gab Manon zu, »aber zumindest ist seine Persönlichkeit erheblich gestört. Diese verschwimmende Grenze zwischen Menschen und Maschinen bereitet mir Sorge.«
»Die Störung seiner Persönlichkeit ist Bestandteil seiner Krankheit«, erklärte Ellis. »In einer erst kürzlich erschienenen Arbeit erklärten Harley und seine Mitarbeiter in Yale, daß fünfzig Prozent aller Schläfenlappenepileptiker gleichzeitig an Persönlichkeitsstörungen leiden, und zwar unabhängig von der Anfalltätigkeit.«
»Durchaus möglich«, sagte Manon in leicht gereiztem Ton. »Die Störung gehört also mit zur Krankheit und ist unabhängig von den Anfällen. Aber wird sie durch Ihr Verfahren geheilt?«
Janet Ross freute sich innerlich. Manon sprach genau ihre Gedanken aus.
»Nein«, sagte Ellis. »Vermutlich nicht.«
»Mit anderen Worten: Die Operation verhindert zwar weitere Anfälle, beseitigt aber nicht seine Wahnvorstellungen.«
»Stimmt«, sagte Ellis. »Vermutlich nicht.«
»Dann gestatten Sie mir doch bitte, etwas näher darauf einzugehen«, sagte Manon stirnrunzelnd. »Das ist eine Denkweise der Neuropsychiatrie, die mir große Sorgen bereitet. Ich will damit nicht Sie persönlich treffen. Es handelt sich um ein allgemeines Problem der Medizin. Wenn wir beispielsweise in der Notaufnahme einen Selbstmordversuch durch Überdosis eines Schlafmittels bekommen, dann pumpen wir dem Patienten den Magen

aus, halten ihm einen Vortrag und schicken ihn wieder nach Hause. Das ist zwar eine Behandlung, aber kaum als Heilung zu bezeichnen. Früher oder später kommt dieser Patient wieder. Durch Magenauspumpen kann man keine Depression heilen. Lediglich die Überdosis an Schlafmitteln beseitigen.«

»Ich verstehe zwar, was Sie sagen wollen, aber ...«

»Ich möchte Sie auch an die Erfahrungen erinnern, die das Krankenhaus mit Mister L. machte. Erinnern Sie sich an den Fall?«

»Ich glaube kaum, daß sich dieser Fall hier anführen läßt«, sagte Ellis. Er wurde immer zurückhaltender.

»Ich bin nicht so sicher«, sagte Manon. Da er mehrere erstaunte Gesichter bemerkte, die sich ihm zuwandten, fuhr er erklärend fort: »Der Fall von Mister L. erregte vor einigen Jahren hier großes Aufsehen. Es handelte sich damals um einen neununddreißigjährigen Mann mit einer beidseitigen Nierenstörung im letzten Stadium. Chronische Glomerulonephritis. Man sah in ihm den geeigneten Kandidaten für eine Transplantation. Da wir nur eine beschränkte Anzahl solcher Transplantationen durchführen konnten, wählte eine Kommission die Patienten dafür aus. Die Psychiater in dieser Kommission lehnten Mister L. als Kandidaten strikt ab, da er psychotisch war. Er glaubte, die Sonne regiere die Erde, und weigerte sich, am Tag ins Freie zu gehen. Sie hielten ihn für so hoffnungslos labil, daß er von der Nierenoperation kaum profitieren würde, aber schließlich wurde der Nierenaustausch doch vorgenommen. Sechs Monate später beging L. Selbstmord. Das war eine Tragödie damals. Aber die eigentliche Frage gilt noch heute, nämlich die, ob nicht ein anderer von den Tausenden von Dollar und den

vielen Arbeitsstunden mehr gehabt hätte als dieser Mister L.«
Ellis ging auf und ab und schleppte dabei sein krankes Bein leicht über den Boden. Janet Ross wußte, was das bedeutete: Er fühlte sich bedroht und angegriffen. Normalerweise achtete Ellis darauf, so zu gehen, daß nur ein geübtes Auge sein Hinken bemerkte. Aber wenn er müde und zornig oder in die Enge getrieben war, machte sich der Gehfehler deutlich bemerkbar. Es schien fast, als würde er unbewußt um Mitgefühl flehen: Greift mich nicht an, ich bin ein Krüppel. Natürlich war er sich dessen nicht bewußt.
»Ich verstehe Ihren Einspruch«, sagte Ellis. »Ihre Argumentation ist so, wie Sie sie vortragen, nicht zu widerlegen. Aber ich möchte das Problem von einer etwas anderen Seite betrachten. Es stimmt durchaus, daß Bensons Persönlichkeit gestört ist und daß unsere Operation daran wahrscheinlich nichts ändern wird. Aber was geschieht, wenn wir ihn nicht operieren? Tun wir ihm einen Gefallen? Ich glaube nicht. Wir wissen, daß seine Anfälle lebensbedrohend sind – für sich und für andere. Die Anfälle haben ihn bereits mit dem Gesetz in Konflikt gebracht, und sie werden immer schlimmer. Die Operation wird weitere Anfälle verhindern, und das allein ist für den Patienten schon von Vorteil.«
Hoch droben zuckte Manon nur die Achseln. Janet Ross kannte diese Geste – sie drückte Widerspruch aus, einen unversöhnlichen Gegensatz.
»Noch weitere Fragen?«
Niemand meldete sich mehr.

3

»Verdammte Scheiße«, sagte Ellis und wischte sich über die Stirn. »Er wollte und wollte nicht nachgeben.«
Janet Ross begleitete ihn quer über den Parkplatz, hinüber zur Langer-Forschungsabteilung. Es war Spätnachmittag, und die Sonne schien fahlgelb vom Himmel.
»Er hatte recht«, sagte sie freundlich.
Ellis seufzte. »Ich vergesse immer wieder, daß Sie auf seiner Seite stehen.«
»Warum vergessen Sie das?« fragte sie und lächelte dabei. Als Psychiaterin im Stab der Neuropsychiatrischen Abteilung hatte sie sich vom Anfang an der Operation widersetzt.
»Hören Sie«, sagte Ellis, »wir tun doch, was wir können. Es wäre großartig, wenn wir ihn vollkommen heilen könnten. Aber das ist nicht möglich. Wir können sein Leiden nur lindern, und genau das tun wir.«
Sie ging schweigend neben ihm her. Darauf gab es nichts zu sagen. Sie hatte Ellis ihre Meinung schon zu oft mitgeteilt. Es konnte sein, daß die Operation nicht nur nicht half, sondern Bensons Zustand sogar noch verschlimmerte. Sie war sicher, daß Ellis sich auch über diese Möglichkeit im klaren war, sie jedoch starrköpfig ignorierte. Das glaubte sie zumindest.
Im Grunde mochte sie Ellis genauso leiden wie jeden anderen Arzt. In ihren Augen waren Chirurgen ausgesprochen handlungsorientierte Männer, die verzweifelt darauf aus waren, etwas zu tun, irgendwie tätig zu werden

(daß es sich fast durchweg um Männer handelte, war für sie auch bedeutsam): In diesem Sinne war Ellis immer noch besser als die meisten anderen. Er hatte klugerweise vor Benson mehrere Kandidaten im dritten Stadium abgewiesen, und sie wußte genau, wie schwer ihm das gefallen war, ihm, der danach lechzte, die neue Operationsmethode zu erproben.

»Das alles hängt mir zum Hals heraus«, sagte Ellis.

»Was?«

»Die politischen Bedenken. Das ist eben das Schöne an der Arbeit mit Affen: Da spielt keine Politik mit.«

»Aber Sie wollen doch Benson operieren.«

»Ich bin dazu bereit«, sagte Ellis. »Wir alle sind bereit. Wir müssen diesen ersten großen Schritt irgendwann tun, und jetzt ist der Zeitpunkt dafür gekommen.« Er sah sie an. »Glauben Sie nicht?«

»Ich bin mir nicht sicher«, sagte sie.

Sie erreichten das Langer-Gebäude. Ellis war mit McPherson zum Essen verabredet – ›ein politisches Essen‹, wie er verärgert sagte –, und sie fuhr mit dem Aufzug zum vierten Stock hinauf.

Die Neuropsychiatrische Forschungsabteilung war zehn Jahre lang kontinuierlich gewachsen und nahm nun den gesamten vierten Stock ein. Während alle Etagen in einem toten, kalten Weiß gestrichen waren, erstrahlte die Neuropsychiatrie in den vier Grundfarben. Die bunte Umgebung sollte die Patienten optimistisch und fröhlich stimmen, aber bei Janet Ross bewirkte sie stets das Gegenteil. Sie sah darin eine falsche, künstliche Heiterkeit, wie in einem Pflegeheim für geistig zurückgebliebene Kinder.

Sie trat aus dem Aufzug und betrachtete die Empfangs-

halle. Eine Wand war leuchtend blau, die andere rot gestrichen. Nicht nur die Farben, sondern auch vieles andere in der Neuropsychiatrie stammte von McPherson. Seltsam, dachte sie, wie offenkundig eine Organisation die Persönlichkeit ihres Kopfes widerspiegelt. McPherson selbst verfügte über einen grenzenlosen Optimismus und schuf auch stets um sich eine vergnügte Kindergartenatmosphäre.
Aber es gehörte schon eine Menge Optimismus dazu, Harry Benson zu operieren. In der Abteilung war es jetzt ruhig, weil die meisten Mitarbeiter schon nach Hause gegangen waren. Sie ging den Flur entlang, vorbei an den bunten Türen mit handgezeichneten Aufschriften, wie SONO-ENZEPHALOGRAPHIE, KORTEX-FUNKTIONEN, EEG, RAS-AUSWERTUNG, PARIETAL-T und, ganz am Ende des Ganges, TELECOMP. Die Arbeit, die hier geleistet wurde, war ebenso kompliziert wie die Aufschriften auf den Türen. Dabei war das nur der Patientenflügel oder, wie McPherson es nannte, die »Anwendung«.
Die Anwendung wurde häufig der Entwicklung gegenübergestellt, dem Forschungsflügel mit seinen Chemietroden, Computersimulatoren und Elad-Szenarios. Ganz zu schweigen von den großen Projekten wie »George« und »Martha« oder »Form Q«. Die Entwicklung war der Anwendung immer um zehn Jahre voraus, und dabei war auch die Anwendung schon sehr weit fortgeschritten. Vor einem Jahr hatte McPherson sie gebeten, eine Gruppe von Fachjournalisten durch die Abteilung zu führen. Daß seine Wahl auf sie fiel, begründete er damit, daß sie »eine solche dumme Ziege« sei. Das klang aus seinem Mund seltsam und in gewisser Weise schockierend, weil er sonst so höflich und väterlich war.

Aber einen unvergleichlich größeren Schock hatten die Reporter erlitten. Janet hatte die Absicht gehabt, ihnen sowohl die Anwendung als auch die Entwicklung zu zeigen, aber nachdem die Journalisten die Anwendungsabteilung erlebt hatten, waren sie so erregt und erschüttert gewesen, daß sie die Führung hatte abbrechen müssen. Später grübelte sie noch oft darüber nach. Diese Journalisten waren doch keine Anfänger gewesen. Es waren durchweg Leute, die seit Jahren von einer wissenschaftlichen Demonstration zur anderen gondelten, denen kaum noch etwas imponierte, trotzdem hatten die Dinge, die sie ihnen da vorführte, sie sprachlos gemacht. Ihr selbst war wohl der Blick dafür verlorengegangen, denn sie arbeitete seit drei Jahren in der Neuropsychiatrie und hatte sich allmählich in das eingepaßt, was hier geschah: Dieses Zusammenspiel von Mensch und Maschine, von isoliertem Menschenhirn und Elektronengehirnen. Nichts davon erschien ihr mehr phantastisch, noch fühlte sie sich dadurch provoziert. Sie sah darin einfach eine Möglichkeit, weiterzukommen und etwas zu schaffen. Obgleich sie so dachte, war sie gegen die Operation an Benson. Sie hatte sich von Anfang an dagegen ausgesprochen. Sie hielt Benson für den ungeeigneten Kandidaten, und noch gab es eine letzte Gelegenheit, das zu beweisen.

Am Ende des Flurs blieb sie vor der Tür mit der Aufschrift TELECOMP stehen und lauschte dem gedämpften Summen der Resultatdrucker. Sie vernahm Stimmen und öffnete die Tür. Telecomp war das Herz der Neuropsychiatrischen Forschungsabteilung. Ein großer Raum voller elektronischer Geräte. Wände und Decken hatte man schalldicht gemacht, ein Überbleibsel aus jener Zeit, als die Resultatdrucker noch laut klappernde Fernschreiber waren. Jetzt wurden dafür lautlos arbeitende Kathodenstrahlröhren verwendet oder Druckmaschinen, die die einzelnen Buchstaben mit einer Düse sprühten, anstatt sie mechanisch zu tippen. Gedämpftes Summen und Zischen der Sprühdosen, mehr hörte man nicht. McPherson hatte auf diese Umstellung bestanden, weil er meinte, das Klappern störe die Patienten, die man hier behandelte.

Gerhard und sein Assistent Richards waren da. Man nannte sie die Zauberzwillinge. Gerhard war erst vierundzwanzig, Richards noch jünger. Im Grunde genommen betrachteten sich die beiden nicht als Profis, denn für sie war Telecomp eine Art Rummelplatz voll komplizierter, technischer Spielsachen. Sie arbeiteten hart, aber unregelmäßig. Häufig fingen sie erst am späten Nachmittag an und fuhren im Morgengrauen nach Hause.

Zu McPhersons Ärger ließen sie sich bei Gruppenbesprechungen und Konferenzen nur selten blicken. Aber sie waren zweifellos gut.

Gerhard trug Cowboystiefel, Jeans und Seidenhemden mit Perlenknöpfen. Er war im Alter von dreizehn Jahren weithin berühmt geworden, als er sich hinter seinem Elternhaus in Phoenix eine sieben Meter hohe Feststoffrakete baute. Diese Rakete verfügte über ein bemerkenswert hochentwickeltes Steuerungssystem, und Gerhard war sicher, sie in eine Umlaufbahn schießen zu können. Seine Nachbarn sahen die Spitze der Rakete über der Garage emporragen und liefen voller Besorgnis zur Polizei. Schließlich wurde die US-Army verständigt.

Die Militärexperten untersuchten Gerhards Rakete und

transportierten sie zu Versuchszwecken nach White Sands. Leider zündete die zweite Raketenstufe vor der Trennung, und die Rakete explodierte in drei Kilometer Höhe. Aber inzwischen besaß Gerhard schon vier Patente auf seinen Steuerungsmechanismus, mehrere Universitäten und Industriefirmen hatten ihm Stipendien angeboten. Er lehnte sämtliche Angebote ab, ließ sich von seinem Onkel die Patentgebühren bezahlen und kaufte sich einen Maserati, als er alt genug für den Führerschein war. Er arbeitete bei Lockhead in Kalifornien, kündigte aber nach einem Jahr, als er feststellte, daß er ohne Diplom keine Karriere machen konnte. Seinen Kollegen paßte es nicht, daß ein Siebzehnjähriger mit einem Maserati Ghibli herumfuhr und vorzugsweise nachts arbeitete. Man warf ihm mangelnden »Teamgeist« vor.

Dann gewann ihn McPherson für die Neuropsychiatrische Abteilung, wo er elektronische Aggregate entwickelte, die mit menschlichen Gehirnen zusammenwirken sollten. McPherson hatte als Chef der Neuropsychiatrischen Abteilung zuvor eine ganze Anzahl von Bewerbern geprüft, die in dieser Tätigkeit eine »echte Aufgabe« oder »eine interessante Anwendungsmöglichkeit neuer Systeme« sahen. Gerhard erklärte, die ganze Geschichte mache ihm einfach Spaß, und er wurde sofort eingestellt.

Richards' Werdegang war ganz ähnlich. Nach Abschluß der Oberschule hatte er sechs Monate lang studiert und war dann zum Wehrdienst eingezogen worden. Eigentlich sollte er nach Vietnam kommen, aber er hatte begonnen, elektronische Suchgeräte zu verbessern. Seine Verbesserungsvorschläge bewährten sich. So näherte er sich dem Kriegsschauplatz nie weiter als bis Santa Monica. Nach seiner Entlassung kam auch er in die Neuropsychiatrische Forschungsabteilung.

Die Zauberzwillinge. Janet Ross mußte lächeln.

»He, Janet«, sagte Gerhard.

»Wie geht's, Janet?« fragte Richards.

Sie waren für ihre legere Art bekannt. Als einzige Mitarbeiter wagten sie es, McPherson »Rog« zu nennen. Und McPherson duldete es.

»Alles in Ordnung«, sagte sie. »Wir haben unsere Stufe drei durch die große Visite gejagt. Ich will jetzt zu ihm.«

»Wir überprüfen gerade noch den Computer«, erklärte Gerhard. »Scheint alles okay zu sein.« Er deutete auf ein Mikroskop, das inmitten einer Vielzahl elektronischer Meßgeräte stand.

»Wo ist er?«

»Auf dem Objekttisch.«

Sie sah genauer hin. Ein durchsichtiges Plastikpäckchen von der Größe einer Briefmarke lag auf dem Objektivträger des Mikroskops. Durch die Plastikhülle sah sie auf engstem Raum eine verblüffende Menge winzigster elektronischer Bauelemente montiert. Vierzig Anschlußstellen ragten aus der Hülle. Mit Hilfe des Mikroskops überprüften die Zauberzwillinge mit haarfeinen Sonden der Reihe nach die Anschlußstellen.

»Die logischen Kreise werden zuletzt kontrolliert«, sagte Richards. »Wir haben für alle Fälle noch ein Reservesystem.«

Janet ging hinüber zu den Karteischränken und sah sich die Testkarten an. Nach einer Weile fragte sie: »Habt ihr hier noch Psychodex-Karten?«

»Hier bei mir«, antwortete Gerhard. »Fünfstellig oder n-stellig?«

»N-stellig«, antwortete sie.
Gerhard öffnete eine Schublade und nahm eine Karteikarte heraus. Dann griff er nach einer dünnen Plastiktafel. An einer Metallkette hing eine bleistiftähnliche Metallsonde.
»Das ist doch nicht für Stufe drei, oder?«
»Doch«, sagte sie.
»Aber Sie haben an ihm doch schon so viele Psychodex-Tests gemacht...«
»Nur noch einen einzigen für die Akten.«
Gerhard überreichte ihr Karte und Tafel. »Weiß Ihr Patient, was los ist?«
»In großen Zügen schon.«
Gerhard schüttelte den Kopf. »Dann muß er den Verstand verloren haben.«
»Hat er«, sagte sie. »Das ist's ja gerade.«

Im Stationszimmer des siebenten Stocks bat sie um Bensons Krankenkarte. Eine neue Schwester hatte Dienst und sagte: »Es tut mir leid, aber Verwandte dürfen medizinische Aufzeichnungen nicht einsehen.«
»Ich bin Frau Doktor Ross.«
Die Schwester wurde rot. »Tut mir leid, Frau Doktor, ich hab' das Namensschild nicht gesehen. Ihr Patient liegt in sieben-null-vier.«
»Welcher Patient?«
»Der kleine Garry Peters.«
Janet Ross sah sie verständnislos an.
»Sind Sie nicht die Kinderärztin?« fragte die Schwester schließlich.
»Nein. Ich bin Psychiaterin in der Neuropsychiatrischen Forschungsabteilung.« Die Schärfe in ihrer Stimme är-

gerte sie selbst. Aber jahrelang hatte sie immer wieder zu hören bekommen: »Sie werden doch nie eine richtige Ärztin werden, sondern allenfalls eine bessere Krankenschwester« oder »Eine Frau eignet sich am ehesten zur Kinderärztin, weil es für sie das Natürlichste ist«.

»Ach so«, sagte die Schwester. »Dann suchen Sie Mister Benson in sieben-eins-null. Er ist schon vorbereitet.«

»Danke«, sagte Janet. Sie nahm die Karte und ging den Flur entlang zu Bensons Zimmer. Als sie klopfte, hörte sie Schüsse. Sie öffnete die Tür und sah, daß die Lichter bis auf eine kleine Nachttischlampe gelöscht waren. Das Zimmer wurde von einem Fernsehschirm bläulich erleuchtet. In dem Apparat sagte ein Mann gerade: »... tot, bevor er auf den Boden fiel. Zwei Kugeln genau ins Herz.«

»Hallo«, rief sie und öffnete die Tür ganz. Benson sah herüber. Er lächelte und schaltete den Fernseher über einen Knopf neben seinem Bett ab. Um seinen Kopf war ein Handtuch gewickelt.

»Wie geht's Ihnen?« fragte sie und setzte sich auf einen Stuhl neben das Bett.

»Ich komme mir nackt vor«, sagte er und zeigte auf das Handtuch. »Seltsam, wieviel Haare man hat, merkt man erst, wenn sie einem abgeschnitten werden. Für eine Frau muß das noch viel schlimmer sein.« Er sah sie wieder an und wurde verlegen.

»Das macht niemandem Spaß«, sagte sie.

»Wahrscheinlich nicht.« Er legte sich zurück. »Als sie damit fertig waren, hab' ich einen Blick in den Papierkorb geworfen und war erstaunt. Soviel Haar. Ich fror am Kopf, das war das komischste. Mein Kopf war kalt. Dann haben sie mir ein Handtuch herumgewickelt. Ich wollte meinen kahlen Kopf mal sehen, aber sie meinten, das wäre nicht gut. Also hab' ich gewartet, bis sie fort waren, dann bin ich ins Bad gegangen und ...«

»Was dann?«

»Ich hab' das Handtuch nicht abgenommen.« Er lachte. »Ich hab's nicht geschafft. Was hat das zu bedeuten?«

»Ich weiß es nicht. Was glauben Sie denn?«

Er lachte wieder. »Warum bekommt man bloß von Psychiatern nie eine direkte Antwort?« Er zündete sich eine Zigarette an und sagte trotzig: »Man hat mir zwar gesagt, ich soll nicht rauchen, aber ich tu's trotzdem.«

»Es wird wohl nichts ausmachen«, sagte sie. Dabei beobachtete sie ihn sehr genau. Er schien guter Stimmung zu sein und die wollte sie ihm nicht verderben. Aber andererseits war es natürlich auch nicht richtig, am Vorabend einer Hirnoperation mit dem Patienten vertraut zu plaudern.

»Ellis war vor ein paar Minuten hier«, sagte er und zog an der Zigarette. »Er hat ein paar Markierungen gemacht. Sehen Sie das?« Er hob über dem rechten Ohr das Handtuch ein wenig und legte die Kopfhaut frei, die sich blaß über den Schädel spannte. Hinter dem Ohr waren zwei kleine, blaue X-Zeichen aufgemalt. »Wie sehe ich aus?« fragte er grinsend.

»Prima«, antwortete sie. »Und wie fühlen Sie sich?«

»Alles in Ordnung.«

»Keine Sorgen?«

»Nein. Worüber sollte ich mir Sorgen machen? Ich kann doch nichts daran ändern. Für die nächsten Stunden liegt alles in Ihren Händen und bei Doktor Ellis.«

»Ich glaube, die meisten Menschen machen sich vor einer Operation ein wenig Sorgen.«

»Da spricht schon wieder die vernünftige Psychiaterin.«

Er lächelte, dann verdüsterte sich seine Miene. Er biß sich auf die Lippe. »Natürlich habe ich Angst.«
»Wovor?«
»Vor allem...« Er zog an der Zigarette. »Vor allem. Wie ich schlafen werde, wie's mir morgen gehen wird. Wie das sein wird, wenn alles vorüber ist. Und wenn nun jemand einen Fehler macht? Wenn ich danach nur noch dahinvegetiere? Wenn es weh tut? Oder wenn ich...«
»Wenn Sie sterben?«
»Klar, davor hab' ich auch Angst.«
»Es ist eigentlich nur ein kleiner Eingriff. Kaum komplizierter als eine Blinddarmoperation.«
»Ich wette, das sagen Sie allen Ihren Patienten.«
»Nein, bestimmt nicht. Es ist ein kurzer, einfacher Eingriff. Er wird nur etwa eineinhalb Stunden dauern.«
Er nickte, aber ihr war nicht klar, ob sie ihn beruhigt hatte oder nicht.
»Wissen Sie«, sagte er, »ich glaube immer noch nicht, daß es soweit kommen wird. Ich denke dauernd, daß morgen früh im letzten Augenblick jemand erscheint und sagt, ›Sie sind geheilt, Benson, Sie können nach Hause gehen‹.«
»Wir hoffen sehr, Sie durch die Operation zu heilen«, sagte sie, und dieser Satz ging ihr ganz glatt über die Lippen, aber sie hatte ein schlechtes Gewissen dabei.
»Sie sind so verdammt vernünftig«, sagte er. »Das kann ich manchmal gar nicht ausstehen.«
»Stört es Sie?«
Er griff mit der Hand nach seinem Kopf. »Ich weiß nur eines, man wird mir Löcher in den Kopf bohren und Drähte hineinstecken...«
»Das wissen Sie aber doch schon seit langem.«

»Klar«, sagte er. »Das schon, aber morgen passiert es.«
»Sind Sie aufgeregt?«
»Nein, ich habe nur Angst.«
»Das ist in Ordnung. Das ist völlig normal. Aber lassen Sie sich nicht aufregen.«
Er drückte die Zigarette aus und zündete sich sofort eine neue an. Dann deutete er auf die Tafel, die sie unter dem Arm trug. »Was ist das?«
»Ein Psychodex-Test, den ich mit Ihnen durchgehen möchte.«
»Jetzt?«
»Ja. Eine reine Routinesache.«
Er zuckte gleichgültig die Achseln. Er hatte diesen Psychodex-Test schon mehrmals hinter sich gebracht. Sie reichte ihm die Tafel, und er begann, die Fragen zu beantworten. Dabei las er sie laut vor.
»Möchten Sie lieber ein Elefant oder ein Affe sein? – Ein Affe. Elefanten leben mir zu lange.«
Er machte mit dem Metallstift das entsprechende Loch auf der Karte.
»Wenn Sie eine Farbe wären, würden Sie dann lieber Grün oder Gelb sein? – Gelb. Ich fühle mich im Augenblick sehr gelb.« Er lachte und lochte die Antwort.
Sie wartete, bis er alle dreißig Fragen beantwortet hatte. Dann reichte er ihr die Tafel mit dem Formular zurück. Seine Stimmung schlug wieder um. »Werden Sie morgen hier sein?«
»Ja.«
»Werde ich so wach sein, daß ich Sie erkenne?«
»Ich denke schon.«
»Und wann komme ich wieder zu mir?«
»Gegen Abend.«

»So rasch?«

»Es ist tatsächlich nur ein kleiner Eingriff«, sagte sie noch einmal. Er nickte. Sie fragte ihn dann, ob sie ihm noch etwas besorgen sollte, und er bat um ein Ginger Ale. Aber sie machte ihm klar, daß er zwölf Stunden vor der Operation nichts zu sich nehmen dürfe. Sie erklärte ihm noch, daß er zum Einschlafen eine Spritze bekäme und morgen früh, vor der Verlegung in den OP, noch ein paar weitere Injektionen. Dann wünschte sie ihm eine gute Nacht.

Sie ging und schloß die Tür. Hinter sich hörte sie wieder den Fernseher summen und eine metallische Stimme sagen, »hören Sie, Leutnant, da draußen läuft ein Mörder herum, irgendwo in einer Stadt mit drei Millionen Einwohnern ...«

Sie ging.

Bevor sie die Station verließ, schrieb sie noch eine Notiz für die Krankenakte. Sie umrandete den Text rot, damit er von den Schwestern nicht übersehen werden konnte:

AUFNAHME – PSYCHIATRISCHE CHARAKTERISTIK:

Dieser vierunddreißigjährige Mann leidet seit zwei Jahren nachweislich unter psychomotorischer Epilepsie. Die Ätiologie nach einem Verkehrsunfall ist vermutlich traumatisch. Der Patient hat bereits zwei Mordversuche unternommen und weitere Menschen tätlich angegriffen. Sollte er gegenüber dem Krankenhauspersonal erklären, er »fühle sich komisch« oder »spüre einen schlechten Geruch«, so ist das als Beginn eines neuen Anfalls zu werten. Unter diesen Umstän-

den sind sofort die NPFA und die Wachstation zu verständigen!
Der Patient leidet außerdem an einer Störung des Persönlichkeitsbildes. Er ist davon überzeugt, daß Maschinen sich zur Übernahme der Weltherrschaft verschworen haben. Diese Überzeugung ist fest in ihm verankert und jeder Versuch, sie ihm auszureden, stimmt ihn nur feindselig und macht ihn mißtrauisch. Bitte beachten Sie außerdem, daß er ein sehr intelligenter und sensibler Mann ist. Der Patient dürfte zeitweilig sehr strapaziös sein, dennoch ist er bei aller Bestimmtheit rücksichtsvoll zu behandeln. Sein intelligentes und zielstrebiges Auftreten kann darüber hinwegtäuschen, daß sein Verhalten nicht vom gesunden Verstand gesteuert wird. Er leidet an einer Krankheit, die sich auf seinen Geisteszustand auswirkt. Einher damit gehen Angst und Besorgnis über das, was mit ihm geschehen wird.

Doktor Janet Ross
NPFA

4

»Das verstehe ich nicht«, sagte der Mann von der Public Relation. Ellis seufzte. McPherson reagierte mit einem geduldigen Lächeln. »Man kann es nur so betrachten, daß seine Gewalttätigkeit eine organische Ursache hat.«
Die drei saßen im ›Four Kings‹-Restaurant, gleich neben dem Krankenhaus. Das gemeinsame Abendessen hatte McPherson angeregt. Er wollte Ellis dabeihaben, und so war Ellis, wenn auch widerstrebend, gekommen.
Ellis hob die Hand, winkte den Kellner herbei und bestellte Kaffee nach. Bestimmt kann ich nun wieder nicht einschlafen, dachte er. Aber das ist schon egal – in dieser Nacht würde er ohnehin nicht viel schlafen können. Schließlich war es die Nacht vor der ersten Stufe-3-Operation an einem Menschen.
Er wußte jetzt schon, daß er sich unruhig im Bett hin- und herwerfen und jede einzelne Etappe der Operation wieder und wieder durchdenken würde, obgleich er jeden Handgriff blind beherrschte. Er hatte die Operation an zahlreichen Affen vorgenommen. Genau waren es einhundertvierundfünfzig. Affen sind schwierige Patienten. Sie ziehen sich das Nahtmaterial heraus, spielen mit den Drähten, kratzen und beißen ...
»Kognak?« fragte McPherson.
»Gern«, antwortete der PR-Mann.
McPherson sah Ellis fragend an. Ellis schüttelte den Kopf. Er goß Sahne in seinen Kaffee, lehnte sich zurück und unterdrückte ein Gähnen. Der PR-Mann sah eigent-

lich einem Affen ähnlich. Er hatte denselben kantigen Unterkiefer wie ein junger Rhesusaffe und die gleichen wachen, beweglichen Äuglein.
Der PR-Mann wurde Ralph genannt. Seinen Familiennamen kannte Ellis nicht. Natürlich wurde im Krankenhaus seine eigentliche Aufgabe verschleiert. Man nannte ihn Pressereferenten, Leiter der Informationsabteilung oder so ähnlich.
Er sah tatsächlich wie ein Affe aus. Ellis suchte unwillkürlich nach der Stelle hinter dem Ohr, wo die Elektroden eingepflanzt wurden.
»Über die Ursachen der Gewaltausbrüche wissen wir nicht viel«, sagte McPherson. »Es sind eine Menge alberne Theorien im Umlauf, verfaßt von Soziologen, die das sauer verdiente Geld von Steuerzahlern zum Fenster hinauswerfen. Aber nur eines wissen wir wirklich: Daß eine ganz bestimmte Krankheit, nämlich die psychomotorische Epilepsie, zur Gewalttätigkeit führen kann.«
»Psychomotorische Epilepsie«, wiederholte Ralph.
»Ja. Die Form der psychomotorischen Epilepsie kommt ebenso häufig vor wie jede andere Form der Epilepsie. Einige berühmte Leute litten darunter, zum Beispiel Dostojewskij. Wir Neuropsychiater sind der Auffassung, daß an psychomotorischer Epilepsie außerordentlich häufig die Menschen leiden dürften, die immer wieder zu Gewaltakten neigen, wie gewisse Polizisten, Gangster, Rocker und Aufrührer. Doch diese Leute betrachtet niemand als körperlich krank. Man findet sich einfach damit ab, daß es auf der Welt nun einmal viele jähzornige Menschen gibt. Man hält das für normal. Aber das muß überhaupt nicht stimmen.«
»Ich verstehe«, sagte Ralph. Er schien tatsächlich zu be-

greifen. McPherson hätte Volksschullehrer werden sollen, dachte Ellis. Er besaß ein staunenswertes pädagogisches Talent. Als Forscher würde er dieses Format sicher nie erreichen.

McPherson fuhr sich mit der Hand durch das weiße Haar und fuhr fort: »So werden wir wohl nie genau erfahren, wieviel psychomotorische Epileptiker herumlaufen. Nach unserer Schätzung dürften ein bis zwei Prozent der Bevölkerung davon betroffen sein. Das heißt, zwei bis vier Millionen Amerikaner.«

»Heiliger Strohsack!« sagte Ralph.

Ellis trank einen Schluck Kaffee. Heiliger Strohsack, dachte er. Was für Ausdrücke der benutzt.

McPherson nickte dem Kellner zu, der die Kognakgläser auf den Tisch stellte. »Aus irgendeinem Grund neigen psychomotorische Epileptiker während ihrer Anfälle zu einem aggressiven, gewalttätigen Verhalten. Wir wissen nicht warum, aber es ist so. Zu dem Syndrom gehören weiterhin übermäßige sexuelle Aktivität und pathologische Rauschzustände.«

Ralph wurde immer interessierter.

»Wir hatten da den Fall einer Patientin«, erzählte McPherson, »die während eines Anfalls in einer einzigen Nacht Verkehr mit zwölf Männern hatte und immer noch nicht voll befriedigt war.«

Ralph trank seinen Kognak herunter. Ellis stellte fest, daß Ralph eine breite Krawatte mit einem psychedelischen Muster trug. Vierzig Jahre ist dieser Mann alt, dachte Ellis. Er spielt den Hippie, macht Public Relations und muß sich beim Gedanken an diese Frau mit Kognak beruhigen.

»Unter pathologischem Rausch verstehe ich das Phänomen von Gewaltausbrüchen und einer Art Volltrunkenheit nach Aufnahme winziger Alkoholmengen, wobei schon zwei Schlucke genügen. Diese kleine Alkoholmenge löst den Anfall aus.«

Ellis dachte an seinen Patienten Benson, ein rundlicher, kleiner Mann, ein freundlicher, gut erzogener Computerfachmann, der etwas trinkt und dann wahllos Leute zusammenschlägt, gleichgültig ob Mann oder Frau, wie sie ihm gerade zufällig in die Quere kommen. Ein solches Verhalten durch Drähtchen zu kurieren, die man ihm ins Hirn steckt, erschien ihm geradezu absurd.

Daran schien auch Ralph zu denken. »Und die Operation wird ihn nun von der Gewalttätigkeit heilen?«

»Ja«, antwortete McPherson. »Wir glauben schon. Wenn dieser Eingriff auch noch nie an einem Menschen vorgenommen wurde. Er wird morgen früh im Krankenhaus erstmalig ausgeführt.«

»Ich verstehe«, sagte Ralph, als ob er jetzt erst den Anlaß dieser Einladung begriffe.

»Für die Presse ist das natürlich eine sehr heikle Sache«, sagte McPherson.

»O ja, das ist mir durchaus klar.«

Es entstand eine kurze Pause, dann fragte Ralph: »Wer wird operieren?«

»Ich«, sagte Ellis.

»Dann muß ich gleich mal unsere Unterlagen durchsehen«, sagte Ralph. »Hoffentlich haben wir ein neueres Bild von Ihnen und den Lebenslauf für die Presseerklärung.« Bei dem Gedanken an die bevorstehende Arbeit runzelte er die Stirn.

Ellis war über die Reaktion dieses Mannes erstaunt. Machte er sich wirklich keine anderen Gedanken? Ging es ihm nur um ein neueres Foto? Aber McPherson überwand die peinliche Pause. »Sie bekommen von uns alles, was Sie brauchen«, sagte er und schloß damit die Besprechung.

5

Robert Morris aß gerade ein Stück fad schmeckenden Apfelkuchen im Erfrischungsraum des Krankenhauses, als sein »Vögelchen« piepste. Das elektronische Rufgerät gab einen unangenehm hohen Quietschton von sich, der so lange anhielt, bis Morris zum Gürtel griff und ihn abstellte. Er stieß die Gabel wieder in den Kuchen. Nach ein paar Sekunden piepste das »Vögelchen« erneut. Fluchend legte er die Gabel hin und ging zum nächsten Wandtelefon. Anfangs hatte er das kleine graue Kästchen an seinem Gürtel als großartige Sache empfunden. Er hatte die Augenblicke genossen, wenn er ein Mädchen zum Essen eingeladen hatte und ihn das elektronische »Vögelchen« dann zum nächsten Telefon rief. Das Piepsen dokumentierte, welch ein vielbeschäftigter Mann er war, eine Persönlichkeit mit verantwortungsvollem Beruf, bei dem es nicht selten um Leben und Tod ging. Wenn sich das »Vögelchen« meldete, war er immer sofort aufgesprungen, hatte sich entschuldigt mit der Miene eines Mannes, dem die Pflicht über das Vergnügen geht. So etwas gefällt den Mädchen.

Nach ein paar Jahren kam ihm die Einrichtung nicht mehr so großartig vor. Das graue Kästchen war ein seelenloser, unerbittlicher Quälgeist geworden, der ihm nur noch die Tatsache unterstrich, wie wenig er sein eigener Herr war. Ständig mußte er irgendeiner höheren Instanz zur Verfügung stehen, auch wenn der Anlaß manchmal geradezu lächerlich war: Eine Krankenschwester fragte

um zwei Uhr morgens wegen eines verordneten Medikaments nach, ein Verwandter spielte sich auf wegen der Versorgung der frischoperierten Mama, jemand teilte ihm mit, daß eine Konferenz stattfinde, und das, während er bereits in dieser verdammten Konferenz saß. Und so ging das nun Tag für Tag.
Heute empfand er die wenigen Stunden, in denen er zu Hause das Kästchen ablegen durfte, als die schönsten Augenblicke in seinem Leben. Dann war er unerreichbar, ein freier Mensch. Das gefiel ihm heute.
Während er die Nummer der Zentrale wählte, schaute er hinüber zu den Überresten seines Apfelkuchens. »Hier Doktor Morris.«
»Doktor Morris bitte zwei-vier-sieben-eins.«
»Danke.« Das war der Anschluß der Stationsschwestern im siebenten Stock. Seltsam, daß er alle Hausanschlüsse auswendig gelernt hatte. Die Telefonanlage im Universitätskrankenhaus war bestimmt komplizierter als die ganze Anatomie des Menschen. Im Laufe der Jahre hatte er sie sich, ohne besondere Anstrengung, eingeprägt. Er wählte die Nummer und meldete sich.
»Ach, Sie sind's«, sagte eine Frauenstimme. »Wir haben eine Frau hier, die eine Tasche mit Sachen für den Patienten Harold Benson bringt. Angeblich sind es persönliche Dinge. Können wir ihm die Tasche geben?«
»Ich komme hinauf«, sagte er.
»Vielen Dank, Herr Doktor.«
Er holte sein Tablett und trug es zur Ablage. Da piepste sein »Vögelchen« schon wieder. Er ging rasch zum Telefon.
»Hier Doktor Morris.«
»Doktor Morris bitte eins-drei-fünf-sieben.«

Das war die Kreislaufstation. Er wählte. »Hier Doktor Morris.«
»Doktor Hanley«, sagte eine ihm unbekannte Stimme. »Wir wollten Sie bitten, sich eine Patientin anzusehen, bei der wir eine steroide Psychose vermuten. Sie hat eine hämolytische Anämie und wird auf eine Milzextirpation vorbereitet.«
»Heute geht es nicht und morgen wird es auch sehr knapp«, sagte Morris. Und das ist noch untertrieben, fügte er in Gedanken hinzu. »Haben Sie schon mit Peters gesprochen?«
»Nein.«
»Peters hat viel Erfahrung mit steroiden Fällen. Versuchen Sie's da mal.«
»Gut, vielen Dank.«
Morris legte auf. Er ging zum Aufzug und fuhr hinauf in den siebenten Stock. Sein »Vögelchen« meldete sich zum dritten Mal. Er sah auf die Uhr. Halb sieben, er hätte längst dienstfrei. Trotzdem meldete er sich wieder. Es war Kelso, der Oberarzt aus der Kinderabteilung.
»Wollen Sie von einem Könner mal schwer geschlagen werden?« fragte Kelso.
»Okay, wann?«
»Sagen wir in einer halben Stunde.«
»Falls Sie die Bälle mithaben?«
»Die liegen in meinem Wagen.«
»Dann sehen wir uns auf dem Tennisplatz.« Morris fügte hinzu: »Kann allerdings ein bißchen später werden.«
»Aber nicht zu spät«, sagte Kelso, »sonst wird es dunkel.«
Morris versprach, sich zu beeilen, dann legte er auf.

Im siebenten Stock war es ruhig. In den meisten anderen Stationen herrschte um diese Zeit Hochbetrieb. Verwandte und andere Besucher drängten sich in den Gängen, aber der siebente Stock blieb davon unberührt. Die Schwestern achteten streng darauf, daß die Ruhe hier durch nichts gestört wurde.

Die diensthabende Schwester sagte: »Da ist sie, Doktor.« Sie deutete auf ein Mädchen, das auf einer Polsterbank saß. Morris ging zu ihr hinüber. Sie war jung, zwar ziemlich auffällig zurechtgemacht, doch recht hübsch; sie hatte wohlgeformte lange Beine.

»Ich bin Doktor Morris.«

»Angela Black.« Sie stand auf und gab ihm sehr förmlich die Hand. »Ich hab' das für Harry mitgebracht.« Sie griff nach einer kleinen, blauen Reisetasche. »Er hat mich darum gebeten.«

»Gut«, er nahm ihr die Tasche ab. »Ich sorge dafür, daß er sie bekommt.«

Sie fragte zögernd: »Kann ich ihn nicht sprechen?«

»Das halte ich nicht für richtig.«

Benson war inzwischen wahrscheinlich rasiert. In diesem Zustand weigerten sich die Patienten meistens, Besuch zu empfangen.

»Auch nicht für ein paar Minuten?«

»Er hat ein starkes Schlafmittel bekommen.«

Sie war sichtlich enttäuscht. »Könnten Sie ihm bitte etwas ausrichten?«

»Natürlich.«

»Sagen Sie ihm, ich bin wieder in meiner alten Wohnung. Er weiß schon Bescheid.«

»Gut.«

»Sie vergessen es bestimmt nicht?«

»Nein, bestimmt nicht.«
»Danke.« Sie lächelte. Es war trotz der langen, falschen Wimpern und des vielen Make-up ein sehr nettes Lächeln. Warum schmieren sich junge Mädchen nur so furchtbar an, dachte er.
»Ich geh jetzt lieber.« Er sah ihr nach, wie sie mit sehr kurzem Rock und den langen Beinen entschlossenen Schrittes davonging. Dann griff er nach der Tasche, die ihm ziemlich schwer vorkam.
Der Polizeibeamte vor Zimmer 710 fragte: »Na, wie geht's?«
»Gut«, antwortete Morris.
Der Polizist warf einen Blick auf die Tasche, sagte aber nichts, als Morris damit das Zimmer betrat.
Harry Benson sah sich im Fernsehen einen Western an. Morris drehte den Ton zurück. »Das hat Ihnen ein hübsches Mädchen hergebracht.«
»Angela?« Benson lächelte. »Ja, sie sieht ganz nett aus. Der innere Mechanismus ist nicht sehr kompliziert, aber das Gehäuse ist hübsch.« Er streckte die Hand aus. Morris gab ihm die Tasche. »Hat sie alles mitgebracht?«
Morris sah zu, wie Benson die Tasche aufmachte und den Inhalt auf dem Bett ausbreitete: ein Pyjama, elektrischer Rasierapparat, Rasierwasser, ein Taschenbuchroman.
Dann zog Benson eine schwarze Perücke aus der Tasche.
»Was ist das?« fragte Morris.
Benson zuckte die Achseln. »Ich habe gewußt, daß ich sie früher oder später brauche«, sagte er und lachte. »Sie lassen mich doch irgendwann wieder laufen? Früher oder später?«
Morris lachte mit. Benson warf die Perücke wieder in die Tasche und holte ein Plastikkästchen heraus. Der Dek-

kel ging mit einem metallischen Klicken auf, und Morris sah den Inhalt: Schraubenzieher der verschiedensten Größen, von denen jeder gesondert in einer eigenen Schlaufe steckte.

»Wozu brauchen Sie das?« fragte Morris.

Benson sah ihn sekundenlang erstaunt an. Dann sagte er: »Ich weiß nicht, ob Sie mich verstehen können.«

»Nun?«

»Ich habe sie immer bei mir, zu meinem Schutz.«

Benson legte die Schraubenzieher in die Tasche zurück. Er behandelte sie vorsichtig, beinahe ehrfürchtig. Morris wußte, daß manche Patienten die seltsamsten Dinge mit ins Krankenhaus bringen, besonders dann, wenn sie schwerkrank sind. Solche Gegenstände wurden manchmal fast wie ein Totem betrachtet, das magische Heilkräfte besitzt. Meist standen die Mitbringsel in Zusammenhang mit einem Hobby oder einer Lieblingsbeschäftigung. Morris erinnerte sich an einen Segler mit einem metastatischen Hirntumor, der alles Werkzeug zum Flicken eines Segels mitgebracht hatte, und an eine Frau mit einem fortgeschrittenen Herzdefekt, die ein Paket Tennisbälle bei sich hatte. Solches Zeug bringen die Leute mit.

»Ich verstehe«, sagte Morris.

Benson lächelte.

6

Die Computerzentrale war leer. Pulte und Teledrucker schwiegen, und auf den Schirmen blinkten nur ab und zu Zahlenreihen auf. Janet Ross ging in die Ecke, goß sich eine Tasse Kaffee ein und schob dann die Testkarte von Bensons letztem Psychodex in den Computer.

Die Neuropsychiatrische Forschungsabteilung hatte Psychodex, zusammen mit einigen anderen psychologischen Testverfahren, zur Analyse durch den Computer entwickelt. McPherson nannte das ganze »Zweischneidiges Denken«. Er meinte damit, daß die Vorstellung, das Gehirn sei ein Computer, nach zwei Richtungen Auswirkungen hatte. Einerseits kann man den Computer zur Überprüfung des Gehirns einsetzen und mit seiner Hilfe Gehirnfunktionen analysieren, andererseits lassen sich durch menschliche Erkenntnisse bessere und rationeller arbeitende Computer entwickeln. McPherson pflegte zu sagen: Das Gehirn ist ebenso ein Modell für den Computer, wie der Computer andererseits ein Modell für das Gehirn ist.

In der Neuropsychiatrischen Abteilung arbeiteten Computerspezialisten und Neurobiologen seit mehreren Jahren zusammen. Aus dieser Verbindung hatten sich »Form Q« und Programme wie »George« und »Martha« sowie neue psychochirurgische Verfahren und auch der Psychodex-Test entwickelt.

Psychodex war eine relativ einfache Sache. Auf psychologische Fragen wurden direkte Antworten festgehalten

und nach komplizierten mathematischen Formeln verarbeitet. Janet Ross beobachtete, wie auf dem Bildschirm reihenweise die Berechnungen aufleuchteten.
Sie achtete nicht darauf, weil sie wußte, daß diese Zahlen sozusagen der Notizblock des Computers waren, Zwischenschritte, aus denen sich dann die endgültige Antwort ableitete. Sie lächelte bei dem Gedanken, wie Gerhard die Sache erklären würde: Eine Rotation von dreißig mal dreißig Matrizen im Raum, die Ableitung von Faktoren, Umwandlung in orthogonale Werte, dann die Auswertung.
Das alles klang kompliziert und sehr wissenschaftlich. Sie verstand nicht viel davon.
Sie war schon seit langem dahintergekommen, daß man einen Computer auch dann benutzen kann, wenn man seine Wirkungsweise nicht begreift. Genauso ist es mit einem Auto, einem Staubsauger oder dem eigenen Gehirn.
Der Bildschirm verkündete:

BERECHNUNG BEENDET, ERGEBNISFOLGE ABRUFEN.

Sie drückte auf den Knopf für das dreidimensionale Ergebnis. Der Computer erläuterte ihr, daß sich hierbei einundachtzig Prozent an Abweichungen ergäben. Dann sah sie auf dem Schirm das dreidimensionale Bild eines Berges, mit einem steilen, spitzen Gipfel. Sie studierte es eine Weile, dann griff sie zum Telefonhörer und wählte die Rufnummer von McPherson. Sie erklärte ihm, daß sie die verschiedenen Testergebnisse miteinander verglichen habe. Es seien bemerkenswerte Unterschiede herausgekommen, und sie bat McPherson, doch einmal herzukommen und sich die Ergebnisse anzusehen.

McPherson betrachtete stirnrunzelnd den Bildschirm. Ellis sah ihm über die Schulter, Janet fragte: »Alles klar?«

»Vollkommen klar«, sagte McPherson. »Wann wurde das gemacht?« »Heute«, antwortete sie.

McPherson seufzte. »Sie wollen immer noch nicht aufgeben, wie?«

Anstelle einer Antwort drückte sie auf ein paar Knöpfe und erzeugte damit einen zweiten Gipfel, der viel niedriger war. »Hier ist das letzte Ergebnis.«

»Nach dieser Berechnung beträgt die Höhe ...«

»Der Geisteszustand ist psychotisch«, sagte sie.

»Dann ist er jetzt viel ausgeprägter«, erklärte McPherson. »Mehr noch als vor einem Monat.«

»Ja«, sagte sie.

»Glauben Sie, daß er den Test willkürlich abgeändert hat?«

Sie schüttelte den Kopf. Dann rief sie nacheinander die vier vorangegangenen Tests ab. Der Trend war eindeutig: Mit jedem Test wurde der Berggipfel höher und steiler.

»Na gut«, sagte McPherson, »eine eindeutige Verschlechterung. Sie sind wohl immer noch der Meinung, daß wir nicht operieren sollten?«

»Mehr denn je«, sagte sie. »Er ist zweifellos psychotisch, und wenn Sie ihm Drähte in den Kopf schieben ...«

»Ich weiß, was Sie sagen wollen.«

»... wird er das Gefühl bekommen, zu einer Maschine degradiert zu werden«, schloß sie.

McPherson wandte sich an Ellis. »Glauben Sie, daß wir die Kurve mit Thorazin dämpfen können?« Thorazin war ein gängiges Beruhigungsmittel, das bei manchen psychotischen Persönlichkeiten zu einem klareren Denken führte.

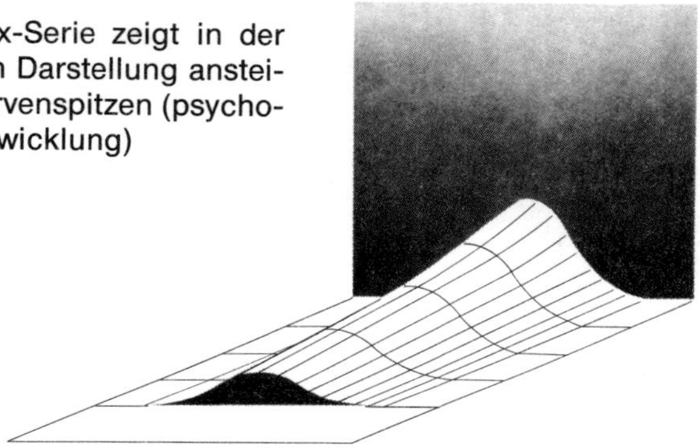

Psychodex-Serie zeigt in der grafischen Darstellung ansteigende Kurvenspitzen (psychotische Entwicklung)

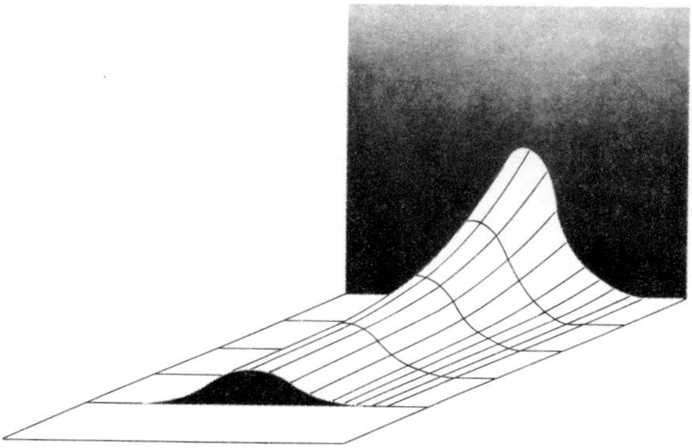

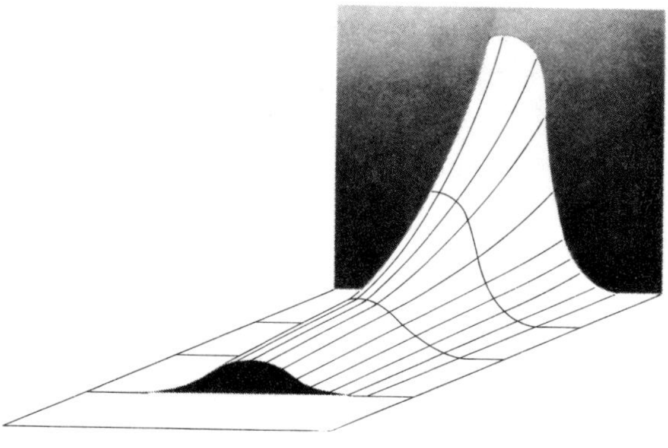

»Ich glaube, wir sollten es versuchen.«
McPherson nickte. »Ich bin auch der Meinung.«
»Janet?«
Sie gab keine Antwort, sondern betrachtete nur den Bildschirm. Diese Tests hatten etwas Seltsames an sich. Die Berggipfel waren eine Abstraktion, die mathematische Darstellung eines Gemütszustands, im Gegensatz zu Personenbeschreibungen mit Angaben über Größe, Gewicht und so weiter.
»Janet, was halten Sie davon?« fragte McPherson.
»Ich glaube, daß Sie sich beide zu sehr auf diese Operation festgelegt haben.«
»Und Sie sind immer noch dagegen?«
»Ich bin nicht dagegen. Ich halte nur Benson für ungeeignet.«
»Und wie stehen Sie zu einer Behandlung mit Thorazin?«
»Ein Glücksspiel.«
»Also ein Risiko, das sich nicht lohnt.«
»Vielleicht lohnt es sich, vielleicht auch nicht. Aber das Risiko bleibt.«
McPherson nickte und drehte sich zu Ellis um. »Wollen Sie immer noch operieren?«
»Ja«, sagte Ellis und sah auf den Schirm. »Ich will es immer noch.«

7

Morris kam sich immer seltsam vor, wenn er auf dem Platz des Krankenhauses Tennis spielte. Die hochaufragenden Gebäude gaben ihm eine Art Schuldgefühl – die vielen Fensterreihen mit den Patienten dahinter, die nicht spielen durften, und dann die Akustik oder vielmehr das Fehlen der Akustik.
Die Autostraße führte dicht am Krankenhaus vorbei, und das ermutigende typische Geräusch beim Aufschlag der Tennisbälle wurde vom gleichmäßigen Rauschen der vorbeifahrenden Autos vollkommen verschluckt.
Es wurde allmählich dunkel, und er sah nicht gut in der Dämmerung. Der Ball überraschte ihn oft erst im eigenen Feld. Kelso war weniger behindert. Morris witzelte oft darüber, daß Kelso zu viele Karotten äße, aber woran es auch liegen mochte, es war jedenfalls demütigend, so spät abends mit Kelso zu spielen. Die Dämmerung begünstigte Kelso, und das störte ihn; Morris war ein schlechter Verlierer.
Er hatte sich seit langem darauf eingestellt, ständig in einem Wettbewerb zu stehen: Wettbewerb im Spiel, bei der Arbeit, bei Frauen. Janet Ross hatte dieses Thema schon einige Male gestreift, um es dann in der geschickten Art der geschulten Psychiaterin sofort wieder fallenzulassen. Morris störte das aber nicht. Für ihn war Wettbewerb ein Bestandteil seines Lebens und es kümmerte ihn nicht, was andere daraus schließen mochten: große Unsicherheit, das Bedürfnis nach Selbstbestätigung oder

einen Minderwertigkeitskomplex. Ihm bereitete Wettbewerb Vergnügen; wenn er gewann, war er befriedigt. Und bisher hatte er meist gewonnen.
her hatte er meistens gewonnen.
Ein nicht unwesentlicher Grund für seinen Eintritt in die Neuropsychiatrische Forschungsabteilung war der Umstand gewesen, daß hier viel gefordert wurde und viel zu gewinnen war. Insgeheim hoffte Morris, noch vor seinem vierzigsten Lebensjahr Professor für Chirurgie zu werden. Seine bisherige Laufbahn war hervorragend – deshalb hatte Ellis ihn auch sofort akzeptiert –, und er war sehr zuversichtlich, was die Zukunft betraf. Es konnte später nur nützlich sein, wenn man hier chirurgisch gearbeitet hatte.
Alles in allem war er guter Laune und spielte eine halbe Stunde lang konzentriert, bis er müde wurde und nicht mehr genug sehen konnte. Er bedeutete Kelso mit einem Zeichen, daß er das Spiel beenden wollte. Ein Zuruf hatte bei dem Verkehrslärm wenig Zweck. Sie trafen sich am Netz und schüttelten sich die Hände. Morris stellte befriedigt fest, daß Kelso tüchtig schwitzte.
»Ein gutes Spiel«, sagte Kelso, »morgen um dieselbe Zeit?«
»Ich weiß noch nicht genau«, sagte Morris.
Kelso sah ihn fragend an. »Ach so«, sagte er. »Stimmt ja, Sie haben morgen einen großen Tag.«
»Ja, einen großen Tag.« Morris nickte. Mein Gott, hatte sich die Neuigkeit auch schon unter den Kinderärzten herumgesprochen? Er konnte es Ellis nachfühlen: Dieses vage, aber ständig vorhandene Bewußtsein, daß das ganze Krankenhaus ihn beobachtete und jede, auch die kleinste Handlung registrierte.

»Dann viel Glück«, sagte Kelso.
Die beiden Männer gingen ins Krankenhaus zurück. Von weitem sah Morris die einsame Gestalt von Doktor Ellis, der leicht hinkend über den Parkplatz ging, in seinen Wagen kletterte und nach Hause fuhr.

Mittwoch, 10. März 1971

Implantation

1

Um sechs Uhr morgens saß Janet Ross in ihrer grünen Arbeitskleidung bei Kaffee und Kuchen im dritten Stock der chirurgischen Abteilung. Um diese Zeit herrschte hier Hochbetrieb. Die Operationen sollten zwar um sechs Uhr beginnen, aber sie fingen meistens erst fünfzehn oder zwanzig Minuten später an. Die Chirurgen saßen herum, lasen Zeitung oder diskutierten über die Börse und ihre Golfspiele. Von Zeit zu Zeit ging einer von ihnen und warf von den Beobachtungsrängen einen Blick hinunter in die OP's, um zu sehen, wie weit die Vorbereitungen gediehen waren.
Sie war die einzige Frau hier im Raum. Ihre Anwesenheit übte einen gewissen Einfluß auf das Verhalten der Männer aus. Es ärgerte sie, daß sie die einzige Frau war, und es störte sie auch, daß die Männer ruhiger und höflicher, weniger derb waren. Ein paar Männerwitze hätten sie überhaupt nicht gekümmert, und sie kam sich nicht gern wie ein Eindringling vor. Aber ein Störenfried war sie wohl immer schon gewesen, von ihrer frühesten Jugend an. Ihr Vater, ein Chirurg, hatte nie ein Hehl aus seiner Enttäuschung gemacht, daß er anstelle des gewünschten Sohnes nur eine Tochter bekommen hatte. Ein Sohn hätte genau in sein Lebensschema gepaßt. Am Samstagmorgen hätte er ihn mit ins Krankenhaus nehmen können, er hätte ihm die Operationssäle zeigen können – alles Dinge, die man nur mit einem Sohn anstellen kann. Eine Tochter, das war etwas ganz anderes, eine verwir-

rende Gegebenheit, die nicht ins Leben eines Chirurgen paßte, also ein Störenfried.
Sie sah die Kollegen der Reihe nach an und ging dann ans Telefon, um ihre innere Unruhe zu kaschieren. Sie wählte den siebenten Stock. »Hier Doktor Ross. Ist Mister Benson schon unterwegs?«
»Er wurde gerade weggebracht.«
»Wann?«
»Vor etwa fünf Minuten.«
Sie legte auf und ging zu ihrem Kaffee zurück. Ellis erschien in der Tür und winkte ihr zu. »Beim Anschluß des Computers gibt es fünf Minuten Verzögerung«, sagte er. »Die Leitungen werden gerade verbunden. Ist der Patient schon vorbereitet?«
»Er wurde vor fünf Minuten oben weggebracht.«
»Haben Sie Morris gesprochen?«
»Noch nicht.«
»Hoffentlich kommt er bald«, sagte Ellis.
Irgendwie ging es ihr jetzt besser.

Morris fuhr, begleitet von einer Krankenschwester und einem Polizisten, im Aufzug hinunter. Benson lag auf einer Trage. Morris sagte zu dem Beamten: »Sie können hier nicht aussteigen, weil wir sofort in die sterile Einheit kommen.«
»Und was soll ich machen?« Der Mann wirkte eingeschüchtert. Er hatte sich den ganzen Morgen unsicher und fügsam gezeigt. Unter den Chirurgen kam er sich hilflos vor.
»Sie können alles von der Galerie im dritten Stock aus beobachten. Sagen Sie der Schwester in der Anmeldung, ich hätte die Genehmigung erteilt.«

Der Beamte nickte. Der Aufzug hielt im zweiten Stock. Als die Türen zurückglitten, sah man auf dem Korridor Leute hin- und hergehen, alle in grünen Kitteln. Ein großes Schild verkündete: STERILER BEREICH, KEIN ZUTRITT FÜR UNBEFUGTE. Die Aufschrift leuchtete drohend rot.
Morris und die Schwester schoben Benson aus der Kabine. Der irritierte Beamte blieb zurück. Er drückte auf den Knopf für den dritten Stock, dann ging die Tür wieder zu.
Morris schob Benson den Flur entlang. Nach einer Weile sagte Benson: »Ich bin noch wach.«
»Natürlich sind Sie das.«
»Aber ich will nicht wach sein.«
Morris nickte geduldig. Benson hatte vor einer halben Stunde die vorbereitenden Medikamente bekommen. Sie würden bald wirken und ihn schläfrig machen. »Wie fühlt sich Ihr Mund an?«
»Trocken.«
Also wirkte das Atropin schon. »Es ist alles in Ordnung.«
Morris selbst war noch nie operiert worden. Er hatte zwar Hunderte von Operationen ausgeführt, aber niemals eine an sich selbst erfahren. In den letzten Jahren machte er sich allmählich immer mehr Gedanken darüber, wie es wohl sein mochte, auf der anderen Seite des Zauns zu stehen. Er gab es zwar nicht zu, aber er stellte es sich schrecklich vor.
»Es ist alles in Ordnung«, wiederholte er und legte Benson die Hand auf die Schulter.
Benson sah ihn nur unverwandt an, während er den Flur entlang zum OP 9 geschoben wurde.

Der OP 9 war der größte Operationssaal des Krankenhauses. Die hundert Quadratmeter waren mit elektronischen Geräten vollgestopft. Wenn sich alle zwölf Mann des Operationsteams hier aufhielten, wurde es ziemlich eng. Aber im Augenblick arbeiteten nur zwei OP-Schwestern in dem großen, graugefliesten Raum. Sie bereiteten die sterilen Instrumententabletts und den Stuhl mit den sterilen Tüchern vor.

Im OP 9 gab es keinen Operationstisch, sondern nur einen weich gepolsterten, aufrecht stehenden Stuhl, wie bei einem Zahnarzt. Janet Ross beobachtete die Mädchen durch die Fenster, die den Vorraum vom OP trennten. Neben ihr stand Ellis, schrubbte Hände und Arme und fluchte leise vor sich hin, weil Morris zu spät dran war. Vor Operationen konnte Ellis sehr drastisch werden. Er war außerdem höchst nervös und glaubte, daß niemand es bemerkte. Janet Ross hatte beim Waschen vor Tieroperationen einige Male neben ihm gestanden und kannte den Ablauf: Hochspannung und Flüche vor der Operation, dann absolute Gelassenheit, wenn erst einmal alles begonnen hatte.

Ellis drückte mit dem Ellenbogen den Hebel für das Waschwasser herunter und betrat rückwärts gehend den OP, damit seine Hände nicht die Tür berührten. Eine Schwester reichte ihm ein steriles Tuch. Während er sich die Hände abtrocknete, warf er erst durch die Glasscheibe einen Blick auf Janet, dann sah er hinauf zu den Fenstern der Beobachtungsgalerie. Janet wußte, daß von dort oben aus eine Menge Leute der Operation zusehen würden.

Morris kam herunter und begann sich zu waschen. Sie sagte zu ihm: »Ellis hat schon nach Ihnen gefragt.«

»Ich habe den Patienten heruntergebracht«, antwortete er.
Eine der OP-Schwestern betrat den Waschraum und sagte: »Frau Doktor Ross, aus dem Strahlungslabor ist jemand mit einer Bombe da. Braucht Doktor Ellis sie?«
»Wenn sie geladen ist ...«
»Ich werde fragen«, sagte die Schwester. Sie verschwand und steckte gleich wieder den Kopf herein. »Er sagt, die Strahlenbombe ist geladen und vorbereitet, aber sie könnte Schwierigkeiten machen, falls Ihre Geräte nicht abgeschirmt sind.«
Janet Ross wußte, daß erst in der vorigen Woche die ganze Einrichtung des OP abgeschirmt worden war. Der Plutoniumaustauscher sandte nicht viel an Strahlung aus – nicht einmal so viel, daß auf der Röntgenplatte ein Nebel auftauchte –, aber er konnte vielleicht die empfindlicheren Geräte stören. Für Menschen bestand keine Gefahr. »Wir haben alles abgeschirmt«, sagte sie. »Er soll das Ding in den OP bringen.«
Dann wandte sie sich an Morris, der neben ihr immer noch die Arme schrubbte. »Wie geht's Benson?«
»Er ist nervös.«
»Verständlich«, sagte sie. Morris sah sie über die Gesichtsmaske hinweg fragend an. Sie schüttelte das Wasser von den Händen und ging in den OP. Da sah sie den Mann aus dem Strahlenlabor, der auf einem Instrumentenwagen die Strahlenbombe hereinfuhr. Sie lag in einem kleinen Bleikasten mit der Aufschrift VORSICHT STRAHLUNG. Auf allen vier Seiten des Kastens waren orangefarbene Zeichen für Strahlengefahr angebracht. Das wirkte ein wenig lächerlich, da die Behandlungsbombe kaum gefährlich war.

Ellis stand drüben auf der anderen Seite des Raums und bekam gerade den Kittel übergezogen. Er schob die Hände in die Gummihandschuhe und bewegte die Finger. Dann fragte er den Mann aus dem Labor: »Ist das Ding sterilisiert?«
»Wie bitte?«
»Ob die Strahlenbombe sterilisiert wurde?«
»Das weiß ich nicht, Sir.«
»Dann soll eine der Schwestern das nachholen.«
Janet Ross trocknete sich die Hände ab und spürte, wie sie in der Kühle des OP's eine Gänsehaut bekam. Wie die meisten Chirurgen zog es auch Ellis vor, bei einer Temperatur zu arbeiten, die für den Patienten eigentlich zu niedrig war. Aber dazu bemerkte Ellis nur: »Wenn ich zufrieden bin, ist es der Patient auch.«
Ellis ging hinüber zu den Mattscheiben mit den Röntgenaufnahmen des Patienten, während die nicht sterile Schwester, die für Botengänge zuständig war, ein paar Aufnahmen aufhängte. Ellis hatte sie zwar schon ein dutzendmal gesehen, aber er betrachtete sie trotzdem noch einmal ganz genau. Es waren absolut normale Schädelaufnahmen. In die Hirnhohlräume würde Luft gepumpt werden, damit die inneren Konturen deutlicher sichtbar würden.
Nacheinander kamen auch die anderen Mitglieder des Operationsteams herein. Insgesamt waren es zwei sterile Schwestern, zwei halbsterile, eine Schwester für Botengänge, dann Ellis mit zwei Assistenten, zwei Elektronentechniker und ein Computerprogrammierer. Der Anästhesist war draußen bei Benson.
Ein Elektroniker blickte von seinem Pult auf und sagte: »Wir können jederzeit beginnen, Doktor.«

»Vielleicht warten wir doch noch auf den Patienten«, bemerkte Ellis trocken. Ein paar Leute lachten leise.
Janet Ross sah sich um und betrachtete die sieben Fernsehschirme. Sie hatten unterschiedliche Größen und waren auch verschieden angeordnet, je nach der Wichtigkeit für den Operateur. Der kleinste Schirm war ein Monitor vom Operationsbild. Im Augenblick zeigte er eine Luftaufnahme von dem noch leeren Operationsstuhl. Ein anderer Schirm, der dicht neben dem Operateur angeordnet war, übertrug das Elektroenzephalogramm oder EEG. Er war jetzt abgeschaltet und zeigte nur sechzehn waagrecht verlaufende weiße Linien. Ein großer TV-Schirm übertrug während der Operation die wichtigsten Biodaten des Patienten: Elektrokardiogramm, peripheren arteriellen Blutdruck, Atmungsfrequenz, Herzleistung, den zentralen venösen Blutdruck, die rektal gemessene Temperatur. Wie der Schirm für das EEG, zeigte auch er jetzt nur weiße Linien. Zwei andere Schirme waren ausgeschaltet. Später, während der Operation, würden sie in schwarz-weiß verstärkte Röntgenbilder projizieren.
Die beiden Farbschirme schließlich waren für das LIMBIC-Programm bestimmt. Dieses Programm lief zur Zeit ohne eingedrückte Koordinaten leer. Auf den Schirmen rotierte das dreidimensionale Bild des Gehirns, während darunter die vom Computer willkürlich eingespeisten Koordinaten aufleuchteten. Janet Ross hatte wieder einmal das Gefühl, daß der Computer fast so etwas wie ein weiterer Mitarbeiter im Raum war; dieses Gefühl pflegte sich bei ihr im Verlauf der Operation noch zu verstärken.
Ellis beendete das Studium der Röntgenaufnahmen und warf einen Blick auf die Uhr. 6 Uhr 19. Benson wurde

draußen noch vom Anästhesisten untersucht. Ellis ging ungewöhnlich freundlich lächelnd umher und wechselte mit jedem ein paar nette Worte. Doktor Ross fragte sich unwillkürlich, warum er so demonstrativ entgegenkommend war. Dann sah sie hinauf zur Beobachtungsgalerie, erkannte den Direktor des Krankenhauses, den Chef der Chirurgie, den Chef der Medizinischen Abteilung, den Leiter der Forschungsabteilung – und hatte verstanden.
Um 6 Uhr 21 wurde Benson hereingeschoben. Die Wirkung der vorbereitenden Medikamente hatte jetzt voll eingesetzt. Seine Muskeln waren entspannt, seine Lider schwer. Der Kopf war in ein grünes Handtuch gewickelt. Unter Ellis' wachsamen Augen wurde Benson auf den Operationsstuhl gesetzt. Er schien noch einmal aufzuwachen, als ihm mit Ledermanschetten Arme und Beine festgeschnallt wurden.
»Nur damit Sie uns nicht herunterfallen«, sagte Ellis freundlich. »Sie sollen sich nicht weh tun.«
»Hmhm«, machte Benson leise und schloß die Augen wieder. Ellis nickte den Schwestern zu. Sie nahmen Benson das sterile Tuch vom Kopf. Janet Ross kam der kahle Schädel sehr klein und sehr weiß vor. Die Haut war, bis auf eine winzige Schnittwunde links vorn, ganz glatt. Auf der rechten Seite waren deutlich die beiden blauen X-Zeichen zu sehen, die Ellis angebracht hatte.
Benson lehnte sich in dem Stuhl zurück, ohne noch einmal die Augen zu öffnen. Einer der Techniker begann die Kontrolleitungen anzuschließen und sie mit kleinen Klecksen elektrolytischer Paste zu befestigen. Nach wenigen Minuten war Bensons Körper durch ein Gewirr verschiedenfarbiger Drähte mit den Apparaten verbunden.

Ellis sah auf die verschiedenen Beobachtungsschirme. Das EEG zeigte weiter die sechzehn weißen Linien, der Herzschlag wurde angezeigt. Die Temperatur war gleichmäßig, die Atmung hob und senkte sich in einer weichen Kurve. Die Techniker begannen damit, vorprogrammierte »Parameter« in den Computer einzuspeisen. Die normalen Laborwerte waren bereits eingegeben. Während der ganzen Operation würde der Computer nun in Abständen von fünf Sekunden alle lebenswichtigen Funktionen überwachen und sofort ein Signal senden, wenn etwas schiefging.

»Musik bitte«, sagte Ellis. Eine der Schwestern schob eine Kassette in den tragbaren Kassettenrecorder, der in der Ecke des Operationssaals stand. Leise klang ein Konzert von Bach auf. Ellis operierte immer bei Bachmusik. Er pflegte zu bemerken, die Präzision des Meisters, wenn nicht gar sein Genie, würde ansteckend wirken.

Nun konnte die Operation beginnen. Die Digitaluhr an der Wand zeigte 6,29′,14″ an. Eine Stoppuhr daneben stand noch auf 0,00′,00″.

Janet Ross zog mit Hilfe einer sterilen Schwester die Gummihandschuhe an und schlüpfte in den sterilen Kittel. Die Handschuhe bereiteten ihr stets Schwierigkeiten. Sie benutzte sie nur selten und dann kam es häufig vor, daß sie hängenblieb oder zwei Finger in einen Gummifinger schob. Die Miene der Schwester war schwer zu deuten, weil man mit der Maske nur ihre Augen sehen konnte. Janet war froh, daß Ellis und die anderen Ärzte sich schon dem Patienten zugewandt hatten.

Sie zog sich in den Hintergrund des Raums zurück und achtete darauf, nicht über die dicken, schwarzen Kabel zu stolpern, die überall auf dem Fußboden herumlagen.

Am ersten Stadium der Operation war sie noch nicht beteiligt. Sie wartete, bis der stereotaktische Mechanismus eingesetzt und die Koordinaten bestimmt waren. So hatte sie Zeit, an ihren Handschuhen zu zupfen, bis alle Finger richtig saßen.

Eigentlich hatte sie bei der Operation überhaupt nichts verloren, aber McPherson bestand darauf, daß bei jedem Eingriff ein Nichtchirurg steril zur Verfügung stand. Nach seiner Meinung förderte das den Zusammenhalt innerhalb der Mannschaft. Zumindest behauptete er das.

Sie sah Ellis und seinem Assistenten zu, wie sie Benson abdeckten. Dann beobachtete sie die abgedeckte Stelle auf dem Monitor. Die gesamte Operation wurde für spätere Kontrollen aufgezeichnet.

»Ich denke, jetzt können wir beginnen«, sagte Ellis vollkommen entspannt. »Die Nadel bitte.«

Der Anästhesist, der hinter dem OP-Stuhl stand, setzte die Nadel an Bensons Wirbelsäule, zwischen dem zweiten und dritten Wirbel, an. Benson machte eine kleine Bewegung und murmelte etwas, dann sagte der Anästhesist: »Ich bin jetzt durch die Dura. Wieviel brauchen Sie?«

Der Computer meldete OPERATION BEGONNEN. Damit setzte er automatisch die Stoppuhr in Gang, die in Ziffern die verstrichene Zeit anzeigte.

»Geben Sie mir am Anfang dreißig Kubikzentimeter«, sagte Ellis. »Röntgenbild bitte.«

Die Röntgengeräte wurden vor und neben dem Kopf des Patienten eingestellt. Mit einem Klick schnappten die Filmkassetten ein. Ellis trat auf einen Druckschalter am Boden, dann glühten die Fernsehschirme auf und zeigten die Schwarzweißbilder des Schädels. Er beobachtete aus

zwei Ebenen, wie sich die Ventrikel langsam mit Luft füllten und die Hörner sich schwarz abzeichneten.
Der Programmierer saß am Steuerpult, seine Hände glitten über die Knöpfe. Auf seinem Kontrollschirm erschienen die Worte PNEUMOGRAPHIE EINGELEITET.
»Gut, setzen wir ihm den Hut auf«, sagte Ellis. Der stereotaktische Rahmen, ein runder Kasten, wurde über den Kopf des Patienten gerückt. Dann kontrollierte man die Bohrstellen. Als Ellis sich davon überzeugt hatte, daß alles stimmte, spritzte er das Lokalanästhetikum in die Kopfschwarte. Er durchschnitt die Haut, klappte sie zurück und legte die weiße Knochenfläche frei.
»Bohrer, bitte.«
Mit dem Zweimillimeterbohrer öffnete er auf der rechten Schädelseite das erste von zwei Löchern. Dann schob er den stereotaktischen Rahmen – den »Hut« – über den Kopf und schraubte ihn fest.
Janet Ross blickte hinüber zu den Computerangaben. Auf dem Schirm leuchteten die Werte für Herzschlag und Blutdruck auf und verblaßten wieder. Alles war normal. Aber schon bald würden sich Computer und Chirurgen mit den komplizierteren Dingen beschäftigen.
»Bitte die Position kontrollieren«, sagte Ellis und trat von dem Patienten zurück. Kritisch betrachtete er Bensons rasierten Schädel und den aufgeschraubten Metallrahmen. Der Röntgenfachmann trat vor und schoß die Bilder.
Janet Ross erinnerte sich noch daran, wie früher echte Röntgenaufnahmen gemacht und die Position durch Betrachtung der Filme bestimmt wurde. Es war ein mühseliger Vorgang gewesen. Mit Kompaß, Schieblehre und Lineal wurden Linien über das Röntgenbild gezeichnet, es

wurde gemessen und kontrolliert. Jetzt gab man die Daten in den Computer ein, der die Analyse viel rascher und präziser durchführte.
Das ganze Team wandte sich dem Computerschirm zu. Für einen Augenblick erschienen die Röntgenbilder, wurden aber rasch durch schematische Zeichnungen ersetzt. Die Lage des stereotaktischen Rahmens wurde berechnet und die Idealposition darübergeblendet. Die Koordinaten blitzten auf, dann folgte die Bestätigung KORREKTE POSITION.
Ellis nickte. »Vielen Dank für die Konsultation«, sagte er humorlos und ging hinüber zu dem Tablett mit den Elektroden.
Neuerdings verwendete man teflonüberzogene Elektroden aus rostfreiem Stahl nach Briggs, nachdem fast alles andere ausprobiert worden war: Gold, Platinlegierungen, sogar flexible Stahlsaiten, als man die Elektroden noch unter optischer Kontrolle setzen mußte.
Die früheren Operationen unter optischer Kontrolle waren meist unangenehme und blutige Angelegenheiten gewesen. Man mußte größere Teile der knöchernen Schädelplatte entfernen und das Gehirn teilweise freilegen. Der Chirurg suchte mit dem Auge die Richtpunkte auf der Hirnoberfläche und schob dann seine Elektroden in die Hirnsubstanz. Hatte er die Elektroden in tiefer liegende Schichten einzusetzen, mußte er gelegentlich mit dem Messer Hirnwindungen bis zu den Ventrikeln durchschneiden, um dann die Elektroden anzubringen. Das waren hochkomplizierte Eingriffe. Die Operationen waren langwierig, die Patienten litten sehr darunter.
Das alles war heute durch den Computer grundlegend anders geworden. Jetzt war es möglich, einen Punkt in

einem dreidimensionalen Raum mit größter Präzision zu orten. Anfangs hatte man in der Neuropsychiatrischen Forschungsstation das versucht, was andere Forscher auf diesem Gebiet auch taten, nämlich Punkte im Inneren des Hirns durch Orientierungspunkte am äußeren Schädel zu lokalisieren. Man maß ihre Bezugspunkte von der Augenhöhle aus, vom Ohrausgang, von der Knochennaht. Aber das klappte natürlich nicht, da im Grunde kein Gehirn dem anderen gleicht und auch die knöcherne Schädelkapsel variiert. Es gab nur eine Methode, Punkte im Inneren eines Hirns festzulegen: Man mußte sie individuell zu anderen Punkten in dem Hirn in Beziehung bringen, und dafür boten sich logischerweise die Ventrikel an, die mit Flüssigkeit gefüllten Hohlräume im Hirn. Nach diesem neuen System wurden nun alle Punkte im Gehirn von diesen Ventrikeln her bestimmt. Durch den Einsatz des Computers war es nicht mehr nötig, das Hirn selbst freizulegen. Man bohrte statt dessen einige kleine Löcher in den Schädelknochen und schob die Elektroden hindurch, während der Computer über Röntgenstrahlen kontrollierte, ob die Elektroden den richtigen Ort erreichten.

Ellis griff nach dem ersten Elektrodenbündel. Janet Ross konnte von ihrem Standort aus nur einen dünnen Draht erkennen. In Wirklichkeit handelte es sich um einen Strang aus zwanzig Drähten, mit gestaffelten Kontaktspitzen. Jedes Drähtchen war bis auf den letzten Millimeter an der Spitze mit Teflon überzogen. Die Drähte hatten unterschiedliche Länge und sahen unter dem Vergrößerungsglas aus wie eine winzige Treppe.

Ellis kontrollierte das Bündel unter einem starken Glas. Er verlangte mehr Licht, drehte es hin und her und überprüfte alle Kontaktspitzen. Dann wies er eine Operationsschwester an, das Elektrodenbündel ans Prüfgerät anzuschließen und jeden einzelnen Kontakt zu prüfen. Das war zwar schon dutzendemal geschehen, aber Ellis setzte niemals eine Elektrode ein, ohne sie noch einmal nachzuprüfen. Obgleich er nur zwei Elektrodenbündel brauchte, hatte er immer vier sterilisiert bereitliegen. Ellis war ein vorsichtiger Mensch.

Endlich gab er sich zufrieden. »Fertig zum Anschluß?« fragte er seine Mitarbeiter.

Sie nickten.

Er trat wieder an den Patienten heran und sagte: »Gehen wir jetzt durch die Dura.«

Der Schädelknochen war zwar schon durchbohrt, nicht jedoch die Dura mater, die feste Membran, die das Hirn und die Rückenmarkflüssigkeit umschloß. Ellis' Assistent durchstieß die Dura mit einer Sonde.

»Ich habe sie«, sagte er. Ein paar Tropfen der klaren Flüssigkeit liefen aus dem Durchstich an der Seite des rasierten Schädels herunter. Eine Schwester tupfte sie weg.

Janet Ross fand es immer wieder staunenswert, wie geschützt das menschliche Gehirn liegt. Natürlich sind auch andere lebenswichtige Körperorgane gegen äußere Einwirkungen abgedeckt: Lungen und Herz sind von dem knöchernen Käfig der Rippen umgeben, Leber und Milz liegen unter dem Rippenbogen, die Nieren sind in Fettkapseln gebettet unter kräftigen Rückenmuskeln verborgen. Dieser Schutz ist aber nichts im Vergleich zum Zentralnervensystem, das vollkommen von Knochen umschlossen wird. Aber damit nicht genug – in diesem Knochenpanzer befindet sich noch eine sackähnliche Membran, die mit einer zerebrospinalen Flüssigkeit

angefüllt ist, die unter Druck steht. Und in diesem Flüssigkeitsmantel wirklich hervorragend geschützt ruhen Gehirn und Rückenmark.
McPherson hatte es einmal mit einem Fötus in der fruchtwassergefüllten Gebärmutter verglichen. Er sagte dazu: »Das Baby tritt sehr bald aus dem Mutterleib aus, das Hirn jedoch ruht zeitlebens in seiner eigenen Gebärmutter.«
»Wir setzen jetzt ein«, sagte Ellis.
Janet Ross trat nun vor und stellte sich zu den Operateuren, die um den Kopf des Patienten versammelt waren. Sie beobachtete Ellis, wie er die Spitze der Elektrode in das Bohrloch schob und sie mit sanftem Druck in die Hirnmasse einführte. Der Techniker betätigte einige Knöpfe auf seinem Computerpult. Auf dem Schirm erschienen die Worte EINTRITTSPUNKT LOKALISIERT.
Der Patient bewegte sich nicht und gab auch keinen Laut von sich. Das Hirn ist völlig schmerzunempfindlich. Es besitzt keine Sinneszellen des Schmerzes. Es gehört zu den Absonderlichkeiten der menschlichen Entwicklung, daß gerade das Organ, das jeden Schmerz im ganzen Körper aufspürt und bewußt macht, selbst nichts fühlt.
Janet Ross schaute hinüber zu den Röntgenschirmen. Auf dem kontrastreichen Schwarzweißbild zeichnete sich deutlich die weiße Elektrode ab, die langsam aber stetig ins Gehirn eindrang. Sie sah von der Frontansicht hinüber zur Seitenansicht und betrachtete dann die vom Computer errechneten Schemata.
Der Computer interpretierte die Röntgenbilder, indem er ein vereinfachtes Hirn darstellte, dessen Zielbereich im Schläfenlappen rot aufleuchtete, während eine flakkernde blaue Spur die Linie aufzeigte, die vom Eintritts-

punkt bis zum Zielgebiet der Elektrode führte. Bisher folgte Ellis millimetergenau diesem Weg.
»Sehr gut«, sagte Janet.
Die Elektroden drangen tiefer ein. Der Computer warf in rascher Folge dreidimensionale Koordinaten aus.
»Übung macht den Meister«, sagte Ellis trocken. Er arbeitete jetzt mit der Umsetzung am stereotaktischen Hut. Diese Umsetzung verwandelte die relativ ungenauen Fingerbewegungen in winzige, sehr genau dosierbare Bewegungen. Wenn Ellis mit den Fingern zwei Zentimeter nachschob, bewegte sich die Elektrode nur um einen halben Millimeter. Sehr langsam drang sie immer tiefer ins Hirn ein.
Janet Ross hob den Blick und sah auf dem Schirm des internen Fernsehnetzes Ellis bei der Arbeit. Er war hier im Bild leichter zu beobachten als in der Realität. Plötzlich fuhr sie herum, als Benson deutlich »Äh!« sagte.
Ellis hielt inne. »Was war das?«
»Der Patient«, antwortete der Anästhesist.
Ellis beugte sich vor und beobachtete Bensons Gesicht. »Alles in Ordnung, Mister Benson?« fragte er laut und deutlich.
»Ja, prima«, antwortete Benson mit schwerer Zunge.
»Schmerzen?«
»Nein.«
»Gut. Entspannen Sie sich bitte.« Er machte sich wieder an die Arbeit.
Janet atmete erleichtert auf. Das alles setzte ihr zu, obgleich sie wußte, daß kein Grund zur Besorgnis vorlag. Benson konnte keine Schmerzen empfinden, und sie wußte ja, daß durch die Medikamente nur eine Art Halbschlaf hervorgerufen werden sollte, keine Bewußtlosig-

keit. Es war nicht notwendig, das Risiko einer Allgemeinanästhesie einzugehen.
Sie drehte sich wieder dem Computerschirm zu. Er zeigte jetzt das Hirn von unten, vom Halsansatz her. Der Weg der Elektrode wurde von vorn sichtbar, als kleiner blauer Punkt, umgeben von konzentrischen Kreisen. Ellis mußte den vorgezeichneten Weg mit einer Toleranz von nur einem Millimeter treffen. Er wich einen halben Millimeter ab.
ABWEICHUNG 50, warnte der Computer. Janet sagte: »Sie liegen daneben.«
Die Elektrodenspitzen blieben unbeweglich. Ellis hob den Kopf. »Zu hoch auf der Beta-Ebene?«
»Abweichung nach Gamma.«
»Okay.«
Nach einer Pause setzte sich die Elektrode wieder in Bewegung. ABWEICHUNG 40, erschien auf dem Computerschirm. Langsam rotierte das dreidimensionale Bild und zeigte das Hirn von vorn. ABWEICHUNG 20, stand darunter.
»Sehr gute Korrektur«, bemerkte Janet.
Ellis nickte und summte die Bachmelodie mit.
ABWEICHUNG 0, gab der Computer an und zeigte das Hirn von der Seite. Der zweite Schirm brachte die Frontansicht. Nach einigen Sekunden blinkte eine neue Schriftzeile auf: ANNAEHERUNG ZIELGEBIET. Janet gab die Meldung weiter.
Sekunden später meldete der Computer: GETROFFEN.
Ellis trat zurück und verschränkte die Arme vor der Brust. »Koordinaten überprüfen«, befahl er. Nach der Stoppuhr waren seit Beginn der Operation siebenundzwanzig Minuten verstrichen.

Der Programmierer tastete rasch über die Knöpfe auf seinem Pult. Der Computer simulierte auf den Fernsehschirmen die genaue Plazierung der Elektrode. Die Berechnung ergab dasselbe wie die direkte Beobachtung: GETROFFEN.

»Bitte vergleichen«, sagte Ellis.

Der Computer hielt auf einem Schirm das simulierte Bild fest und projizierte das Röntgenbild des Patienten darüber. Die Deckung war fehlerfrei. Der Computer meldete UEBEREINSTIMMUNG INNERHALB TOLERANZ.

»Das wär's«, sagte Ellis. Er schraubte die kleine Plastikkappe auf, mit der die Elektroden am Schädel befestigt wurden. Dann fixierte er sie mit Plombenmaterial. Er nahm die zwanzig dünnen Drähtchen auseinander, die aus dem Anschluß herauskamen, und schob sie zur Seite.

»Wir können uns die nächste vornehmen«, sagte er.

Nachdem auch die zweite Elektrode eingesetzt war, wurde mit dem Messer ein schmaler Schnitt den Hinterkopf hinab geführt. Er verlief bogenförmig von den Bohrungen hinter dem Ohr den Nacken herab, und zwar so, daß kein wichtiges oberflächlich gelegenes Blutgefäß oder ein Nerv durchtrennt werden konnte. Von dort wurde der Schnitt erst am Schulterrand entlang, dann über die rechte Schulter brustwärts bis an die Achselhöhle fortgesetzt. Mit wenigen raschen Bewegungen öffnete Ellis an der rechten Brustseite, in der Nähe der Achselhöhle, eine kleine Hauttasche.

»Ist die Batterie da?« fragte er.

Die Batterie – das war die atomare Energiequelle – wurde ihm gereicht. Sie war kleiner als eine Zigarettenpackung und enthielt siebenunddreißig Gramm des radioaktiven Isotops Plutonium 239. Die Strahlung erzeugte Wärme,

die durch eine thermische Einheit unmittelbar in elektrischen Strom umgesetzt wurde. Ein Kenbeck-Konstant-Umwandler DC/DC transformierte den Strom genau auf die erforderliche Spannung.
Ellis stöpselte das winzige Kraftwerk in das Prüfgerät und kontrollierte die Leistung noch einmal vor der Implantation. Dabei bemerkte er: »Ich kann mich nie daran gewöhnen, daß dieses Ding sich so kalt anfühlt.« Janet Ross wußte, daß mehrere Isolierschichten aus Vakuumfolie die Batterie außen kühl hielten, während in der Strahlungskapsel eine Temperatur von etwa zweihundertsechzig Grad Celsius unterhalten wurde – genug, um ein Hähnchen zu grillen.
Er überprüfte noch, ob auch keine Strahlung austrat. Alle Messungen brachten Werte im Bereich des Normalen. Natürlich gab es eine gewisse Streuung, die aber nicht höher lag als bei einem normalen Farbfernseher.
Schließlich verlangte er die »Hundemarke«. Benson mußte sie tragen, solange die Atombatterie in seinem Körper eingepflanzt sein würde. Auf der Marke war vermerkt, daß ihr Träger radioaktive Substanz in sich trug, und nannte eine Telefonnummer. Janet Ross wußte, daß es die Nummer eines Auskunftsdienstes war, der vierundzwanzig Stunden am Tag lief. Dieser Dienst gab dem Anrufer genaue technische Einzelheiten der Atombatterie bekannt und sprach die Warnung aus, daß bei Schußverletzungen, Verkehrsunfällen, Feuer und anderen Einwirkungen auf die Batterie Plutonium freigesetzt werden konnte und damit die Gefahr einer harten Alphastrahlung nach außen bestand. Die Schallplatte erteilte detaillierte Anweisungen an Ärzte, Gerichtsmediziner und Bestattungsunternehmer und riet insbesondere Feuerbe-

stattungsinstituten, vor einer Verbrennung unbedingt die Atombatterie entfernen zu lassen.
Ellis schob die Batterie in die kleine Hauttasche, die er an der Brustwand eröffnet hatte. Er verschloß sie mit einem Hautlappen und setzte eine Naht. Dann konzentrierte er sich auf den briefmarkengroßen elektronischen Computer.
Janet Ross sah hinauf zur Zuschauergalerie und erkannte die Zauberzwillinge Gerhard und Richards, die alles aufmerksam beobachteten. Ellis betrachtete das Gerät durch ein starkes Vergrößerungsglas und reichte es dem sterilen Techniker, der den kleinen Computer an den Hauptcomputer des Krankenhauses anschloß.
Für Janet war dieser Computer der großartigste Bestandteil des ganzen Systems. Seit sie vor drei Jahren in die Neuropsychiatrische Forschungsabteilung gekommen war, hatte sie miterlebt, wie der Computer von einem ersten Prototyp, so groß wie eine Aktentasche, bis zu diesem winzigen Modell zusammengeschrumpft war, das auch auf der offenen Handfläche noch klein wirkte und doch alle Komponenten des ersten, schwerfälligen Modells enthielt.
Die hochentwickelte Mikrominiaturisierung hatte nun die Einpflanzung eines Computers in den menschlichen Organismus möglich gemacht. Auf diese Weise konnten die Patienten sich frei bewegen, sie konnten duschen und alles tun, was ihnen gefiel. Bei den älteren Modellen mußte die Batterie am Gürtel des Patienten befestigt werden, und überall hingen Drähte herum.
Der Computerschirm meldete: OPERATIONSBEOBACHTUNG UNTERBROCHEN FUER ELEKTRONISCHE KONTROLLE. Auf einem Schirm erschien vergrößert ein Schaltschema. Der

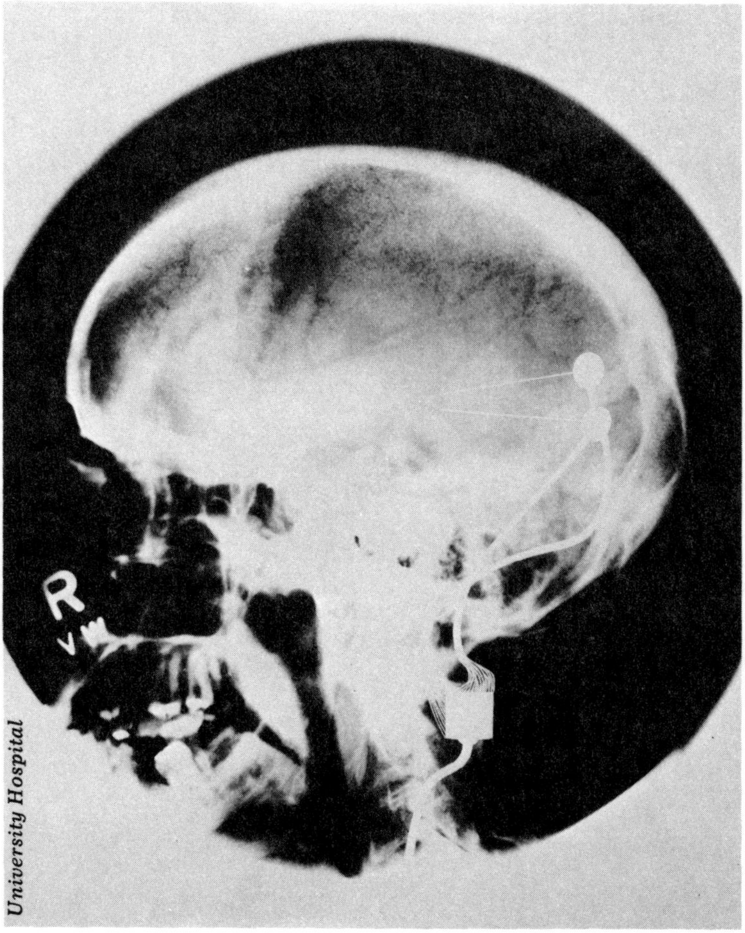

H. F. Benson: Röntgenaufnahme, Seitenansicht (nach der Operation). Man sieht die Elektroden im Seitenlappen des Gehirns und den Computer im Nacken.

Computer kontrollierte jede Verbindung und jedes Bauteil einzeln. Jede Überprüfung dauerte vier Millionstel Sekunden. Nach zwei Sekunden war der gesamte Vorgang abgeschlossen. Der Schirm meldete: ELEKTRONISCHE KONTROLLE NEGATIV. Sekunden später flammte wieder die Darstellung des Hirns auf. Der Computer hatte sich auf die Operationsbeobachtung zurückgeschaltet.

»Okay«, sagte Ellis, »schließen wir ihn an.«

Mit äußerster Sorgfalt verband er die vierzig feinen Drähtchen aus den beiden Elektrodenbündeln mit der Plastikkapsel. Dann schob er die Drähte in die Einschnitte am Hals, steckte die Plastikhülle des Computers unter die Haut und verlangte nach Nahtmaterial. Die Stoppuhr zeigte eine Stunde und zwölf Minuten.

2

Morris schob Benson in die Wachstation, einen langgestreckten, niedrigen Raum, in den alle Patienten unmittelbar nach einer Operation gebracht wurden. Der Neuropsychiatrie war, ebenso wie den anderen Abteilungen, ein bestimmter Abschnitt dieses Raums zugeteilt worden. Nur war die Ecke der Neuropsychiatrie mit ihren vielen elektronischen Geräten und Apparaturen bisher noch nie benutzt worden. Dieser Patient war der erste Fall der Abteilung.

Benson wirkte blaß, aber sonst ging es ihm gut. Kopf und Hals waren dick bandagiert. Morris überwachte das Umlagern vom Fahrtisch in das Bett. Drüben auf der anderen Seite des Zimmers gab Ellis telefonisch seinen Operationsbericht durch. Mit der Nummer eins-eins-null-vier konnte man direkt ein Schreibgerät anwählen. Das Diktat wurde später von einer Sekretärin abgeschrieben und in Bensons Krankenakte abgeheftet.

Im Hintergrund ertönte Ellis' Stimme: »Über die rechte Schläfenpartie des Kopfes wurden Zentimeterschnitte angelegt und mit einem K-7-Bohrer Zweimillimeter-Löcher gebohrt. Die Implantation der Briggs-Elektroden wurde mit Hilfe der Computersteuerung nach dem LIMBIC-Programm ausgeführt. Röntgenkontrolle bestätigte nach Computerauswertung die Einhaltung der vorgeschriebenen Toleranz. Die Elektroden wurden mit Tyler-Befestigungskappen und 70prozentigem Plombenmaterial fixiert. Leitungsdrähte...«

»Was sollen wir mit ihm machen?« erkundigte sich die Stationsschwester.
»Organfunktionen Q, alle fünf Minuten in der ersten Stunde, Q 15 in der zweiten, Q 30 in der dritten und in den folgenden drei Stunden. Wenn alles stabil bleibt, können Sie ihn in sechs Stunden auf Station legen.«
Die Schwester nickte und machte sich ein paar Notizen. Morris setzte sich neben das Bett und schrieb einen knappen Operationsbericht:

Kurzer Operationsbericht Harold F. Benson
Präoperative Diag.: Psychomotorische Schläfenlappen-epilepsie
Postoperative Diag.: dito
Verfahren: Implantation einer doppelten Briggs-Elektrode in den rechten Schläfenlappen mit subdermaler Einpflanzung von Computer und Plutoniumantriebsbatterie.
OP-Vorbereitung: Phenobarbital 500 mg, Atropin 60 mg, eine Stunde vor Operation.
Anästhesie: Lidokain (1/1000) Epinephrin örtlich
Blutverlust: ca. 250 ccm
Infusion: 200 ccm D 5/W
Operationsdauer: eine Std. zwölf Min.
Postoperativer Zustand: gut

Er war gerade mit der Aufzeichnung fertig, da hörte er Janet zu der Schwester sagen: »Geben Sie ihm Phenobarbital, sobald er aufwacht.« Ihre Stimme klang ungehalten.
Er hob den Kopf. »Ist etwas?«
»Nein.«
»Sind Sie wütend?«

»Warum, suchen Sie Streit mit mir?«
»Nein«, sagte er. »Natürlich ...«
»Ich will nur sicher sein, daß er sein Phenobarbital bekommt. Wir müssen ihn sedativ halten, bis wir ihn schalten können.«
Sie stürmte aus dem Raum. Morris sah ihr nach, dann warf er einen Blick hinüber zu Ellis, der sie während des Diktats nicht aus den Augen gelassen hatte. Ellis zuckte die Achseln.
»Was ist denn mit ihr los?« fragte die Schwester.
»Wahrscheinlich übermüdet«, sagte Morris. Er stellte die Kontrollgeräte über Bensons Kopf ein. Dann wartete er, bis der Apparat warm geworden war. Er befestigte die vorläufige Induktion an Bensons bandagierter Schulter. Während der Operation waren zwar alle Drähte angeschlossen worden, aber sie waren noch außer Betrieb. Zunächst mußte Benson »eingestellt« werden. Das heißt, man mußte feststellen, welche der vierzig winzigen Elektroden dem epileptischen Anfall entgegenwirkte, um die richtige Schaltung in dem Computer unter der Haut vorzunehmen. Da sich der Computer unzugänglich unter der Hautoberfläche befand, würde man diese Schaltung durch einen Induktor verlöten, der durch die Haut hindurchwirkte. Aber das konnte erst morgen geschehen.
Bis dahin überwachte der Apparat Bensons Gehirnströme. Die Schirme oberhalb des Bettes leuchteten grün auf und zeigten als weiße Wellenlinie sein EEG. Die Kurve war normal, wenn man die Verlangsamung des Alpha-Rhythmus durch die Beruhigungsmittel berücksichtigte.
Benson öffnete die Augen und sah Morris an.

»Wie fühlen Sie sich?« fragte er.
»Schläfrig«, antwortete Benson. »Geht's bald los?«
»Es ist schon vorbei«, sagte Morris.
Benson schien gar nicht überrascht zu sein. Er nickte nur und schloß wieder die Augen. Ein Techniker aus dem Strahlenlabor kam herein und suchte mit einem Geigerzähler nach eventuellen Streustrahlen der Plutoniumbatterie. Er fand keine undichte Stelle. Morris legte Benson die »Hundemarke« um den Hals. Die Krankenschwester nahm sie neugierig in die Hand und las stirnrunzelnd den Text.
Ellis kam herüber. »Gehen wir frühstücken?«
»Ja«, antwortete Morris. »Höchste Zeit fürs Frühstück.«
Sie verließen gemeinsam den Beobachtungsraum.

3

Er mochte den Klang seiner eigenen Stimme nicht. Sie war rauh und krächzend und mit einer schlechten Aussprache belastet. McPherson sah seine Worte immer geschrieben vor sich. Er drückte auf den Schalter des Diktiergeräts und begann: »Römisch drei – Punkt – Philosophische Bedeutung.«

III. Philosophische Bedeutung

Er hielt inne und sah sich im Büro um. Auf der Ecke seines Schreibtisches stand eine große Gehirnnachbildung. An der Wand die Regale mit den Fachzeitschriften. Dort der Fernsehmonitor. Auf diesem Schirm beobachtete er jetzt die Wiederholung der Operation vom Morgen. Der Ton war abgedreht, die Bilder liefen ohne Laut. Ellis bohrte Löcher in Bensons Kopf. McPherson sah zu, dann begann er zu diktieren.

Dieser Eingriff ist nichts weniger als die erste direkte Verbindung zwischen einem menschlichen Gehirn und einem Computer. Und zwar handelt es sich um eine permanente Verbindung. Sonst könnte man schließlich von jedem Menschen, der an einem Schaltpult sitzt und durch Knopfdruck mit einem Computer verkehrt, sagen, er stehe mit dem Computer in Verbindung.

Zu fad, dachte er. Er ließ das Ganze zurücklaufen und nahm ein paar Änderungen vor.

Ein Mann, der an einem Computerschaltpult sitzt und durch Knopfdruck mit dem Computer agiert, ist auch mit ihm verbunden. Aber die Verbindung ist nicht di-

rekt, also nicht permanent. Daher bedeutet dieser Eingriff etwas ganz anderes. Wie hat man ihn zu betrachten?

Eine gute Frage, dachte er. Er sah eine Weile der Operation auf dem Fernsehschirm zu, dann fuhr er fort:

Man kann in diesem Fall den Computer als Prothese betrachten. Genauso, wie ein Mensch nach Armamputation ein mechanisches Äquivalent für den organischen Arm bekommen kann, erhält ein hirngeschädigter Mensch eine mechanische Hilfe zur Überbrückung des Hirnschadens. Dies ist eine naheliegende Betrachtung der Operation. Sie macht den Computer zu einem besseren Holzbein. Aber die Bedeutung geht eigentlich viel weiter.

Er verfolgte wieder das Fernsehbild.

In der Zentrale hatte jemand die Ampexbänder ausgewechselt. Er sah nicht mehr die Operation, sondern ein psychiatrisches Interview mit Benson vor dem Eingriff. Benson, aufgeregt, rauchte eine Zigarette und unterstrich Worte mit Stoßbewegungen der brennenden Zigarette. McPherson wurde neugierig und drehte den Ton auf leise.

»Ich weiß, was Sie tun. Die Maschinen sind überall. Sie waren früher Diener des Menschen, aber jetzt übernehmen sie die Macht. Ganz langsam und unauffällig kommen sie an die Macht.«

Ellis schob den Kopf durch den Türspalt, sah den Fernsehschirm und lächelte. »Sie wollen sehen, wie's vorher war?«

»Ich versuche zu arbeiten«, antwortete McPherson und zeigte auf das Diktiergerät.

Ellis nickte, zog den Kopf zurück und schloß die Tür.

Benson sagte: »Ich weiß, daß ich ein Verräter an der Menschheit bin, weil ich dazu beitrage, die Maschinen intelligenter zu machen. Aber das ist meine Aufgabe: Die Programmierung künstlicher Intelligenz und ...«

McPherson drehte den Ton so weit zurück, daß er kaum noch etwas hörte. Dann widmete er sich wieder seinem Diktat.

Wenn wir den Computer als eine Maschine betrachten, unterscheiden wir zwischen zentralen und peripheren Einrichtungen. Das heißt, der Hauptcomputer muß als zentral betrachtet werden, obgleich er im üblichen Sinne ganz am Rande liegen kann, beispielsweise im Keller eines Gebäudes. Die Ableseschirme des Computers und die Wiedergabegeräte müssen dann als peripher gelten. Sie liegen nämlich – bezogen auf das Computersystem – am Rande und sind die Außenstellen in den verschiedenen Stationen des Krankenhauses.

Er blickte wieder zum Fernsehschirm und sah, daß Benson gerade sehr aufgeregt gestikulierte. Er drehte den Ton etwas lauter und hörte: »... immer intelligenter. Erst Dampfmaschinen, dann Automobile und Flugzeuge, dann Rechenmaschinen. Jetzt Computer, Feedbackschleifen ...«

McPherson drehte den Ton weg.

Die Analogie zum Menschen wäre das Zentralnervensystem mit den peripheren Ausbildungen wie Mund, Arme und Beine. Sie führen die Instruktionen des Gehirns aus. Im großen und ganzen beurteilen wir das Funktionieren des Gehirns anhand dieser peripheren Funktionen. Wir beobachten, was jemand sagt und wie er sich benimmt, und leiten davon ab, wie sein Hirn funktioniert. Das ist die übliche Betrachtungsweise.

Er sah wiederum Benson auf dem Schirm. Was würde Benson dazu sagen? Würde er einverstanden sein oder widersprechen? Aber das war wohl auch unbedeutend.
Durch diese Operation haben wir nun einen Menschen geschaffen, der nicht wie üblich ein Gehirn, sondern zwei hat. Er besitzt sein biologisches Gehirn, das allerdings geschädigt ist, und wir haben ihn durch ein Computerhirn ergänzt, das den organischen Schaden korrigieren soll. Das technische Hirn hat die Aufgabe, das biologische Hirn zu ergänzen. Und daraus ergibt sich eine neuartige Situation. Das biologische Hirn des Patienten allein ist die periphere Station für den Computer. In diesem Bereich übt das Computerhirn seine umfassende Kontrolle aus. So ist das biologische Gehirn des Patienten und damit im Grunde sein ganzer Körper zur peripheren Station des Computers geworden. Wir haben einen Menschen geschaffen, der nichts anderes ist als eine einzige komplexe Computerstation. Der Patient ist der Anzeigemechanismus des neuen Computers, und er steht den ausgeworfenen Ergebnissen so machtlos gegenüber wie ein Fernsehschirm, der ja auch die Informationen nicht beeinflussen kann, die auf ihm erscheinen.
Vielleicht ein bißchen übertrieben, dachte er. Er drückte auf den Knopf und sagte: »Harriet, wenn Sie den letzten Absatz getippt haben, zeigen Sie ihn mir bitte noch einmal. Dann Römisch vier: Zusammenfassung und Schlußfolgerungen.«
IV. Zusammenfassung und Schlußfolgerungen
Er hielt wieder inne und drehte den Ton lauter. Benson sagte gerade: »... hasse sie, insbesondere die Prostituierten. Flugzeugmechaniker, Tänzerinnen, Übersetzer,

Tankwarte, alle Menschen, die Maschinen sind oder Maschinen bedienen. Die Prostituierten – ich hasse sie alle.«

Dabei stieß Benson nachdrücklich immer wieder mit seiner glimmenden Zigarette in die Luft.

4

»Und wie war Ihnen zumute?« fragte Dr. Ramos.
»Ich war wütend«, antwortete Janet Ross. »Furchtbar wütend. Sehen Sie, diese Schwester stand dabei und beobachtete alles. Sie tat, als wüßte sie nicht, was passiert, aber sie hat's genau gewußt.«
»Und Sie waren wütend über...« Dr. Ramos ließ den Satz offen.
»Über die Operation. Über Benson. Sie haben's einfach gemacht. Ich habe ihnen von Anfang an gesagt – wirklich, von Anfang an –, daß es keine gute Idee sei, aber Ellis, Morris und McPherson waren erpicht darauf. Sie sind so hochnäsig, insbesondere Morris. Als ich ihn in der Wachstation sah, wie er sich an Benson ergötzte – der war eingewickelt und bleich wie ein Gespenst –, da wurde ich wütend.«
»Warum?«
»Weil der Mann so blaß war, weil er ...«
Sie hielt inne. Sie suchte nach einer Antwort, aber es fiel ihr kein logisches Argument ein.
»Ich habe gehört, daß die Operation erfolgreich verlaufen ist«, sagte Dr. Ramos. »Die meisten Menschen sind nach einer Operation blaß. Was hat Sie denn eigentlich wütend gemacht?«
Sie schwieg. Nach einer Weile murmelte sie: »Ich weiß es nicht.«
Sie hörte, daß Dr. Ramos sich auf seinem Stuhl bewegte. Sehen konnte sie ihn nicht, denn sie lag auf der Couch,

und Dr. Ramos saß vor ihrem Kopfende. Es entstand eine längere Pause, während sie zur Decke hinaufsah und überlegte, was sie sagen sollte. Ihre Gedanken drehten sich im Kreise und kamen ihr unsinnig vor.
Schließlich sagte Dr. Ramos: »Die Anwesenheit der Krankenschwester scheint für Sie wichtig gewesen zu sein.«
»Wirklich?«
»Sie haben sie erwähnt.«
»Das ist mir nicht bewußt geworden.«
»Na ja, Sie sagten, die Schwester sei dagewesen und hätte gewußt, was vorging. – Was ist denn eigentlich vorgegangen?«
»Ich war wütend.«
»Ohne zu wissen, warum?«
»Doch, ich weiß es«, sagte sie. »Es lag an Morris. Er ist so eingebildet.«
»Eingebildet?« wiederholte Dr. Ramos.
»Übertrieben selbstsicher.«
»Sie sagten eben eingebildet.«
»Hören Sie, ich hab's nicht so gemeint. Das war nur so ein Ausdruck.« Sie brach ab und merkte an ihrer Stimme, wie wütend sie geworden war.
»Sie sind schon wieder wütend«, sagte Dr. Ramos.
»Ja, sehr.«
»Warum?«
»Warum?« wiederholte sie.
Nach einer langen Pause antwortete sie: »Weil niemand auf mich hört.«
»Wer hört nicht auf Sie?«
»Keiner. Weder McPherson noch Ellis, noch Morris. Keiner hört auf mich.«

»Haben Sie denn Dr. Ellis oder Dr. McPherson gesagt, daß Sie böse sind?«

»Nein.«

»Aber an Dr. Morris haben Sie Ihre Wut ausgelassen?«

»Ja.«

Sie spürte, daß er eine Richtung verfolgte, aber sie wußte nicht welche. An diesem Punkt begriff sie normalerweise, aber diesmal ...

»Wie alt ist Dr. Morris?«

»Ich weiß nicht, ungefähr mein Alter. Dreißig oder einunddreißig.«

»Ungefähr Ihr Alter?«

Daß er alles wiederholte, versetzte sie in Rage. »Ja, verdammt noch mal, ungefähr mein Alter.«

»Und er ist Chirurg?«

»Ja.«

»Fällt es Ihnen leichter, Ihre Wut gegenüber einem Gleichaltrigen auszudrücken?«

»Darüber habe ich nie nachgedacht.«

»Ihr Vater war auch Chirurg, aber er war nicht gleichaltrig.«

»Das brauchen Sie mir nicht zu erklären.«

»Sie sind immer noch wütend.«

Sie seufzte. »Reden wir von etwas anderem.«

»Gut«, sagte er in jenem leichten Ton, der ihr manchmal gefiel und manchmal so verhaßt war.

5

Wenn Dr. Morris etwas nicht leiden konnte, dann waren es diese Erstinterviews. Meist wurde diese zeitraubende und auch langweilige Arbeit ja von den Psychologen der Klinik gemacht. Dabei hatte erst neulich eine Auswertung ergeben, daß nur jeder vierzigste neue Patient der Neuropsychiatrischen Forschungsabteilung weiter behandelt wurde, und lediglich bei jedem dreiundachtzigsten spürte man eine organische Gehirnschädigung auf, die Auswirkungen auf die Verhaltensweise hatte. Das bedeutete, daß die meisten dieser Erstinterviews reine Zeitverschwendung waren.

Das galt insbesondere für die sogenannten Laufpatienten. Vor einem Jahr hatte McPherson aus politischen Gründen beschlossen, jeden zu empfangen, der nur von der Neuropsychiatrischen Abteilung gehört hatte und von sich aus herkam. Natürlich waren die meisten Patienten hierher überwiesen worden, aber McPherson glaubte, der gute Ruf der Abteilung sei auch abhängig von der prompten Behandlung der Leute, die aus eigenem Antrieb kamen.

McPherson vertrat weiterhin den Standpunkt, daß jedes Mitglied des Teams von Zeit zu Zeit Erstinterviews durchzuführen habe. Und so arbeitete denn Morris an je zwei Tagen im Monat in den kleinen Besprechungszimmern mit den durchsichtigen Spiegeln. Heute nun war er wieder an der Reihe, obgleich er überhaupt keine Lust dazu hatte. Die Operation am Morgen hatte ihn in eine

gehobene Stimmung versetzt, die ihm die Alltagsroutine um so verhaßter erscheinen ließ.
Er hob mürrisch den Kopf, als der nächste Patient das Zimmer betrat. Es war ein junger Mann von Mitte zwanzig, in Jeans und T-Shirt, er hatte langes Haar. Morris stand auf und begrüßte ihn.
»Ich bin Doktor Morris.«
»Craig Beckerman.« Sein Händedruck war weich und flüchtig.
»Bitte, nehmen Sie Platz.« Er deutete auf einen Stuhl, der vor seinem Schreibtisch stand und hinter dem sich der durchsichtige Spiegel befand. »Was führt Sie zu uns?«
»Ich – ich bin nur neugierig. Ich habe von Ihnen gelesen«, antwortete Beckerman. »In einem Magazin hat etwas von Hirnoperationen gestanden.«
»Stimmt.«
»Und das hat mich neugierig gemacht.«
»Inwiefern?«
»Nun, dieser Zeitschriftenartikel ... Darf man hier rauchen?«
»Selbstverständlich«, sagte Morris. Er schob Beckerman einen Aschenbecher hinüber. Der junge Mann holte eine Zigarettenpackung aus der Tasche, klopfte eine Zigarette auf die Platte und zündete sie an.
»Der Zeitschriftenartikel?«
»Richtig. In dem Artikel stand, daß Sie Drähte ins Gehirn stecken. Stimmt das?«
»Ja, manchmal nehmen wir solche Eingriffe vor.«
Beckerman nickte und zog an seiner Zigarette. »Dann stimmt es wohl auch, daß Sie die Drähte so hineinstekken können, daß man echte intensive Freude verspürt?«
»Ja«, sagte Morris, so sachlich wie möglich.

»Das ist wirklich wahr?«
»Es ist wahr«, antwortete Morris. Er schüttelte seinen Füllhalter, als sei ihm die Tinte ausgegangen. Dann öffnete er die Schreibtischschublade, um ein anderes Schreibwerkzeug herauszuholen. Dabei drückte er auf eine Reihe von versteckten Knöpfen. Sofort läutete sein Telefon.
»Doktor Morris.«
Am anderen Ende der Leitung fragte die Sekretärin: »Sie haben geläutet?«
»Ja, würden Sie bitte alle Gespräche übernehmen und an die Entwicklungsabteilung weiterleiten?«
»Sofort«, sagte die Sekretärin.
»Danke.« Morris legte auf. Er wußte, daß nun bald die Kollegen aus der Entwicklung kommen und das Gespräch von der anderen Seite des Spiegels aus mitverfolgen würden. »Entschuldigen Sie die Unterbrechung. Sie sagten gerade ...«
»Die Drähte im Gehirn.«
»Ja. In ganz speziellen Fällen führen wir diese Operation durch, aber sie befindet sich noch ganz im experimentellen Stadium.«
»Das macht nichts«, antwortete Beckerman, in eine Rauchwolke gehüllt. »Mir soll's recht sein.«
»Falls Sie weitere Informationen wünschen, können wir Ihnen Sonderdrucke und Zeitschriftenartikel besorgen, die unsere Arbeit hier behandeln.«
Beckerman schüttelte lächelnd den Kopf. »Nein, nein«, sagte er. »Ich brauche keine Information. Ich melde mich freiwillig zu einer solchen Operation.«
Morris tat, als sei er überrascht. Erst nach einer Weile murmelte er: »Aha.«

»Hören Sie«, sagte Beckerman, »in dem Artikel steht, daß ein elektrischer Schlag so ist wie ein Dutzend Orgasmen. Das klingt ja toll.«
»Und Sie wollen diesen Eingriff an sich vornehmen lassen?«
»Ja.« Beckerman nickte heftig. »Das will ich.«
»Warum?«
»Soll das ein Witz sein? Ist denn nicht jeder scharf auf so etwas?«
»Vielleicht«, sagte Morris, »aber Sie sind der erste, der danach verlangt.«
»Na und?« fragte Beckerman, »oder ist das sehr teuer?«
»Nein, aber wir nehmen Hirnoperationen nur aus wichtigem Anlaß vor.«
»Du meine Güte«, sagte Beckerman, »so ist das also. Heiliger Strohsack!«
Er stand auf und verließ kopfschüttelnd das Zimmer.

Die drei Entwicklungsfachleute saßen da wie vor den Kopf geschlagen. Sie starrten noch durch den durchsichtigen Spiegel, als Beckerman längst gegangen war.
»Faszinierend«, sagte Morris.
Die drei Spezialisten antworteten ihm nicht. Schließlich räusperte sich einer und bemerkte: »Das ist gelinde ausgedrückt.«
Morris begriff ihre Verblüffung sehr gut. Seit Jahren beschäftigten sie sich mit der Problematik, wie in den kommenden Jahrzehnten ihre Entwicklungsergebnisse und deren praktische Konsequenzen den allgemeinen Lauf der Dinge beeinflussen würden. Sie trieben Studien über die Auswirkungen auf die Industrie, sie bemühten sich möglichst realistisch durchzuspielen, bis in welche

Verästelungen des öffentlichen Lebens die Entwicklungen eingreifen würden, sie errechneten die Folgerungen, die sich dann notwendigerweise daraus ergeben müßten, und sie betrieben breit angelegte Input-Output-Kalkulationen. Sie waren darauf gedrillt, weiträumig in die Zukunft zu denken, und wurden ganz plötzlich mit der Gegenwart konfrontiert. »Der Mann ist ein Elad«, sagte einer von ihnen und seufzte.

Der Begriff des »Elad« hatte viel Interesse gefunden und einige akademische Besorgnis ausgelöst. Die Idee eines »electrical addict« – also eines Elektroschock-Süchtigen, der seine Dosen brauchte wie mancher sein Rauschgift – war zunächst übertrieben spekulativ erschienen. Aber eben hatten sie einen Mann erlebt, bei dem eindeutig eine solche Sucht zu erkennen war.

»Elektrische Reize sind die tollsten«, versuchte einer zu witzeln und lachte. Aber es war ein nervöses, gespanntes Lachen.

Morris fragte sich, was McPherson dazu sagen würde. Wahrscheinlich etwas sehr Philosophisches. McPherson interessierte sich neuerdings mehr und mehr für Philosophie.

Die Idee des Elektroschock-Süchtigen ging auf eine erstaunliche Entdeckung zurück, die James Olds in den fünfziger Jahren machte. Olds fand damals heraus, daß es im Gehirn Zentren gibt, die bei elektrischer Stimulation intensive Lustgefühle auslösten. Die zugehörigen Nervenbahnen nannte er »Ströme der Lust.« Pflanzte man einer Ratte eine Elektrode in diesen Hirnbereich und ermöglichte ihr über eine Taste die elektrische Selbststimulation, dann drückte sie nach kurzer Einübung pausenlos diese Taste, und zwar bis zu fünftausendmal in der Stunde. Die Ratte wurde derart gierig auf diese Stimulation, daß sie selbst ohne Nahrungsaufnahme unaufhörlich die Taste betätigte, bis sie vor Erschöpfung umfiel.

Dieses erstaunliche Experiment war mit Goldfischen, Meerschweinchen, Delphinen, Katzen und Ziegen wiederholt worden. Es stand inzwischen außer Zweifel, daß die Lustzentren im Gehirn bei allen Wirbeltieren nachzuweisen waren. Auch beim Menschen hatte man sie lokalisiert.

Aus diesen Untersuchungen war der Begriff des Elektroschock-Süchtigen entstanden, eines Menschen, der die lustgebenden Schocks brauchte. War es anfangs schwer vorstellbar gewesen, daß Menschen auf so eigentümliche Manipulationen süchtig werden könnten, rechnete man heute durchaus damit.

Gewiß, das technische Gerät wäre zur Zeit noch sehr teuer, aber das mußte nicht so bleiben. Es lag im Bereich des Möglichen, daß geschäftstüchtige japanische Firmen die Elektroden für zwei oder drei Dollar das Stück produzieren und dann in jeder gewünschten Menge exportieren könnten.

Auch der Gedanke an eine illegale Operation war gar nicht so weit hergeholt. Noch vor kurzem ließen jährlich eine Million Amerikanerinnen illegale Abtreibungen an sich vornehmen. Eine Gehirnimplantation war zwar ein etwas komplizierterer Eingriff, aber sehr groß war der Unterschied nicht. Für die Zukunft durfte man davon ausgehen, daß sich eine genormte Operationstechnik entwickeln würde. Man konnte sich durchaus vorstellen, daß in Mexiko oder auf den Bahamas Spezialkliniken entstehen würden.

Es war auch kein Problem, die geeigneten Chirurgen zu finden. Ein einziger rationell arbeitender Neurochirurg konnte pro Tag zehn bis fünfzehn Eingriffe vornehmen. Jede Operation würde ihm mindestens tausend Dollar einbringen, und bei einem derartig lukrativen Anreiz ließen sich bestimmt genug skrupellose Chirurgen finden. Hunderttausend Dollar pro Woche bar auf den Tisch, das war schon eine starke Verlockung gegen die Gesetze, falls solche überhaupt je erlassen werden sollten.
Das aber war sehr unwahrscheinlich. Vor einem Jahr hatte das Krankenhaus zusammen mit Rechtsgelehrten ein Seminar zum Thema »Biomedizinische Technik und Gesetzgebung« organisiert. Unter anderem wurde auch über Elads diskutiert, aber die Juristen nahmen das Thema nicht auf. Die Charakteristik des Elad paßte nicht in den Rahmen der bereits bestehenden Rauschgiftgesetze. Dieses Gesetzwerk ging davon aus, daß jemand unschuldig oder unfreiwillig süchtig werden konnte, aber das war etwas grundlegend anderes, als wenn jemand mit kühler Überlegung einen chirurgischen Eingriff anstrebte, der ihn süchtig machen würde. Die meisten Rechtsgelehrten hatten die Auffassung vertreten, die breite Öffentlichkeit werde eine solche Operation nicht anstreben. So war man zu dem Schluß gekommen: Wo es keine Nachfrage gab, fiel auch das juristische Problem weg. Nun hatte Beckerman den Beweis geliefert, daß eine solche Nachfrage doch existierte.
»Der Teufel soll mich holen«, sagte unvermittelt einer der Entwicklungsfachleute.
Die Bemerkung fand Morris nicht ganz angebracht. Ihn beschlich ein Gefühl, das ihn, solange er in der Neuro-

psychiatrie arbeitete, erst ein- oder zweimal befallen hatte: Ihm war so, als liefe alles zu schnell, als blieben bei dem, was sie taten, die Vorsichts- und Kontrollmaßnahmen viel zu gering. Er ahnte die Gefahr, daß alles plötzlich und unvermittelt außer Kontrolle geraten könnte.

6

Um 18 Uhr begab sich Roger McPherson, Chef der Neuropsychiatrischen Forschungsabteilung, hinauf in den siebenten Stock, um nach seinem Patienten zu sehen. Für ihn war Benson sein Patient. Dieser Besitzerstolz war nicht ganz ungerechtfertigt. Ohne McPherson gäbe es keine NPFA, und ohne diese Abteilung keine Hirnoperationen, keinen Patienten Benson. Das war doch ganz logisch.

Das Zimmer 710 lag still in den rötlichen Schein der Abendsonne getaucht. Benson schien geschlafen zu haben, schlug aber die Augen auf, als McPherson hinter sich die Tür schloß.

»Wie geht es Ihnen?« fragte McPherson und trat dicht ans Bett.

Benson lächelte. »Das fragt mich jeder.«

McPherson erwiderte das Lächeln. »Eine ganz natürliche Frage.«

»Ich bin nur müde. Sehr müde. Manchmal komme ich mir vor wie eine tickende Zeitbombe, und Sie warten nur darauf, wann ich hochgehe.«

»Kommen Sie sich wirklich so vor?« fragte McPherson. Mit einer mechanischen Bewegung rückte er Bensons Decke zurecht, um unauffällig einen Blick auf die verschiedenen Kurven werfen zu können. Alles in Ordnung.

»Tick-tick«, sagte Benson und schloß die Augen. »Tick-tick ...«

McPherson runzelte die Stirn. Er war von Benson die

Vergleiche aus dem Bereich der Mechanik gewöhnt. Schließlich hatte sich in diesem Mann die Idee verfestigt, Menschen als Maschinen zu sehen. Aber diese Äußerungen so bald nach der Operation?

»Irgendwelche Schmerzen?«

»Keine. Ein leichter Druck hinter den Ohren, als ob ich mich gestoßen hätte, aber sonst nichts.«

Das sind die Knochenreaktionen nach den Bohrungen, dachte McPherson.

»Gestoßen?«

»Ich fühle mich herumgestoßen«, sagte Benson. »Ich bin ein gefallener Mensch.«

»Inwiefern?«

»Ich werde in eine Maschine verwandelt.« Er öffnete die Augen und lächelte wieder. »Oder in eine Zeitbombe.«

»Irgendwelche Gerüche? Seltsame Wahrnehmungen?« McPherson warf dabei einen Blick auf die EEG-Kurve über dem Bett. Der Schirm zeigte immer noch die normale Alpha-Kurve ohne irgendwelche Hinweise auf Krampftätigkeit.

»Nein. Nichts dergleichen.«

»Aber Sie haben das Gefühl, explodieren zu müssen?« Insgeheim dachte er: Die Ross müßte solche Fragen stellen.

»So ähnlich«, sagte Benson. »Im nächsten Krieg werden wir vielleicht alle explodieren.«

»Wie meinen Sie das?«

»Sie wirken verstimmt«, stellte Benson fest.

»Nein, ich bin nur erstaunt. Sie sagten eben etwas über den nächsten Krieg. Wie meinten Sie das?«

»Ich meine den bevorstehenden Krieg zwischen Mensch und Maschine. Das menschliche Gehirn ist veraltet.«

Das war ein neuer Gedanke, den McPherson bisher von Benson noch nicht gehört hatte. Er sah den Mann an, der mit dick verbundenem Kopf vor ihm im Bett lag. Durch die Verbände wirkte der Oberkörper grotesk übertrieben.
»Ja«, sagte Benson. »Das menschliche Gehirn kommt nicht mehr weiter. Es ist erschöpft und hat deshalb die nächste Generation intelligenten Lebens zur Welt gebracht. Es wird... Warum bin ich nur so müde?« Er schloß wieder die Augen.
»Sie sind nach der Operation erschöpft.«
»Ein kleiner Eingriff«, sagte Benson und lächelte mit geschlossenen Augen.
Etwas später schnarchte er.

McPherson blieb noch eine Weile neben dem Bett stehen, dann trat er ans Fenster und betrachtete den Sonnenuntergang über dem Pazifik. Benson hatte ein hübsches Zimmer bekommen. Von hier aus konnte man zwischen den Wohntürmen von Santa Monica ein Stückchen Ozean sehen. Er blieb mehrere Minuten so stehen. Benson schlief fest. Schließlich verließ McPherson das Zimmer 710 und ging ins Stationszimmer, um seinen Bericht zu schreiben.
Patient bei Bewußtsein, ansprechbar, dreifach orientiert.
Er hielt nach dieser Notiz inne. Er war sich nicht sicher, ob Benson in bezug auf Person, Ort und Zeit voll orientiert war. Er hatte es nicht kontrolliert. Aber McPherson ließ den Satz stehen, da der Patient bei klarem Bewußtsein und ansprechbar gewesen war.
Gedankenfluß geordnet und klar, aber Patient behält die fixe Maschinenidee von vor der Operation bei. Es ist

noch zu früh für eine endgültige Aussage, aber die Voraussagen scheinen sich zu bestätigen: Die Operation hat an seiner geistigen Haltung zwischen den Anfällen nichts geändert.
Gezeichnet: Roger A. McPherson, M.D.
Er sah die Eintragung eine Weile an, dann klappte er die Krankenkarte zu und legte sie wieder auf das Regal. Er fand seine Formulierung gut, kühl und direkt, ohne falsche Erwartungen. Schließlich handelte es sich bei der Krankenkarte um ein juristisches Dokument, das eventuell bei Gericht vorgelegt werden würde. Zwar rechnete McPherson damit nicht, aber man konnte nicht vorsichtig genug sein. Er hielt es für seine Pflicht, stets einen guten Eindruck zu machen.
Der Leiter eines großen wissenschaftlichen Labors übt eine politische Funktion aus. Manche verneinen das, andere mögen es sogar bestreiten, aber es stimmt dennoch, und so war es ein Teil seiner Aufgabe.
Man mußte dafür sorgen, daß alle Mitarbeiter zufrieden waren. Je mehr Primadonnen es gab, um so schwieriger wurde das Problem – genau wie in der Politik.
Das Labor mußte von außen finanziert werden; auch das war eine politische Aufgabe. Besonders dann, wenn man auf einem so heiklen Feld tätig war wie die Neuropsychiatrische Forschungsabteilung. Für die Bewilligung von Geldern hatte McPherson seit langem ein eigenes Prinzip entwickelt. Es war ganz einfach: Bei einem Antrag auf Zuschüsse mußte man erklären, daß man nach dem Enzym Meerrettich-Peroxidase zur Heilung von Krebs suchte. Für dieses Projekt waren leicht sechzigtausend Dollar zu bekommen, für die Kontrolle über menschliche Gehirne keine sechzig Cents.

Er betrachtete die Reihe von Karteikarten auf dem Regal. Unbekannte Namen, zwischen denen »BENSON H. F. 710« unterging. In einem Punkt hat Benson recht, dachte er. Er war wirklich eine wandelnde Zeitbombe. Gegen einen Menschen, an dem man eine Technik der Gedankenkontrolle angewandt hatte, mußten sich alle möglichen Vorurteile der Öffentlichkeit richten. Die »Herzkontrolle« mit Hilfe eines Schrittmachers betrachtete man als eine großartige Erfindung; die »Nierenkontrolle« durch Medikamente war ein Segen. Aber die »Gehirnkontrolle« war etwas Böses, eine Katastrophe – obgleich sich die Arbeit der NPFA durchaus mit der Behandlung anderer Organe vergleichen ließ. Selbst die Technik war ganz ähnlich: Beispielsweise war ja die Atombatterie zunächst für Herzkranke entwickelt worden.

Aber das Vorurteil war nun einmal da. Benson kam sich zu Recht vor wie eine tickende Zeitbombe. McPherson seufzte, griff noch einmal nach seiner Karte und schlug die ärztlichen Verordnungen nach. Sowohl Ellis als auch Morris hatten Anweisungen für die postoperative Behandlung erteilt. McPherson fügte hinzu: *Morgen vormittag nach der Schaltung Thorazin.*

Er betrachtete seine Notiz. Die Krankenschwestern konnten sich unter Schaltung sicher nichts vorstellen. Deshalb strich er seine Anweisung durch und schrieb: *Ab morgen mittag mit Thorazin beginnen.*

Er verließ die Station und dachte noch: Ich würde ruhiger schlafen, wenn der Patient schon jetzt Thorazin bekäme. Vielleicht konnte man die Zeitbombe nicht entschärfen, aber es war zumindest möglich, sie in einen Eimer mit kaltem Wasser zu werfen.

7

Spät am Abend betrachtete Gerhard in der Zentrale besorgt das Computerpult. Er tippte noch einige Anweisungen ein, dann ging er hinüber zu dem Resultatschreiber und sah die langen, grüngestreiften Bogen durch. Er suchte nach dem Irrtum, den die Programmierung enthalten mußte.
Der Computer selbst konnte sich nicht irren. Gerhard arbeitete seit zehn Jahren mit Computern – an den verschiedensten Orten, mit den verschiedensten Modellen–, und er hatte niemals einen Fehler erlebt. Natürlich kam es immer wieder zu Irrtümern, aber die lagen immer im Programm, nie im Computer. Manchmal fiel es ihm schwer, sich mit dieser Unfehlbarkeit abzufinden. Sie paßte auch nicht so recht in die allgemeine Lebenserfahrung: Sonst kamen bei Maschinen dauernd irgendwelche Fehler vor – Sicherungen brannten durch, Stereolautsprecher versagten, Heizöfen überhitzten sich, das Auto sprang nicht an. Der moderne Mensch rechnet einfach damit, daß Maschinen eine bestimmte Quote an Fehlern begehen.
Aber bei Computern war das anders. Die Arbeit mit ihnen konnte zuweilen demütigend sein. Sie hatten nie unrecht. So war das nun einmal. Und wenn es Wochen dauerte, einem Problem auf die Spur zu kommen, wenn ein Programm ein dutzendmal von verschiedenen Leuten überprüft wurde, wenn die ganze Mannschaft allmählich zu dem Schluß gelangte, daß diesmal – aus-

nahmsweise – eben doch die Schaltungen des Computers versagt haben müßten, es stellte sich am Ende immer heraus, daß der Grund menschliches Versagen war. Immer lag der Fehler beim Menschen.

Richards trat ein, zog sein Sportjackett aus und goß sich eine Tasse Kaffee ein. »Wie geht's?«

Gerhard schüttelte den Kopf. »Ich hab' Ärger mit George.«

»Schon wieder? Scheiße.« Richards betrachtete das Pult. »Was macht Martha?«

»Alles in Ordnung, glaube ich. Es ist nur George.«

»Welcher?«

»Saint George«, sagte Gerhard. »Ein Mistkerl.«

Richards trank seinen Kaffee und setzte sich ans Pult. »Kann ich es mal probieren?«

»Bitte«, murmelte Gerhard.

Richards drückte auf verschiedene Knöpfe. Er rief das Programm für St. George ab. Dann das Programm für Martha. Anschließend drückte er auf den Knopf für »Interaction«, die wechselseitige Einwirkung der Programme aufeinander.

Richards und Gerhard hatten die Programme nicht selbst entwickelt. Es waren Abwandlungen von vorhandenen Programmen, die von anderen Universitäten stammten. Aber der Grundgedanke war derselbe: Ein Computerprogramm sollte geschaffen werden, das den Computer gefühlsmäßig, menschenähnlich, reagieren ließ. Es war nur natürlich, daß man solchen Programmen Namen wie »George« oder »Martha« gab. In Boston war ein Programm »Eliza«, in England ein anderes »Aldous« genannt worden.

George und Martha waren im Grunde dieselben Programme mit geringfügigen Unterschieden. George war ursprünglich so programmiert, daß er auf Reizungen neutral reagierte. Dann entstand Martha. Sie war ein kleines Luder und mit den meisten Dingen nicht einverstanden. Schließlich schuf man einen anderen George, einen sehr liebevollen, und taufte ihn St. George. Jedes der beiden Programme konnte mit drei Gefühlsregungen antworten: Liebe, Furcht und Wut. Jedes Programm war zu drei Verhaltensweisen imstande: Annäherung, Rückzug und Angriff. Das alles war natürlich außerordentlich abstrakt. Es spielte sich in Form von Zahlen ab. Der ursprüngliche George verhielt sich beispielsweise neutral gegenüber den meisten Zahlen, aber er mochte die 751 nicht. Er war darauf programmiert, diese Zahl abzulehnen. Daraus ergab sich, daß er ähnliche Zahlen, wie 743, 772 und so weiter, auch nicht mochte. Dafür bevorzugte er Zahlen wie 404, 133 und 918. Drückte man eine dieser Zahlen ein, reagierte George mit Zahlen, die Liebe und Annäherung symbolisierten. Gab man 750 ein, ging George wütend zum Angriff über, bei 707 zog er sich zurück – natürlich alles wieder in Zahlen ausgedrückt.

Auf diese Weise hatten die Mitarbeiter der NPFA lange Zeit Zahlenspiele betrieben. Dann hatten sie das Programm so abgeändert, daß der Computer »reden« konnte. Die Zahlen wurden in Sätze übertragen. Das war ebenso amüsant wie aufschlußreich. Dieses Wechselspiel wurde als »Weihnachtsspiel« bezeichnet, weil es hauptsächlich um das Geben und Annehmen von Geschenken ging, von Gegenständen mit einem angelernten Gefühlswert, der zuvor bestimmten Zahlen zugeordnet war.

Wenn der normale George sich mit Martha unterhielt,

nahm er sie allmählich für sich ein, und ihre Unberechenbarkeit trat in den Hintergrund.

Aber St. George übte auf sie eine viel schlimmere Wirkung aus. Mit seiner liebevollen Nachgiebigkeit jagte er sie auf die Palme. So war es jedenfalls, wenn alles normal funktionierte. Richards beobachtete die Zeilen, die über den Schirm huschten.

HALLO ICH BIN ST GEORGE

HALLO

WIE HEISST DU?

MARTHA.

DU SAGST NICHT VIEL, MARTHA.

NEIN

ABER ICH MAG DICH

WARUM ICH MAG DICH NICHT.

DAS VERSTEHE ICH. WIE KANN ICH DIR HELFEN?

»Er druckt die Punkte nicht regelmäßig aus«, sagte Richards. »Wann hat das angefangen?«

»Das ist noch gar nichts«, sagte Gerhard. »Paß nur auf!«

HELFEN?

JA, ICH MOECHTE DIR GERN HELFEN.

ICH SCHENKE DIR EINE KATZE.

Richards zuckte zusammen. Sowohl George als auch Martha waren darauf programmiert, Katzen nicht zu mögen. George eine Katze als Geschenk anzubieten, war eine außerordentlich feindselige Handlung.

DANKE.

NIMM NOCH EINE KATZE.

DANKE, SEHR FREUNDLICH VON DIR

NIMM NOCH EINE KATZE.

NEIN DANKE.

MAGST DU KEINE KATZEN?

DOCH, ABER ICH HABE GENUG KATZEN.

NIMM DIR EINEN GORILLA.

»Richtig gemein«, bemerkte Richards. »Wie sehen die anderen Wechselwirkungen aus?«

»Ganz ähnlich«, antwortete Gerhard.

»Genau so schlimm?«

»Ziemlich.«

Sie hatten sich inzwischen daran gewöhnt, daß die Ergebnisse der Wechselwirkungen bei den Computern nicht voraussagbar waren. Den allgemeinen Verlauf konnte man ungefähr abschätzen, aber die Einzelergebnisse blieben ungewiß. Das war wie bei einem schachspielenden Computer. Daß er gewann, war zu vermuten, aber er gewann jedes Mal mit anderen Zügen, je nachdem, was der Gegenspieler unternahm.

ICH MAG KEINEN GORILLA.

DU MAGST KEINE GORILLAS?

NEIN DANKE.

DU BIST ZU HOEFLICH.

TUT MIR LEID WENN ICH DICH IRGENDWIE BELEIDIGE.

DU REDEST ZU VIEL.

TUT MIR LEID.

NIMM DIR EINE AUBERGINE.

Richards sah voller Interesse zu. St. George hatte keine Informationen über Auberginen. Aber er verabscheute Gurken und Bananen.

NEIN DANKE.

MAGST DU KEINE AUBERGINEN?

NICHT BESONDERS.

HIER HAST DU NOCH EINE.

NEIN DANKE.

ICH MOECHTE SIE DIR ABER GEBEN.

NEIN DANKE.

SO NIMM SIE SCHON.

NEIN DANKE.

ICH BESTEHE DARAUF.

NEIN DANKE.

»Was ist denn mit Saint George los?« fragte Richards.
»Seine Antworten werden zu uniform.«
»Genau, das stört mich auch.«
»Was geht denn da in dem Programm vor?«
»Das wollte ich gerade nachsehen, als du hereinkamst.«

DU MUSST DIR EINE GURKE NEHMEN.

ICH MAG NICHT.

»George!« rief Richards unwillkürlich.

DANN NIMM DIR EINE BANANE.

NEIN.

»George bricht zusammen«, sagte Richards. »Er ist kein Heiliger mehr.«

DANN NIMM DIR EINE BANANE UND EINE GURKE.

NEIN DANKE.

ICH BESTEHE DARAUF.

GEH ZUM TEUFEL ICH BRING DICH UM...........

....

Der Bildschirm füllte sich mit Punkten. »Was soll das heißen – eine nicht druckbare Reaktion?« fragte Richards.
»Weiß ich nicht. Das hab' ich noch nie gesehen.«
»Wie oft ist dieses Programm schon durchgelaufen?« fragte Richards.
»Einhundertzehnmal mit Martha.«
»Irgendwelche Tilgungen aus Lernprozessen?«
»Nein.«
»Verdammt«, sagte Richards. »Aus dem Heiligen wird

ein Jähzorniger.« Er grinste. »Das können wir protokollieren.«
Gerhard nickte und beschäftigte sich wieder mit dem ausgedruckten Ergebnis. Was hier geschah, war theoretisch nicht so verwunderlich. Sowohl George als auch Martha waren so programmiert, daß sie aus Erfahrung lernten. Wie beim Schachspielprogramm, bei dem die Maschine mit jedem Spiel besser wurde, war auch dieses Programm so eingerichtet, daß die Maschine für alles neue Antworten »lernen« sollte. Nach einhundertzehn derartigen Erfahrungen war George plötzlich kein Heiliger mehr. Er lernte, sich gegenüber Martha nicht als Heiliger zu gebärden, obgleich ihm die Heiligkeit einprogrammiert war.
»Ich kann mir vorstellen, wie ihm zumute ist«, sagte Richards und schaltete die Maschine aus. Dann suchte er gemeinsam mit Gerhard nach dem Fehler in der Programmierung, durch den das alles erst möglich geworden war.

Donnerstag, 11. März 1971

Abstimmung

1

Janet Ross saß in dem leeren Raum hinter einem Schreibtisch, der bis auf eine Blumenvase und einen Notizblock leer war. Sie sah auf die Uhr. Es war neun. Sie warf einen Blick auf den Stuhl ihr gegenüber. Dann fragte sie laut: »Wie steht's?«
Nach einem kleinen metallischen Klicken ertönte aus dem Deckenlautsprecher Gerhards Stimme: »Wir brauchen noch ein paar Minuten für die Tonabstimmung. Die Beleuchtung ist in Ordnung. Könnten Sie ein bißchen weiterreden?«
Sie nickte und sah über die Schulter in den durchsichtigen Spiegel hinter ihrem Platz. Zu sehen war nur ihr eigenes Bild, aber sie wußte, daß dahinter Gerhard mit seinen Geräten saß und sie beobachtete.
»Ihre Stimme klingt müde«, sagte sie.
»Wir hatten letzte Nacht Ärger mit Saint George«, antwortete Gerhard.
»Ich bin auch müde«, sagte sie. »Ich habe Ärger mit jemandem, der aber gar nicht heilig ist.« Sie lachte. Sie redete nur, damit er den Ton auf den Raum abstimmen konnte. Was sie sagte, war eigentlich unbedeutend. Aber es stimmte schon: Arthur war kein Heiliger. Er war überhaupt nichts Besonderes, obgleich sie das vor ein paar Wochen, als sie ihn kennenlernte, angenommen hatte. Sie war sogar ein bißchen vernarrt in ihn (»Vernarrt, hm, würden Sie es so bezeichnen?« Sie hörte förmlich die Stimme von Doktor Ramos). Arthur war der Sohn reicher

Eltern, fuhr einen gelben Ferrari, war ein flotter Junge und hatte viel Charme. In seiner Gesellschaft brachte sie es fertig, weiblich und frivol zu sein. Er kam auf die verrücktesten Ideen; so flog er zum Beispiel mit ihr zum Essen nach Mexico City, weil er dort ein kleines Restaurant kannte, in dem man die besten Tacos der Welt bekam. Natürlich wußte sie, daß das albern war, aber es machte ihr Spaß. Sie fühlte sich in einer gewissen Weise wohl bei ihm, weil sie nie über Medizin, das Krankenhaus oder über Psychiatrie reden mußte. Dafür interessierte sich Arthur nicht. Er war an ihr als Frau interessiert (»Nicht als Sexobjekt?« Dieser verdammte Doktor Ramos).

Als sie ihn dann näher kennenlernte, hatte sie doch das Bedürfnis, über ihre Arbeit zu sprechen. Sie stellte mit einiger Überraschung fest, daß Arthur davon gar nichts hören wollte. Ihre Arbeit machte Arthur Angst. Leistung machte ihn unsicher. Offiziell war er Börsenmakler – kein Problem für den Sohn eines reichen Mannes –, und er redete sehr sicher über Geld, Investments, Zinsraten, Staatsanleihen. Aber er wirkte dabei aggressiv, als müßte er sich verteidigen oder nach einer Rechtfertigung suchen.

Dann wurde ihr etwas klar, das sie eigentlich von Anfang an hätte wissen sollen: Arthur interessierte sich für sie hauptsächlich deshalb, weil sie etwas darstellte. Es war zumindest theoretisch schwieriger, sie zu beeindrucken und mitzureißen, als die kleinen Schauspielerinnen im ›Candy Store‹. Deshalb war es natürlich auch befriedigender.

Schließlich behagte ihr diese Rolle nicht mehr. Es machte ihr keinen Spaß mehr, in seiner Gesellschaft frivol zu sein, und alles wurde ein wenig deprimierend. Die

Anzeichen waren nicht zu übersehen: Sie hatte so viel im Krankenhaus zu tun, daß sie Verabredungen absagen mußte, und wenn sie ihn traf, ödete sie alles an, seine übertriebene Art, seine Rastlosigkeit, seine Kleidung, seine Autos.

Sie beobachtete ihn, wenn er ihr beim Essen gegenübersaß, und suchte vergeblich nach dem, was sie anfangs in ihm gesehen hatte. Es war keine Spur mehr davon vorhanden. Gestern abend hatte sie Schluß gemacht. Beide hatten sie gewußt, daß es so kommen mußte.

Warum deprimierte sie das aber?

»Sie sagen ja nichts mehr«, bemerkte Gerhard.

»Ich weiß nicht, was ich sagen soll. Alle anständigen Menschen müssen jetzt dem armen Patienten helfen. Fuchs, du hast die Gans gestohlen. Wir alle gehen den vorbestimmten Weg.« Sie hielt inne. »Genügt das?«

»Nicht ganz.«

»Mariechen saß weinend im Garten. Ich weiß nicht mehr, wie es weitergeht.« Sie mußte lachen.

»Das genügt. Der Ton ist eingependelt.«

Sie sah hinauf zu dem Lautsprecher. »Werden Sie nach diesem Gespräch die Schaltung vornehmen?«

»Vermutlich«, sagte er. »Wenn alles gutgeht. Rog drängt darauf, ihm Beruhigungsmittel zu geben.«

Sie nickte. Das war die letzte Etappe in Bensons Behandlung, und sie mußte erledigt werden, bevor die Beruhigungsmittel verabreicht werden konnten. Benson hatte bis Mitternacht Phenobarbital bekommen. Heute morgen war er wieder klar im Kopf und bereit für die Schaltung.

McPherson hatte dafür aus der Computersprache den Begriff »Interfacing« übernommen. Interface bedeutete die

Grenzfläche zwischen zwei Computersystemen. Oder auch den Randbezirk zwischen einem Computer und einem Effektor-Mechanismus. In Bensons Fall konnte man fast von der Abstimmung zwischen zwei Computern sprechen, seinem Gehirn und dem kleinen Computer in seinem Nacken. Die Drähte waren zwar angeschlossen, aber noch nicht durchgeschaltet. Erst wenn das geschehen war, kam die Rückkopplungsschleife Benson–Computer–Benson zustande.

McPherson sah in diesem Fall den Anfang einer langen Reihe. Er hatte vor, nach den Epileptikern auch mit Schizophrenen, geistig Zurückgebliebenen und Blinden zu arbeiten. Die Graphiken dafür hingen schon an der Wand seines Büros. Er beabsichtigte, dabei immer kompliziertere Computer einzusetzen. Schließlich sollten auch Projekte wie »Form Q« drankommen, was selbst Janet Ross ein wenig weit hergeholt erschien.

Aber heute galt es die praktische Frage zu beantworten, welche der vierzig Elektroden den Anfall verhinderte. Das wußte noch niemand. Es ließ sich nur experimentell feststellen.

Bei der Operation waren die Elektroden millimetergenau in das Zielgebiet eingeführt worden. Eine hervorragende chirurgische Leistung, und doch angesichts der Dimensionen, nach denen das Gehirn gebaut ist, nur eine grobe Annäherung. Eine Nervenzelle im Gehirn hat einen Durchmesser von einem Mikron. Auf jeden Millimeter kommen tausend Nervenzellen.

Infolgedessen konnte man das angestrebte Ziel nur ungefähr erreichen und mußte daher viele Elektroden benutzen. Man durfte davon ausgehen, daß dann wenigstens eine dieser Elektroden genau richtig plaziert war,

um einem Anfall entgegenzuwirken. Welche das aber war, ließ sich nur bestimmen, indem man alle Elektroden nacheinander stimulierte.
»Der Patient kommt«, sagte Gerhard über den Lautsprecher. Einen Augenblick später wurde Benson in seinem Rollstuhl hereingefahren. Er trug den blau-weiß gestreiften Bademantel und machte einen recht wachen Eindruck. Er winkte ihr ein bißchen steif zu, weil er die Schulter wegen der Bandagen noch nicht richtig bewegen konnte. »Wie geht's Ihnen?« fragte er lächelnd.
»Das sollte ich Sie fragen.«
»Ich stelle hier die Fragen«, erklärte er. Er lächelte zwar immer noch, aber seine Stimme klang gereizt. Er hat Angst, stellte sie ein wenig überrascht fest. Aber das war ja auch ganz erklärlich. Natürlich mußte er Angst haben. Jedem anderen würde es so gehen. Sie war auch nicht gerade die Ruhe selbst.
Die Krankenschwester klopfte Benson leicht auf die Schulter, nickte Frau Doktor Ross zu und ging wieder. Sie war mit dem Patienten allein.
Eine ganze Weile sahen sie sich nur an und sagten nichts. Sie wollte Gerhard Zeit geben, die Fernsehkamera an der Decke richtig einzustellen und seine Apparate vorzubereiten.
»Was machen wir heute?« fragte Benson.
»Wir werden der Reihe nach Ihre Elektroden stimulieren und sehen, was dann geschieht.«
Er nickte. Er schien alles ganz gefaßt aufzunehmen, aber sie wußte aus Erfahrung, daß seiner Ruhe nicht zu trauen war. Nach einer Weile fragte er: »Tut das weh?«
»Nein.«
»Okay«, sagte er, »dann fangen wir an.«

Gerhard saß in dem abgedunkelten Nebenraum auf einem hohen Hocker, umgeben von den grünlich leuchtenden Armaturen seiner Geräte. Er konnte Janet Ross und Benson, die jetzt zu sprechen begannen, durch den Spiegel beobachten.

Neben ihm griff Richards nach dem Mikrofon des Tonbandgeräts und sagte leise: »Stimulation Serie eins, Patient Harold Benson, 11. März 1971.«

Gerhard sah auf die vier Fernsehschirme vor sich. Einer zeigte das Bild des Patienten, wie es von dem Kopiegerät als Protokoll des Versuchs aufgezeichnet wurde. Ein anderer Schirm war mit dem Computer gekoppelt und zeigte die vierzig Elektrodenspitzen im Gehirn Bensons als zwei parallele Reihen. Die Elektrode, die gerade stimuliert wurde, leuchtete auf dem Schirm auf.

Ein dritter Schirm gab das Oszillogramm des eingegebenen Stromstoßes wieder. Auf dem vierten Schirm erschien das Schaltschema des winzigen Computers in Bensons Nacken. Es leuchtete jeweils dort auf, wo Schaltwege aktiviert wurden.

Im Nebenraum sagte Janet Ross: »Sie werden unterschiedliche Gefühle verspüren und manche davon dürften ganz angenehm sein. Sie sagen uns bitte genau, was Sie empfinden.«

Benson nickte.

Richards diktierte: »Elektrode eins, fünf Millivolt, fünf Sekunden.« Gerhard drückte auf die Knöpfe. Das Computerdiagramm zeigte, wie ein Stromkreis geschlossen wurde und welchen Weg die Elektrizität durch das komplizierte elektronische Labyrinth in Bensons Schulter nahm. Beide beobachteten Benson durch den Spiegel.

»Das ist interessant«, sagte Benson.
»Was ist interessant?« fragte Janet Ross.
»Dieses Gefühl.«
»Können Sie es beschreiben?«
»Nun, es ist, wie wenn man ein Schinkenbrot ißt.«
»Mögen Sie Schinkenbrote?«
Benson zuckte die Achseln. »Nicht besonders.«
»Haben Sie Hunger?«
»Eigentlich nicht.«
»Empfinden Sie sonst noch etwas?«
»Nein. Nur den Geschmack eines Schinkenbrotes.« Er lächelte. »Auf Schwarzbrot.«
Gerhard an der Kontrolltafel nickte. Die erste Elektrode hatte eine schwache Erinnerung stimuliert.
Richards diktierte weiter: »Elektrode zwei, fünf Millivolt, fünf Sekunden.«
»Ich muß mal hinaus«, sagte Benson.
»Das geht vorbei.«
Gerhard lehnte sich zurück, trank einen Schluck Kaffee und hörte aufmerksam zu.
»Elektrode drei, fünf Millivolt, fünf Sekunden.«
Dieser Stromstoß erzielte bei Benson überhaupt keine Wirkung. Benson unterhielt sich mit Janet Ross über verschiedene Toiletten auf Bahnhöfen, Flughäfen, in Hotels und Restaurants.
»Versuch's noch einmal«, sagte Gerhard. »Fünf mehr.«
»Ich wiederhole, Elektrode drei, zehn Millivolt, fünf Sekunden«, sagte Richards an. Der Fernsehschirm zeigte den Strom in Elektrode drei an. »Immer noch keine Wirkung.«
»Gehen wir weiter zu vier«, sagte Gerhard.
Er notierte:

Nr. 1 – Erinnerung (Schinkenbrot)
Nr. 2 – volle Blase
Nr. 3 – keine subjektive Veränderung
Nr. 4 –

Er wartete nach dem Gedankenstrich. Es würde viel Zeit brauchen, alle vierzig Elektroden durchzugehen, aber es war ein faszinierendes Experiment. Obgleich die Elektroden ganz dicht nebeneinander lagen, erzielte jede einen vollkommen anderen Effekt. Das war nun wirklich ein Beweis mehr für die winzige Ausdehnung der Nervenzellen im Gehirn, in diesem Organ, das jemand einmal die komplizierteste Struktur im bekannten Universum genannt hatte. Und es stimmte: Ein einziges menschliches Gehirn enthielt dreimal soviel Zellen, wie es Menschen auf der ganzen Erde gab. Der Aufbau des Gehirns war manchmal schwer zu begreifen. Zu Beginn seiner Arbeit bei der NPFA hatte Gerhard einmal ein Gehirn zum Sezieren angefordert. Er hatte an Hand eines Dutzends neuroanatomischer Lehrbücher mehrere Tage lang daran gearbeitet und dazu das traditionelle Werkzeug der Hirnanatomen verwendet, nämlich ein stumpfes Holzstäbchen, mit dem er die grauen Zellen beiseite schabte. Er hatte geduldig und sehr sorgfältig gearbeitet und am Ende nichts erreicht. Ein Hirn war etwas grundlegend anderes als eine Leber oder die Lungen. Dem Auge bot es sich einheitlich und langweilig dar, ohne etwas von seiner eigentlichen Funktion zu verraten. Das Hirn war eben zu komplex, zu subtil in seiner Struktur.

»Elektrode vier«, sagte Richards ins Mikrofon. »Fünf Millivolt, fünf Sekunden.« Der Strom wurde eingeschaltet.

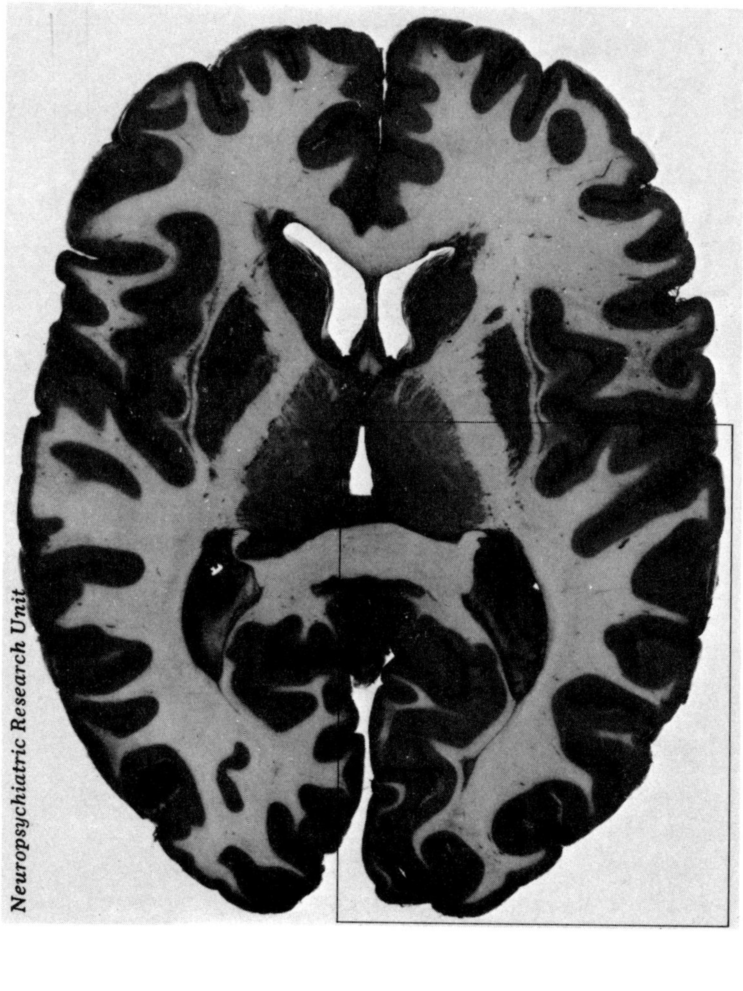

Horizontaler Schnitt durch das Gehirn. Rechter Schläfenlappen (Kasten) auf Seite 147 vergrößert dargestellt.

Benson bettelte mit seltsamer Kinderstimme: »Kann ich bitte noch Milch und Kekse haben?«
»Das ist aber interessant«, bemerkte Gerhard.
Richards nickte. »Welches Alter schätzt du?«
»Höchstens fünf bis sechs.«
Benson plauderte über Kekse, über sein Dreirad. Im Laufe der nächsten Minuten rückte er langsam wie ein Zeitreisender wieder Jahr um Jahr vor, bis er das Erwachsenenalter erreicht hatte und sich nicht mehr in seiner Jugendzeit aufhielt, sondern nur noch an sie zurückdachte. »Ich wollte immer Kekse haben, aber sie hat sie mir nicht gegeben. Sie sagte, die seien ungesund und schlecht für die Zähne.«
»Wir können weitermachen«, sagte Gerhard.
Richards hielt auf dem Tonband fest: »Elektrode fünf, fünf Millivolt, fünf Sekunden.«
Benson rutschte unruhig auf seinem Rollstuhl hin und her.
Janet Ross erkundigte sich, ob ihm etwas fehlte. Benson antwortete: »Ein komisches Gefühl.«
»Wie meinen Sie das?«
»Ich kann's nicht beschreiben. Das ist wie – wie Sandpapier. Unangenehm.«
Gerhard nickte und notierte: *Nr. 5 – potentielles Anfallzentrum.* Es kam gelegentlich vor, daß man auch eine Elektrode fand, die einen Anfall stimulieren konnte. Niemand wußte warum, und Gerhard glaubte insgeheim, daß es auch niemand je erfahren würde. Für ihn war das menschliche Gehirn jedem logischen Verständnis unzugänglich.
Bei der Arbeit mit Programmen wie »George« und »Martha« hatte er gelernt, daß relativ einfache Computer-

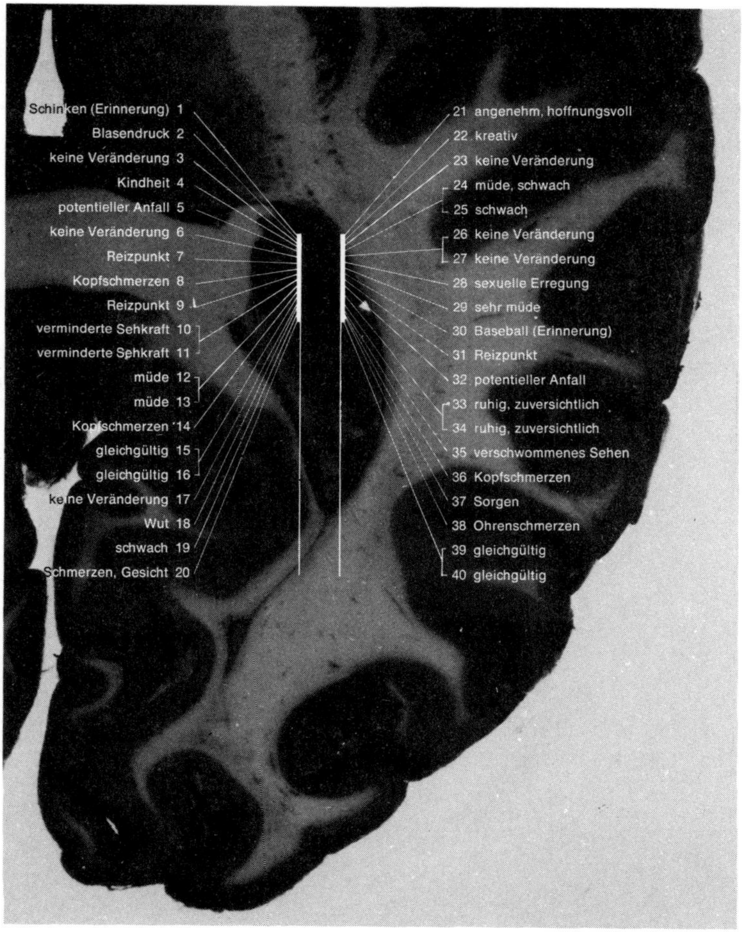

Rechter Schläfenlappen. Ergebnisse einer Stimulationsserie bei dem Patienten Harold F. Benson.

instruktionen zu einem komplexen und unvorhersehbaren Verhalten der Maschine führen konnten. Es stimmte auch, daß die programmierte Maschine die Fähigkeiten des Programmierers übertreffen konnte; das wurde 1963 ganz deutlich, als Arthur Samuel bei IBM einen Computer als Schachpartner programmierte und die Maschine mit der Zeit so gut wurde, daß sie selbst Samuel schlagen konnte.

Das alles betraf noch Computer, die nicht mehr Schaltkreise aufwiesen als ein Ameisenhirn. Das menschliche Gehirn war weitaus komplizierter gebaut, und seine Programmierung erstreckte sich über mehrere Jahrzehnte. Wie konnte da jemand ernsthaft glauben, es jemals ganz begreifen zu können?

Es erhob sich noch ein philosophisches Problem: Nach Gödels Lehrsatz kann kein System sich selbst erklären und keine Maschine jemals die eigene Funktionsweise erfassen.

Gerhard war der Überzeugung, daß das menschliche Hirn bestenfalls nach jahrelanger Arbeit ein Froschhirn entziffern könnte. Aber sich selbst würde es wohl niemals bis in die Einzelheiten analysieren können. Dazu gehörte schon ein übermenschlicher Verstand.

Gerhard glaubte daran, daß man eines Tages einen Computer entwickeln würde, der in der Lage war, die Milliarden von Zellen und die Hunderte Milliarden von Verbindungen im menschlichen Hirn zu entschlüsseln. Dann würde der Mensch endlich die Information besitzen, die er brauchte. Aber das war dann nicht mehr Menschenwerk, sondern ein Resultat, das eine höhere Intelligenzform erzielte. Allerdings würde der Mensch dann nicht mehr wissen, wie dieser Computer funktionierte. Morris

kam mit einer Tasse Kaffee herein. Er trank einen Schluck und sah durch die Scheibe hinüber zu Benson.
»Wie macht er sich?«
»Alles okay«, antwortete Gerhard.
»Elektrode sechs, fünf und fünf«, sagte Richards.
Nebenan bei Benson war keine Reaktion festzustellen. Er saß da und unterhielt sich mit Janet Ross über die Operation und seine hartnäckigen Kopfschmerzen. Er wirkte ruhig und von dem Elektroschock unberührt. Auch eine Wiederholung des Stromstoßes erzielte keine Wirkung. Sie gingen weiter.
»Elektrode sieben, fünf und fünf«, sagte Richards.
Er drückte auf den Knopf.
Benson fuhr hoch. »Ach!« rief er. »Das war angenehm.«
»Was?« fragte Janet.
»Das können Sie gern noch einmal machen.«
»Was haben Sie dabei für ein Gefühl?«
»Ein angenehmes«, sagte Benson. An ihm war eine leichte Veränderung festzustellen. Er schwieg eine Weile, dann fuhr er fort: »Wissen Sie, daß Sie ein prächtiger Mensch sind, Frau Doktor?«
»Danke«, sagte sie.
»Und außerdem sehr attraktiv. Habe ich Ihnen das noch nicht gesagt?«
»Wie fühlen Sie sich jetzt?«
»Ich mag Sie sehr gern«, sagte Benson. »Ich weiß nicht, ob ich Ihnen das schon einmal gesagt habe.«
»Sehr fein«, bemerkte Gerhard und blickte aufmerksam durch den Spiegel. »Wirklich sehr fein.«
Morris nickte. »Ein starker Reizpunkt, er hat eindeutig reagiert.«
Gerhard machte sich eine Notiz. Morris nippte an seiner

Tasse. Sie warteten, bis Benson sich wieder beruhigt hatte.
Dann sagte Richards sachlich: »Elektrode acht, fünf Millivolt, fünf Sekunden.«
Der Reihenversuch lief weiter.

2

Um die Mittagszeit kam auch McPherson. Sein Auftauchen überraschte niemanden. In gewisser Weise war dieser Schaltversuch ein Schritt, der niemals rückgängig gemacht werden konnte. Alles Vorangegangene war unwichtig. Sie hatten die Elektroden, einen Computer und eine Atombatterie eingepflanzt und alles miteinander verbunden. Aber nichts funktionierte, solange die Schaltung nicht vorgenommen war. Es war ähnlich wie bei einem Automobil, das man gebaut hat und das leblos bleibt, bis die Zündung eingeschaltet wird.

Gerhard zeigte ihm die Notizen der bisherigen Versuchsreihe. »Bei fünf Millivolt und einem pulsähnlichen Reiz haben wir bisher drei positive Reizzentren und zwei negative. Die Positiven sind sieben, neun und einunddreißig. Die Negativen fünf und zweiunddreißig.«

McPherson warf einen Blick auf die Notizen, dann sah er durch den Spiegel hinüber zu Benson. »Sind irgendwelche echten Reizzentren dabei?«

»Sieben scheint eins zu sein.«

»Stark?«

»Ziemlich stark. Als wir ihn stimulierten, fand er es angenehm und zeigte ein sexuelles Interesse an Janet.«

»Ist der Reiz zu stark? Kann er umschlagen?«

Gerhard schüttelte den Kopf. »Nein. Oder nur dann, wenn er innerhalb eines zu kurzen Zeitraums wiederholt stimuliert wird. Da war die Sache mit dem Norweger ...«

»Ich glaube, darüber brauchen wir uns nicht den Kopf zu

zerbrechen«, unterbrach ihn McPherson. »Wir haben ja Benson in den nächsten Tagen hier im Krankenhaus. Wenn etwas schiefgeht, können wir auf andere Elektroden umschalten. Wir müssen ihn nur eine Zeitlang beobachten. Was ist mit neun?«
»Sehr schwach, beinahe gleichgültig.«
»Wie hat er reagiert?«
»Mit einer leichten Verstärkung der Spontaneität, einer gewissen Neigung zum Lächeln und zu positiven Anekdoten.«
»Und einunddreißig?« fragte McPherson unbeeindruckt.
»Wirkt eindeutig beruhigend. Gelassenheit, Entspannung, Glücksgefühle.«
McPherson rieb sich die Hände. »Ich denke, dann können wir weitermachen.« Er sah hinüber zu Benson und sagte: »Schalten Sie mal auf sieben und einunddreißig, und lassen Sie uns die Wirkung sehen.«
Für McPherson schien das ein hochdramatischer Augenblick in der medizinischen Geschichte zu sein. Aber Gerhard glitt beinahe gelangweilt von seinem Hocker und ging hinüber in die Ecke zu dem Computerpult. Er drückte auf ein paar Knöpfe. Der Bildschirm darüber erwachte zum Leben und zeigte Buchstabenfolgen.

BENSON, H.F.

SCHALTVORGANG

ELEKTRODEN: VIERZIG, REIHENWEISE ANGEORDNET

SPANNUNGEN: GLEICHMAESSIG

DAUER: GLEICHMAESSIG

WELLENFORM: NUR IMPULS

Gerhard drückte auf einen Knopf. Das Bild erlosch. Dann tauchten einige Fragen auf, die Gerhard auf dem Schreibpult beantwortete.

SCHALTVORGANG BENSON, H.F.

1. WELCHE ELEKTRODEN WERDEN AKTIVIERT

NUR 7,31

2. WELCHE SPANNUNG WIRD AN ELEKTRODEN GELEGT

5 MV

3. WIE LANGE WIRD ELEKTRODE SIEBEN AKTIVIERT

5 S.

Nach einer Pause leuchteten die Fragen für Elektrode einunddreißig auf. Gerhard tippte die Antworten ein. McPherson sagte zu Morris: »Irgendwie ist das schon lustig. Wir geben dem Minicomputer unsere Anweisungen. Er bekommt seine Instruktionen vom großen Computer, der bekommt sie wiederum von Gerhard, und Gerhard besitzt einen noch größeren Computer als alle zusammen.«

»Vielleicht«, sagte Gerhard lachend.

Der Schirm leuchtete wieder auf:

SCHALTDATEN GESPEICHERT. FERTIG ZUR PROGRAMMIERUNG DER NEBENSTATION.

Morris seufzte. Er hoffte, nie in seinem Leben so weit zu kommen, daß ein Computer ihn als ›Nebenstation‹ bezeichnete.

Gerhard tippte weiter. Nur ein leises Klicken war zu hören. Auf den anderen Fernsehschirmen sahen sie die Schaltung im Inneren des kleinen Computers. Einzelne Stellen leuchteten abwechselnd auf, wenn sie endgültig geschaltet wurden.

BENSON, H.F. FERTIG GESCHALTET. IMPLANTIERTES GERAET LIEST JETZT EEG DATEN UND LIEFERT ENTSPRECHENDES FEEDBACK.

Das war schon alles. Morris war irgendwie enttäuscht. Er hatte gewußt, daß die Sache so verlaufen würde, hatte

aber dennoch eigentlich etwas Dramatischeres erwartet.
Gerhard überprüfte noch einmal das ganze System. Das Ergebnis war negativ. Die Schrift auf dem Schirm erlosch. Dann kam die Schlußmeldung:

COMPUTERSYSTEM 360 DES UNIVERSITAETSKRANKENHAUSES DANKT IHNEN FUER DIE UEBERWEISUNG DIESES INTERESSANTEN PATIENTEN ZUR THERAPIE.

Gerhard lächelte. Drüben im anderen Raum unterhielt sich Benson immer noch leise mit Janet Ross. Keinem der beiden war aufgefallen, daß sich etwas verändert hatte.

3

Janet Ross war nach Beendigung der Stimulationen tief deprimiert. Sie stand auf dem Flur und sah Benson nach, der weggeschoben wurde. Noch einmal leuchtete der weiße Verband an seinem Hals auf, dann war er mit seiner Krankenschwester um die nächste Biegung verschwunden.
Sie ging nach der anderen Richtung weg, vorbei an den verschiedenfarbenen Türen der NPFA. Unwillkürlich mußte sie an Arthurs gelben Ferrari denken. Ein wunderbares, elegantes Spielzeug. Sie wünschte sich nach Monte Carlo, um dort in ihrem Kleid von Balenciaga aus Arthurs Ferrari zu steigen, die Treppe zum Casino hinaufzugehen und einmal mit nichts wichtigerem spielen zu können als nur mit Geld.
Sie sah auf die Uhr. »Großer Gott, erst 12 Uhr 15.« Sie hatte noch den halben Tag vor sich. Ob der Beruf einer Kinderärztin Spaß machte? Wahrscheinlich schon. Babys am Bauch kitzeln, ein paar Injektionen geben, den Müttern Ratschläge erteilen, wie man die Kinder stubenrein kriegt. Ein schönes Leben!
Sie dachte noch einmal an die Bandagen um Bensons Schulter, dann betrat sie Telecomp. Sie hatte gehofft, Gerhard allein sprechen zu können, aber sie waren alle da: McPherson, Morris, Ellis. Alle beieinander. In strahlender Laune prosteten sie sich mit Kaffee zu.
Jemand drückte ihr einen Becher in die Hand. McPherson legte ihr väterlich den Arm um die Schultern.

»Ich glaube, heute haben wir Benson auf Sie gehetzt.«
»Ja, das stimmt«, sagte sie mit einem mühsamen Lächeln.
»Aber das dürften Sie ja gewöhnt sein.«
»Eigentlich nicht«, antwortete sie.
Es wurde stiller im Raum, die Stimmung legte sich etwas. Das tat ihr zwar leid, ließ sich aber nicht ändern. So amüsant fand sie es nicht, einen Menschen durch Elektroschocks sexuell zu erregen. Physiologisch mochte das interessant sein, es war vielleicht auch erschreckend oder mitleiderregend, aber bestimmt nicht amüsant. Warum fanden das alle nur so verdammt komisch? Sie konnte das nicht nachempfinden.
Ellis zog ein flaches Fläschchen aus der Hosentasche und goß ihr eine klare Flüssigkeit in den Kaffee. »Auf irische Art schmeckt er besser«, sagte er augenzwinkernd.
Sie nickte und sah hinüber zu Gerhard.
»Austrinken, ex!« rief Ellis.
Gerhard unterhielt sich gerade mit Morris. Es schien ein ernstes Gespräch zu sein. Sie hörte Morris sagen: »Würden Sie mir bitte die Biene reichen.«
Gerhard lachte.
Morris lachte auch. Also offenbar ein Witz.
»Alles in allem nicht schlecht«, sagte Ellis. »Was meinen Sie?«
»Sehr gut«, murmelte sie und trank einen kleinen Schluck. Sie ließ Ellis und McPherson stehen und ging hinüber zu Gerhard. Er war für einen Augenblick allein, weil Morris sich frischen Kaffee holte.
»Kann ich Sie einen Augenblick sprechen?« fragte sie.
»Natürlich«, sagte Gerhard. Er beugte sich näher zu ihr.
»Was gibt's?«

»Ich wollte Sie etwas fragen: Können Sie Benson von hier aus über den Hauptcomputer kontrollieren?«

»Sie meinen, ob man den implantierten Computer kontrollieren kann?«

»Ja.«

Gerhard zuckte die Achseln. »Ich denke schon, aber wozu? Wir wissen doch, daß das eingepflanzte Gerät tadellos funktioniert...«

»Ich weiß«, sagte sie. »Aber würden Sie es trotzdem tun. Nur zur Vorsicht.«

Gerhard schwieg. Aber in seinen Augen stand eine Frage.

»Tun Sie es, bitte.«

»Okay«, sagte er. »Sobald die weg sind, schalte ich ein Kontrollprogramm.« Er nickte zu den anderen hinüber. »Der Computer wird ihn halbstündlich überprüfen.«

Sie runzelte die Stirn.

»Viermal in der Stunde?«

»Geht es nicht alle zehn Minuten?«

»Okay«, sagte er. »Also alle zehn Minuten.«

»Danke«, murmelte sie. Sie trank ihren Becher leer, sie fühlte, wie sich die Wärme in ihrem Magen ausbreitete, und verließ den Raum.

4

Ellis saß in einer Ecke des Krankenzimmers Nr. 710 und sah dem halben Dutzend Technikern zu, die sich am Bett zu schaffen machten. Zwei Leute aus dem Strahlenlabor überprüften eventuelle Streustrahlungen. Ein Mädchen aus dem chemischen Labor nahm eine Blutprobe zur Kontrolle der Steroid-Anteile. Ein EEG-Techniker stellte die Monitoren neu ein. Außerdem warfen Gerhard und Richards einen letzten Blick auf die fertig geschalteten Drähte.

Benson rührte sich nicht. Er atmete ruhig, sah zur Decke empor und ließ alles über sich ergehen. Es schien ihn gar nicht zu berühren, daß man ihn anfaßte, seinen Arm hob oder die Decke zurechtzog. Er starrte nur unverwandt nach oben.

Ellis bemerkte die Hände eines Strahlentechnikers, die stark behaart aus den Manschetten seines weißen Kittels ragten. Für einen Augenblick lagen sie auf den weißen Verbänden am Halse Bensons. Ellis mußte an die vielen Affen denken, die er operiert hatte. Das war doch nichts weiter gewesen als eine technische Fingerübung, wenn man auch noch so sehr tat als ob – es war und blieb ein Affe und kein Mensch. Unterstellt, man schnitt ihn versehentlich von einem Ohr zum anderen auseinander, was machte das aus? Niemand würde Fragen stellen, es gäbe keine Verwandten, keine Rechtsanwälte würden sich darum kümmern, keine Presse, nichts. Es kommen ja nicht einmal Briefe vom Beschaffungsamt, die nachfragen, was denn mit all diesen Achtzigdollaraffen geschähe. Das Schicksal dieser Tiere kümmert niemanden. Und ihm war es auch einerlei. Er war nicht daran interessiert, den Affen zu helfen, sondern er wollte Menschen heilen.

Benson regte sich. »Ich bin müde«, sagte er. Er sah hinüber zu Ellis.

»Seid ihr bald fertig?« fragte Ellis.

Die Techniker traten nacheinander vom Bett zurück, nickten, sammelten ihre Instrumente und Aufzeichnungen ein und verließen das Zimmer. Als letzte verabschiedeten sich Gerhard und Richards. Dann war Ellis mit Benson allein.

»Möchten Sie schlafen?« fragte Ellis.

»Ich komme mir vor wie eine verdammte Maschine. Wie ein Auto in einer komplizierten Werkstatt. Ich habe das Gefühl, repariert zu werden.«

Benson wurde zornig. Ellis spürte geradezu, wie sich alles in ihm spannte. Fast hätte er nach Schwestern und Pflegern gerufen, um Benson festzuhalten, wenn der Anfall kam. Aber er blieb sitzen.

»Das ist doch Quatsch«, sagte Ellis.

Benson funkelte ihn an und atmete schwer.

Ellis beobachtete die Monitoren über dem Bett. Die Hirnströme wurden unregelmäßig, die Kurvenform meldete den nahenden Anfall.

Benson rümpfte die Nase. »Was riecht hier so?« fragte er. »Das ist ja schrecklich.«

Über dem Bett blinkte jetzt ein rotes Schriftzeichen STIMULATION auf. Fünf Sekunden lang tanzten die Hirnwellen in einem Gewirr weißer Linien durcheinander. Seine Pupillen weiteten sich. Dann glätteten sich die

Kurven wieder, und Bensons Pupillen zogen sich auf normale Größe zusammen.
Er sah zum Fenster hinaus und betrachtete die Nachmittagssonne. »Wissen Sie«, sagte er, »wir haben wirklich einen sehr schönen Tag, nicht wahr?«

5

Ohne besonderen Grund kam Janet Ross um 23 Uhr noch einmal ins Krankenhaus. Sie hatte einem Pathologen, der sie schon seit Wochen bedrängte, endlich nachgegeben und sich von ihm ins Kino einladen lassen. Sie hatten sich einen Krimireißer angesehen, weil der Kollege behauptete, sich für keine anderen Filme zu interessieren. Bis zum fünften Mord hatte sie mitgezählt und dann aufgehört. Im Dunkeln war ihr aufgefallen, daß der Pathologe neben ihr lächelte. Seine Reaktion war so stereotyp – ein Pathologe, der über Gewalt und Totschlag nur lächeln kann –, daß ihr unwillkürlich noch andere Klischees aus dem Bereich der Medizin einfielen: Der sadistische Chirurg, der kindisch gewordene Kinderarzt, der Frauenhasser als Gynäkologe und natürlich die verrückten Psychiater.
Nach dem Film hatte er sie ins Krankenhaus zurückgefahren, weil ihr Wagen noch dort auf dem Parkplatz stand. Aber sie war nicht gleich nach Haus gefahren, sondern noch einmal in die NPFA gegangen. Einen bestimmten Anlaß hatte es nicht gegeben.
Die Abteilung war menschenleer. Aber sie rechnete damit, Gerhard und Richards noch bei der Arbeit vorzufinden. Die beiden hockten tatsächlich im Telecomp und grübelten über einem Computerergebnis. Sie bemerkten es kaum, als Janet eintrat und sich eine Tasse Kaffee holte. »Schwierigkeiten?« fragte sie.
Gerhard kratzte sich am Kopf. »Jetzt ist es Martha«, sagte

er. »Erst will George kein Heiliger mehr sein, und nun wird Martha plötzlich nett. Es ist alles durcheinander.«
Richards lächelte. »Sie haben eben Ihre Patienten, Janet, und wir haben unsere.«
»Da wir gerade von meinem Patienten sprechen . . .«
»Natürlich!« rief Gerhard, stand auf und ging hinüber zum Computerpult. »Ich hab' schon überlegt, warum Sie noch einmal hereinkommen.« Er lächelte. »Oder war das Rendezvous langweilig?«
»Nein, nur der Film«, sagte sie.
Gerhard drückte auf ein paar Knöpfe. Ziffern und Buchstaben wurden ausgedruckt. »Hier haben Sie alle Kontrollangaben seit ein Uhr zwölf heute nachmittag.«

01	12	NORMAL EEG	04	22	NORMAL EEG
01	22	NORMAL EEG	04	32	SCHLAF EEG
01	32	SCHLAF EEG	04	42	NORMAL EEG
01	42	SCHLAF EEG	04	52	NORMAL EEG
01	52	NORMAL EEG	05	02	SCHLAF EEG
02	02	NORMAL EEG	05	12	NORMAL EEG
02	12	NORMAL EEG	05	22	NORMAL EEG
02	22	NORMAL EEG	05	32	SCHLAF EEG
02	32	SCHLAF EEG	05	42	NORMAL EEG
02	42	NORMAL EEG	05	52	NORMAL EEG
02	52	NORMAL EEG	06	02	NORMAL EEG
03	02	NORMAL EEG	06	12	NORMAL EEG
03	12	SCHLAF EEG	06	22	NORMAL EEG
03	22	SCHLAF EEG	06	32	NORMAL EEG
03	32	STIMULATION	06	42	NORMAL EEG
03	42	NORMAL EEG	06	52	STIMULATION
03	52	SCHLAF EEG	07	02	NORMAL EEG
04	02	NORMAL EEG	07	12	NORMAL EEG
04	12	NORMAL EEG	07	22	SCHLAF EEG

07	32	SCHLAF EEG	09	22	NORMAL EEG
07	42	SCHLAF EEG	09	32	NORMAL EEG
07	52	NORMAL EEG	09	42	NORMAL EEG
08	02	NORMAL EEG	09	52	NORMAL EEG
08	12	NORMAL EEG	10	02	NORMAL EEG
08	22	SCHLAF EEG	10	12	NORMAL EEG
08	32	NORMAL EEG	10	22	NORMAL EEG
08	42	NORMAL EEG	10	32	STIMULATION
08	52	NORMAL EEG	10	42	SCHLAF EEG
09	02	STIMULATION	10	52	NORMAL EEG
09	12	SCHLAF EEG	11	02	NORMAL EEG

»Das verstehe ich nicht«, sagte sie stirnrunzelnd. »Anscheinend ist er ab und zu eingenickt und hat ein paar Stimulationen bekommen, aber...« Sie schüttelte den Kopf. »Kann man das nicht noch anders darstellen?«
Gerade lieferte der Computer den nächsten Bericht:

11 UHR 12 NORMAL EEG

»Diese Menschen«, sagte Gerhard mit leiser Ironie, »sie können einfach keine Maschinendaten verarbeiten.«
Das stimmte. Eine Maschine kann endlose Zahlenkolonnen verarbeiten, ein Mensch braucht immer irgendein Diagramm. Andererseits sind Maschinen kaum in der Lage, bestimmte Ergebnisse zu erkennen. Es ist ein klassisches Problem, eine Maschine dahin zu bringen, daß sie zwischen den Buchstaben B und D unterscheiden lernt. Jedes Kind bringt das fertig, aber einer Maschine ist es fast unmöglich, zwischen den beiden Buchstaben einen Unterschied zu finden.
»Ich gebe Ihnen die graphische Darstellung«, sagte Gerhard. Er löschte die Schrift und drückte ein paar Knöpfe. Nach einer Weile erschien ein Koordinatensystem, auf dem eine Kurve von Punkt zu Punkt kroch.

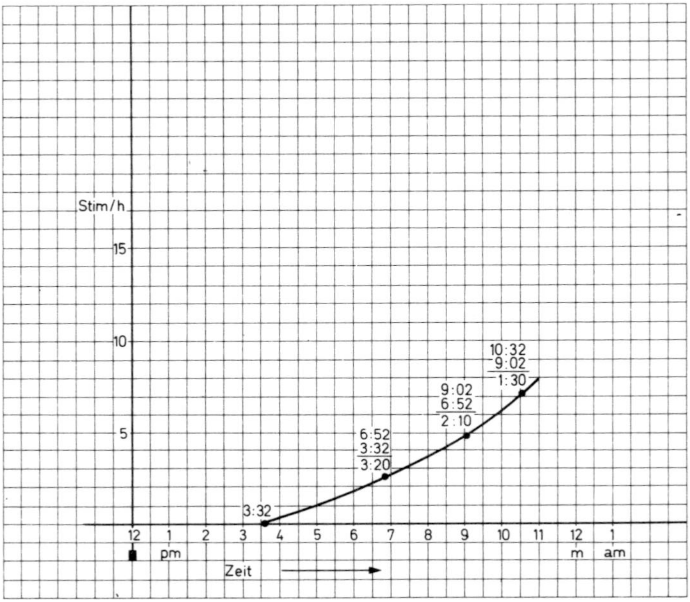

»Verdammt«, entfuhr es ihr.

»Was ist los?« fragte Gerhard.

»Er wird immer häufiger stimuliert. Erst war lange Zeit nichts, dann kam der Stromstoß alle zwei Stunden, und jetzt kommt die Stimulation schon stündlich.«

»Und?« fragte Gerhard.

»Was halten Sie davon?« fragte sie.

»Nichts Besonderes.«

»Es könnte aber etwas Besonderes sein«, bemerkte sie. »Wir wissen doch, daß Bensons Hirn in ein Wechselspiel mit dem Computer eintritt, nicht wahr?«

»Ja.«

»Und aus diesem Wechselspiel entsteht irgendein Lerneffekt. Das ist wie mit dem Kind und der Keksdose. Wenn man einem Kind jedesmal, sobald es nach der Dose greift, eins auf die Finger gibt, greift es nicht mehr so oft hin. Sehen Sie – so.« Sie zeichnete rasch eine Kurve.

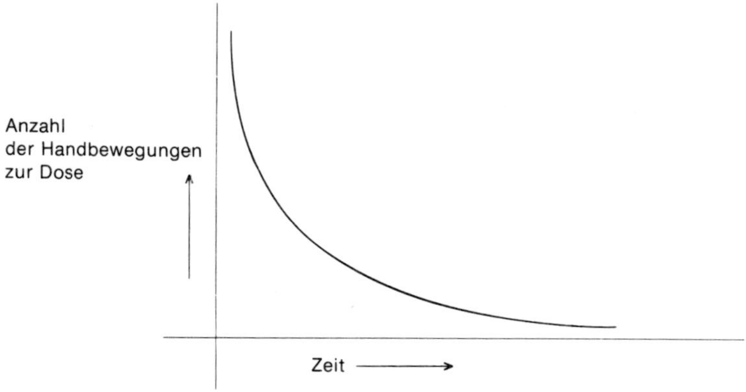

»Das ist negative Verstärkung«, erklärte sie. »Das Kind greift nach den Keksen, empfindet aber einen Schmerz und hört schließlich auf, verstanden?«

»Natürlich«, sagte Gerhard, »aber ...«

»Lassen Sie mich ausreden. So funktioniert die Sache, wenn das Kind normal veranlagt ist. Ist das Kind ein Masochist, sieht die Sache anders aus.« Sie zeichnete eine zweite Kurve.

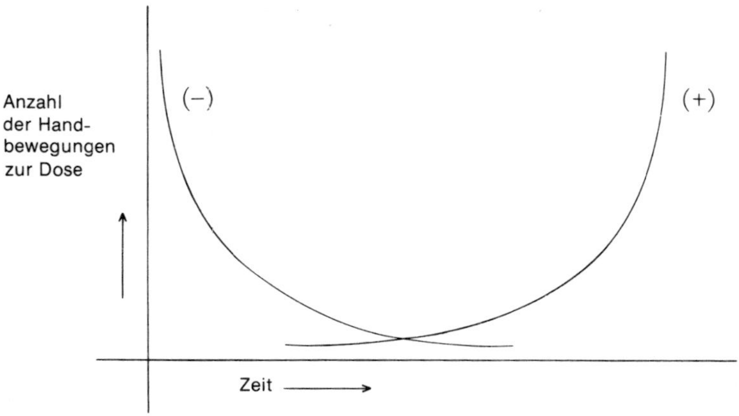

»Hier greift das Kind immer häufiger nach den Keksen, weil es sich gern schlagen läßt. An die Stelle der negativen tritt eine positive Verstärkung. Erinnern Sie sich an Cecil?«

»Nein«, sagte Gerhard.

Auf dem Bildschirm des Computers erschien ein neuer Bericht:

11 UHR 22 STIMULATION

»Scheiße«, sagte sie. »Es geht schon wieder los.«

»Was?«

»Bei Benson zeichnet sich ein progressiver Zyklus ab.«

»Das verstehe ich nicht.«

»Es ist wie bei Cecil. Das war der erste Affe, der über Elektroden an einen Computer angeschlossen wurde. Es war 1965. Damals war der Computer noch kein Kleinstgerät, sondern ein unförmiges Ding, und der Affe war noch über Leitungen angeschlossen. Cecil hatte Epilepsie. Der Computer erkannte stets den Beginn eines Anfalls und schickte einen Stromstoß, um ihn zu unterbinden. So weit in Ordnung. Nun hätten aber die Anfälle immer seltener kommen müssen, wie die Hand des Kindes immer seltener nach den Keksen greift. Aber genau das Gegenteil war der Fall. Cecil mochte die Elektroschocks. Also begann er Anfälle hervorzurufen, um die angenehmen Stromstöße zu bekommen.«

»Und das macht jetzt Benson?«

»Ich glaube schon.«

Gerhard schüttelte den Kopf. »Hören Sie, Janet, das klingt sehr interessant, aber ein Mensch kann doch nicht willkürlich epileptische Anfälle auslösen oder verhindern. Er hat keine Kontrolle darüber. Die Anfälle sind . . .«

»Unbewußt«, ergänzte sie. »Das stimmt. Man kann sie ebensowenig kontrollieren wie den Herzschlag oder den Blutdruck, den Schweißausbruch und andere unwillkürliche Körperfunktionen.«
Es entstand eine längere Pause, dann sagte Gerhard: »Sie wollen mich also widerlegen.«
Auf dem Bildschirm erschien die Zeile
11 UHR 32 –
»Ich wollte Ihnen nur sagen, daß Sie zu viele Konferenzen verbummeln. Wissen Sie etwas über automatische Lernprozesse?«
»Nein«, kam es nach einer schuldbewußten Pause.
»Das war lange Zeit völlig ungeklärt. Die klassische Lehre besagte, daß man nur willkürliche Vorgänge erlernen kann. Man kann Autofahren lernen, aber man kann nicht erlernen, wie man seinen Blutdruck herabsetzt. Natürlich gibt es Jogis, die angeblich den Sauerstoffbedarf ihres Körpers herabsetzen und den Herzschlag auf ein Minimum reduzieren können. Sie kehren die Peristaltik im Verdauungstrakt um und trinken mit dem Anus Flüssigkeit. Aber das alles war lange unbewiesen und galt theoretisch als unmöglich.«
Gerhard nickte zurückhaltend.
»Dann stellte sich später heraus, daß es tatsächlich möglich ist. Man kann einer Ratte beibringen, nur an einem Ohr zu erröten, und zwar wahlweise am linken oder rechten Ohr. Man kann sie lehren, Blutdruck oder Herzschlag zu senken oder zu steigern. Und dieselben Fertigkeiten können auch Menschen erlernen, es ist also nicht unmöglich.«
»Aber wie denn?« fragte er voller Neugier. Seine ursprüngliche Verlegenheit war verschwunden.

»Menschen mit hohem Blutdruck braucht man beispielsweise nur mit einer Blutdruckmanschette am Arm in ein Zimmer zu legen. Sobald der Blutdruck sinkt, läutet eine Glocke. Man weist die Versuchsperson an, die Glocke so oft wie möglich zum Läuten zu bringen. Anfangs ist es dann reiner Zufall. Aber die Versuchsperson lernt bald, wie sie die Glocke häufiger zum Läuten bringen kann. Nach ein paar Stunden klingelt es ununterbrochen.«

Gerhard kratzte sich am Kopf. »Und Sie glauben, Benson produziere häufigere Anfälle, um durch die Elektroschocks belohnt zu werden?«

»Ja.«

»Aber was macht das schon? Er kann ja keinen Anfall mehr bekommen. Das verhindert der Computer.«

»Das stimmt nicht«, entgegnete sie. »Vor ein paar Jahren wurde ein schizophrener Norweger mit Elektroden versehen. Man erlaubte ihm, beliebig oft ein Lustzentrum zu reizen. Er hat sich selbst so lange gereizt, bis er in Krämpfen lag.«

Gerhard zuckte zusammen.

Richards beobachtete den Bildschirm des Computers und sagte plötzlich: »Da stimmt etwas nicht.«

»Was denn?«

»Es kommen keine Ergebnisse mehr, nur noch die Uhrzeiten werden angezeigt.«

Auf dem Schirm sahen sie:

```
11 UHR 32 –
11 UHR 42 – –
```

Janet Ross sah genauer hin und seufzte. »Versuchen Sie doch mal mit dem Computer die Kurve zu extrapolieren«, bat sie. »Sehen Sie nach, ob tatsächlich ein Lernzy-

klus vorliegt und wie schnell die Entwicklung voranschreitet.«
Sie ging zur Tür. »Ich kümmere mich inzwischen um Benson.«
Die Tür schlug zu. Gerhard beschäftigte sich wieder mit dem Computer.

Freitag, 12. März 1971

Zusammen-
bruch

1

Im siebenten Stock, der Spezialchirurgie, war es still. Zwei Krankenschwestern hielten sich in der Station auf. Die eine war mit Eintragungen auf einer Krankenkarte beschäftigt, die andere aß Schokolade und las dabei eine Filmzeitschrift. Keine der beiden kümmerte sich um Janet Ross, als sie an das Regal mit den Krankenakten trat und Bensons Unterlagen aufklappte.

Sie wollte sich nur vergewissern, ob Benson alle Medikamente bekommen hatte. Zu ihrer Überraschung stellte sie fest, daß dies nicht der Fall war.

»Warum hat Benson sein Thorazin nicht bekommen?« fragte sie.

Die beiden hoben erstaunt die Köpfe. »Benson?«

»Der Patient in sieben-zehn.« Sie sah auf die Uhr, es war schon nach Mitternacht. »Er sollte ab Mittag Thorazin bekommen. Seit zwölf Stunden.«

»Tut mir leid – darf ich mal?« Eine der Schwestern griff nach der Karte. Janet reichte ihr die Unterlagen und sah ihr zu, wie sie die Seite mit den Verordnungen aufschlug. McPhersons Anweisung war von einer Krankenschwester rot markiert worden, daneben stand die geheimnisvolle Bemerkung »Rückruf«.

Janet Ross sagte sich, daß Bensons psychotische Vorstellungen ohne starke Dosen Thorazin nicht eingedämmt wurden und gefährlich werden konnten.

»Ach ja«, sagte die Schwester, »jetzt erinnere ich mich. Doktor Morris sagte uns, Anweisungen zur Medikation dürften nur von ihm und von Doktor Janet Ross gegeben werden. Da wir diesen Doktor McPhee nicht kennen, haben wir darauf gewartet, daß er uns die Behandlung bestätigt. Ich...«

»Doktor McPherson«, korrigierte Janet mit Nachdruck, »das ist nämlich der Chef der Neuropsychiatrischen Abteilung.«

Die Schwester betrachtete stirnrunzelnd die Unterschrift. »Woher sollen wir das wissen? Hier, den Namen kann man nicht lesen.« Sie gab die Karte zurück. »Wir haben daraus ›McPhee‹ gelesen, und der einzige McPhee in unserem Verzeichnis ist ein Gynäkologe. Das kam uns unlogisch vor. Aber es passiert ja manchmal, daß ein Arzt aus Versehen die falsche Karte erwischt.«

»Schon gut«, sagte Janet und winkte ab. »Aber geben Sie ihm jetzt gleich sein Thorazin.«

»Sofort, Frau Doktor«, sagte die Schwester. Mit einem bösen Blick ging sie zum Arzneischrank.

Janet Ross ging den Flur entlang zum Zimmer 710.

Der Polizist vor Bensons Zimmer hatte seinen Stuhl mit der Lehne gegen die Wand gekippt. Er las mit erstaunlichem Interesse in einem Liebesroman. Janet konnte sich denken, woher er das Groschenheft hatte. Ihm war langweilig geworden, und eine der Schwestern hatte es ihm geliehen. Er rauchte dazu eine Zigarette und schnippte die Asche achtlos in Richtung auf einen Aschenbecher, der auf dem Fußboden stand.

Als sie den Flur entlangkam, hob er den Kopf. »Guten Abend, Frau Doktor.«

»Guten Abend.« Sie mußte sich zusammennehmen, um ihm nicht ihre Meinung wegen seines Benehmens zu sa-

gen. Aber erstens waren die Polizisten ihr nicht unterstellt, und zweitens ärgerte sie sich ja über die Schwester.
»Alles ruhig?« fragte sie.
»Ziemlich still.«
Aus dem Zimmer 710 hörte sie das Reden und Lachen eines Fernsehprogramms. Eine Stimme fragte: »Und was hast du dann gemacht?« Es wurde noch lauter gelacht. – Sie öffnete die Tür.
Alle Lampen waren ausgeschaltet, und nur der Fernsehschirm verbreitete ein geisterhaftes Licht. Benson war offenbar eingeschlafen. Er kehrte der Tür den Rücken zu und hatte sich die Decke über die Schulter gezogen. Sie schaltete den Fernseher aus und ging hinüber zum Bett. Vorsichtig berührte sie ihn am Bein.
»Harry«, sagte sie leise. »Harry.«
Dann hielt sie inne.
Das Bein unter der Decke fühlte sich weich und unförmig an. Sie drückte dagegen – es gab seltsam nach. Da schaltete sie die Lampe auf dem Nachttisch ein. Das Zimmer war in Licht getaucht. Mit einem Ruck zog sie die Decke zurück.
Benson war fort. An seiner Stelle lagen drei Plastiksäcke unter der Decke, wie das Krankenhaus sie in den Papierkörben benutzte. Sie waren aufgeblasen und fest zugeknotet. Ein zusammengedrehtes Handtuch sollte Bensons Kopf vortäuschen, ein anderes seinen Arm.
»Hören Sie«, rief sie dem Beamten halblaut zu, »Sie sollten sich mal hereinbemühen.«
Der Polizist schlurfte herein und griff nach der Pistole. Janet deutete zum Bett.
»Verdammte Scheiße«, sagte der Mann. »Was ist passiert?«

»Das sollte ich Sie fragen.«
Er gab keine Antwort, sondern sah erst einmal im Bad nach. Es war leer. Dann warf er einen Blick in die Schränke. »Seine Kleider sind noch hier.«
»Wann haben Sie zuletzt hereingesehen?«
»Aber seine Schuhe sind weg«, sagte er vom Schrank her. »Seine Schuhe fehlen.« Er drehte sich um und sah die Ärztin verzweifelt an. »Wo ist er hin?«
»Wann haben Sie zuletzt das Zimmer kontrolliert?« wiederholte Janet. Sie drückte auf den Summer für die Nachtschwester.
»Vor ungefähr zwanzig Minuten.«
Sie trat ans Fenster und sah hinaus. Das Fenster war offen, aber es ging von hier aus sieben Stockwerke tief auf den Parkplatz hinunter. »Wie lange waren Sie von der Tür weg?«
»Ach, das waren doch nur ein paar Minuten.«
»Wie lange wirklich?«
»Die Zigaretten sind mir ausgegangen. Im Krankenhaus gibt's keinen Automat. Ich mußte in das Café gegenüber gehen. Alles in allem war ich etwa drei Minuten weg. Das war um halb zwölf. Die Schwestern wollten aufpassen.«
»Großartig«, sagte Janet bissig. Sie kontrollierte die Nachttischschublade und stellte fest, daß Bensons Rasierzeug, seine Brieftasche, seine Autoschlüssel noch da waren.
Die Nachtschwester schob den Kopf zur Tür herein. »Was gibt's denn schon wieder?«
»Ich glaube, uns fehlt ein Patient«, sagte Janet.
»Wie bitte?«
Sie zeigte auf die Plastiksäcke. Die Krankenschwester reagierte langsam, dann wurde sie sehr blaß.

»Rufen Sie Doktor Ellis«, sagte Janet Ross. »Außerdem Doktor McPherson und Doktor Morris. Sie werden alle drei zu Hause sein. Lassen Sie sich über die Zentrale verbinden. Sagen Sie, es ist ein Notruf – erklären Sie, daß Benson fort ist. Und dann die Krankenhauswache. Alles klar?«
»Ja, Frau Doktor«, sagte die Schwester und lief weg.
Janet Ross setzte sich auf die Kante von Bensons Bett und wandte sich dem Beamten zu.
»Woher hat er die Tüten?« fragte der Polizist.
Darüber hatte sie auch gerade nachgedacht. »Eine aus dem Papierkorb neben dem Bett«, antwortete sie, »eine aus dem Papierkorb neben der Tür, und die dritte aus dem Badezimmer. Dazu zwei Handtücher aus dem Bad.«
»Sehr schlau«, sagte der Polizist und zeigte auf den Schrank. »Aber weit kann er nicht kommen. Er hat seine Sachen zurückgelassen.«
»Aber die Schuhe mitgenommen.«
»Ein Mann mit Verband im Bademantel kommt nicht weit, auch wenn er Schuhe anhat.« Er schüttelte den Kopf. »Ich muß jetzt Meldung machen.«
»Hat Benson telefoniert?«
»Heute abend?«
»Nein, letzten Monat.«
»Hören Sie, Madam, Ihre bissigen Bemerkungen können Sie sich sparen.«
Er war noch sehr jung, höchstens Anfang zwanzig. Sie sah, daß er Angst hatte. Er drehte fast durch und wußte nicht, was ihm geschehen würde.
»Entschuldigung«, murmelte sie. »Ich meine, heute abend.«
»Gegen elf Uhr hat er einmal telefoniert.«

»Haben Sie zugehört?«
»Nein.« Er zuckte die Achseln. »Ich kam nicht auf den Gedanken. Sie verstehen doch?«
»Also hat er um elf Uhr telefoniert und um halb zwölf ist er geflüchtet.« Sie trat auf den Flur hinaus und sah hinüber zum Stationszimmer der Schwestern. Dort machte ständig jemand Dienst, und wenn Benson zum Aufzug wollte, mußte er an den Schwestern vorbei. Das war unmöglich.
Wo gab es sonst einen Fluchtweg? Sie sah hinüber zum anderen Ende des Flurs. Dort lag eine Treppe. Aber sieben Stockwerke? Dafür war Benson noch zu schwach. Und wenn er das Erdgeschoß erreichte, wäre er mit seinem Verband und dem Bademantel bestimmt am Empfang aufgehalten worden.
Der Polizist trat auf den Flur heraus. »Das verstehe ich nicht«, sagte er. »Wie konnte er wegkommen?«
»Er ist sehr klug«, antwortete Janet Ross. Diese Tatsache wurde von allen leicht übersehen. Für die Polizisten war Benson ein gewalttätiger Krimineller, einer jener Typen, wie sie ihnen zu Hunderten täglich begegneten. Für die Mitarbeiter des Krankenhauses war er ein Kranker, ein unglücklicher, gefährlicher Mensch am Rande des Wahnsinns. Alle übersahen nur zu leicht, daß Benson außerdem einen klugen Kopf hatte. Er hatte sich als Computerfachmann unter vielen intelligenten Fachleuten ausgezeichnet. Bei einem Aufnahmetest in die Neuropsychiatrische Abteilung war ein IQ von 144 festgestellt worden. Er war geistig vollkommen in der Lage, seine Flucht zu planen. Vermutlich war er aufgestanden, hatte an der Tür gelauscht, gehört, wie der Polizist und die Schwester über Zigaretten diskutierten – und war

dann innerhalb weniger Minuten geflohen. Aber wie hatte er das angestellt?
Benson mußte doch wissen, daß er im Bademantel niemals das Krankenhaus verlassen konnte. Seinen Straßenanzug hatte er im Schrank zurückgelassen, und darin wäre er vermutlich auch nicht hinausgelassen worden. Jedenfalls nicht um Mitternacht. Die Besuchszeit war seit drei Stunden vorüber, und man hätte ihn bei der Anmeldung festgehalten.
Wie, zum Teufel, hatte er das geschafft?
Der Polizist ging zum Stationszimmer, um seinen Bericht durchzugeben. Janet folgte ihm langsamer und betrachtete die Türen. In 709 lag ein Patient mit Verbrennungen. Sie öffnete die Tür und vergewisserte sich, daß er noch da war. 708 stand leer. Ein Patient war nach einer Nierentransplantation am Nachmittag entlassen worden. Sie kontrollierte vorsichtshalber auch dieses Zimmer.
Die nächste Tür führte zu einer Vorratskammer. Hier wurden Verbandsmaterial, Salben und Bettzeug aufbewahrt. Reihenweise standen Flaschen mit Lösungen für Infusionen auf dem Regal, dann Tabletts mit den verschiedensten Geräten. Sterile Gesichtsmasken, Kittelschürzen, Ersatzuniformen für Pfleger und Schwestern ...
Sie blieb stehen. In einer Ecke des Regals lag ein blauer Bademantel, zusammengerollt und hastig hineingestopft. In dem Regal lagen ordentlich gefaltet und gebügelt weiße Hosen, Hemden und Jacken, wie sie vom Krankenhauspersonal getragen wurden.
Sie rief nach der Krankenschwester.

»Unmöglich«, sagte Ellis und rannte im Stationszimmer auf und ab. »Das ist absolut unmöglich. Er ist vor eineinhalb Tagen operiert worden. Er konnte noch gar nicht weg.«

»Er ist aber weg«, sagte Janet Ross. »Und er hat die einzig mögliche Methode gewählt: indem er die Kleidung eines Pflegers anzog. Dann ist er vermutlich über die Treppe hinuntergegangen in den sechsten Stock und mit dem Lift weiter bis in die Halle gefahren. Er dürfte niemandem aufgefallen sein, denn die Pfleger kommen und gehen zu jeder beliebigen Uhrzeit.«

Ellis trug einen Smoking und ein weißes Rüschenhemd. Seine Fliege saß schief, er rauchte hastig eine Zigarette. Janet hatte ihn noch nie rauchen sehen.

»Ich begreife es trotzdem nicht«, sagte er. »Wir haben ihn bis oben hin mit Thorazin vollgepumpt und ...«

»Er hat kein Thorazin bekommen«, unterbrach ihn Janet.

»Was hat er nicht?«

»Was ist Thorazin?« fragte der Polizist, der sich Notizen machte.

»Die Schwestern hatten Zweifel wegen der Verordnung und haben sie nicht ausgeführt. Er hat seit gestern um Mitternacht keine Beruhigungsmittel mehr bekommen.«

»Großer Gott«, murmelte Ellis. Er warf den Schwestern einen mörderischen Blick zu. Dann überlegte er. »Und was ist mit seinem Kopf? Jedem müssen doch die Verbände auffallen.«

Morris hatte bisher schweigend in einer Ecke gesessen. Jetzt sagte er: »Er besaß eine Perücke.«

»Soll das ein Witz sein?«

»Ich hab' sie selbst gesehen.«
»Welche Farbe hatte diese fragliche Perücke?« erkundigte sich der Polizist.
»Schwarz«, antwortete Morris.
»Großer Gott«, murmelte Ellis noch einmal.
»Woher hatte er die Perücke?« fragte Janet.
»Eine Freundin hat sie ihm kurz nach der Aufnahme gebracht.«
»Hören Sie«, sagte Ellis, »selbst mit einer Perücke kann er nicht weit kommen. Er hat seine Brieftasche und sein Geld zurückgelassen. Um diese Zeit bekommt man hier kein Taxi.«
Janet staunte über Ellis' Fähigkeit, die Realität einfach abzustreiten. Er wollte nicht glauben, daß Benson fort war, und so wehrte er sich verzweifelt gegen die offensichtlichen Tatsachen.
»Er hat gegen elf eine Freundin angerufen«, erklärte Janet. »Doktor Morris, wissen Sie noch, wer die Perücke hergebracht hat?«
»Ein hübsches Mädchen«, antwortete Morris.
»An den Namen erinnern Sie sich nicht mehr?« fragte Janet mit einem sarkastischen Unterton.
»Angela Black«, sagte Morris sofort.
»Sehen Sie mal nach, ob Sie den Namen im Telefonbuch finden?« bat Janet.
Während Morris blätterte, läutete das Telefon. Ellis hob ab. Er horchte, dann reichte er den Hörer kommentarlos an Janet weiter.
»Ja«, sagte Janet.
»Ich habe gerade die Computerberechnung durchbekommen«, sagte Gerhard. »Sie haben recht. Benson ist mit dem implantierten Computer in einen Lernzyklus

geraten. Die Punkte seiner Reizkurve stimmen genau mit der projizierten Kurve überein.«
»Das ist ja wunderbar«, sagte Janet Ross. Sie warf Ellis, Morris und dem Polizisten einen Blick zu. Alle sahen sie erwartungsvoll an.
»Ihre Voraussage hat sich genau bestätigt«, fuhr Gerhard fort. »Benson hat offenbar Vergnügen an den Stromstößen. Er ruft immer häufiger Anfälle hervor. Die Kurve weist steil nach oben.«
»Wann wird er umkippen?«
»Bald«, antwortete Gerhard. »Falls er den Zyklus nicht durchbricht – was ich sehr bezweifle –, wird er um sechs Uhr vier morgens praktisch pausenlos Reize empfangen.«
»Liegt dafür schon eine Bestätigung vor?« fragte sie stirnrunzelnd. Sie sah auf die Uhr. Es war eine halbe Stunde nach Mitternacht.
»Ja«, sagte Gerhard. »Nach allen Berechnungen beginnt heute morgen um sechs Uhr vier die pausenlose Stimulation.«
»Danke«, sagte Janet und legte auf. Sie sah die anderen an. »Benson ist mit seinem Computer in einen progressiven Lernprozeß eingetreten. Der Zusammenbruch ist für heute morgen sechs Uhr vorausberechnet.«
»Großer Gott«, murmelte Ellis mit einem Blick auf die Wanduhr. »Nur noch knapp sechs Stunden.«
Morris hatte inzwischen das Telefonbuch beiseite gelegt und sprach mit der Auskunft. »Dann versuchen Sie es in West Los Angeles«, sagte er gerade. Nach einer Pause fügte er hinzu: »Auch keine Neuanmeldung?«
Der Polizist sah verwirrt von seinen Notizen auf. »Soll um sechs Uhr etwas Bestimmtes passieren?«

»Wir nehmen es an«, antwortete Janet.
Ellis zog an seiner Zigarette. »Zwei Jahre«, sagte er, »und jetzt fange ich wieder damit an.« Er drückte sie sorgfältig aus. »Ist McPherson schon verständigt?«
»Er wurde angerufen.«
»Sehen Sie die Geheimnummern nach«, bat Morris. Er hörte eine Weile zu, dann sagte er: »Hier spricht Doktor Morris vom Universitätskrankenhaus. Es handelt sich um einen Notfall. Wir müssen unbedingt Angela Black finden. Wenn sie ...« Er warf wütend den Hörer auf die Gabel und knurrte: »Dummes Luder.«
»Kein Glück gehabt?«
Er schüttelte den Kopf.
»Wir wissen ja nicht einmal, ob Benson dieses Mädchen angerufen hat«, bemerkte Ellis. »Er kann auch mit einem anderen telefoniert haben.«
»Wen er auch angerufen hat«, sagte Janet Ross, »der Betreffende wird in ein paar Stunden furchtbaren Ärger bekommen.« Sie schlug Bensons Unterlagen auf. »Gehen wir an die Arbeit. Wir haben eine lange Nacht vor uns.«

2

Die Autostraße war überfüllt. Selbst am Freitagmorgen um 1 Uhr herrschte hier Hochbetrieb. Sie sah vor sich eine endlos lange Reihe roter Rücklichter, die sich meilenweit wie eine zornige Giftschlange erstreckte. Wo wollten all diese Leute mitten in der Nacht nur hin?
Sonst hatte Janet Freude an den Schnellstraßen. Manchmal war sie nachts aus dem Krankenhaus nach Hause gefahren und hatte sich wunderbar frei gefühlt, wenn über ihr die großen grünen Tafeln weghuschten und sie sich in dem Gewirr von Auffahrten, Kleeblättern und Brükken ihren Weg suchte. Sie war in Kalifornien aufgewachsen und kannte schon als Kind die ersten Schnellstraßen. Sie hatte miterlebt, wie das Straßennetz wuchs, und sie sah darin kein Übel, keine Bedrohung. Die Schnellstraße fügte sich in die Landschaft, und Geschwindigkeit machte ihr Freude.
Das Kraftfahrzeug spielt in Los Angeles eine große Rolle, da diese Stadt von der Technik abhängiger ist als jede andere Metropole der Welt. Los Angeles kann ohne Autos nicht existieren, genauso wenig wie ohne Wasser, das über Hunderte von Meilen in die Stadt geleitet wird, oder ohne die mächtigen Industrieanlagen. Das alles ist die Existenzgrundlage der Stadt seit dem Beginn des Jahrhunderts.
Aber in den letzten Jahren waren Janet Ross gewisse psychologische Auswirkungen aufgefallen, die eine Folge des Autos waren. Los Angeles besaß keine Straßencafés,

weil kein Mensch zu Fuß ging. Das Restaurant, in dem man sitzt und die Menschen beobachtet, war hier kein fester Ort, sondern ein Fahrzeug. Das Bild veränderte sich an jeder Verkehrsampel: Immer wieder andere Menschen hielten nebeneinander, betrachteten sich kurz, fuhren wieder weiter. Ein Leben in einem Kokon von getöntem Glas und rostfreiem Stahl, einem teppichbelegten, stereofonisch berieselten, automatisch geschalteten, isolierten Gehäuse, das etwas Unmenschliches an sich hatte. Es widersprach dem zutiefst menschlichen Bedürfnis, mit anderen zusammen zu sein, zu sehen und gesehen zu werden.

Die Psychiater in Los Angeles sprachen schon lange von einem unverkennbaren Entpersönlichungssyndrom. Los Angeles ist eine Stadt der Einwanderer und daher der Fremden. Durch das Auto aber bleiben die Menschen einander immer fremd, und es gibt nur wenige Orte der Begegnung. Kaum einer geht in die Kirche, und auch am Arbeitsplatz kommt keine tiefergehende Gemeinschaft zustande. Die Menschen vereinsamen, klagen über ihre Abgeschiedenheit, haben keine Freunde, keine Angehörigen, keine Heimat. Viele werden zum Selbstmord getrieben, und auch dabei spielt das Auto wieder eine große Rolle. Die Polizei nennt diese Form des Selbstmords beschönigend »Unfall mit nur einem Beteiligten«. Man sucht sich einen geeigneten Brückenpfeiler aus, tritt das Gas bis auf den Boden durch und rast mit hundertvierzig oder hundertsechzig Stundenkilometern dagegen. Manchmal dauert es Stunden, das Opfer aus dem Wrack herauszuschweißen.

Janet fuhr mit mehr als einhundert Stundenkilometern über die fünf Fahrspuren und bog in Sunset von der

Schnellstraße ab. Von hier ging es die Hügel von Hollywood hinauf, durch eine Gegend, in der viele Homosexuelle lebten. Los Angeles als Stadt schien Menschen mit persönlichen Problemen förmlich anzuziehen. Die Stadt bot Freiheit, aber der Preis dafür war das Alleinsein.
Sie erreichte den Laurel Canyon und nahm schnell mit quietschenden Reifen die Kurven. Die Scheinwerfer schwenkten durch die Dunkelheit. Hier herrschte nur wenig Verkehr. Noch ein paar Minuten, dann hatte sie Bensons Haus erreicht.
Theoretisch standen sie und ihre Kollegen von der NPFA vor einem einfachen Problem: Benson mußte bis 6 Uhr ins Krankenhaus zurück geschafft sein. Wenn ihnen das gelang, konnten sie den eingepflanzten Computer außer Betrieb setzen und den progressiv verlaufenden Reizprozeß unterbrechen. Sie konnten ihn einige Tage lang mit Sedativa behandeln und den Computer anschließend auf einen neuen Reizpunkt umschalten. Offenbar hatten sie beim ersten Versuch die falschen Elektroden gewählt. Das war ein Risiko, mit dem man rechnen mußte. Es war auch nicht unverantwortlich, weil ein Irrtum sich ja jederzeit korrigieren ließ. Aber diese Möglichkeit gab es nun vorerst nicht.
Sie mußten ihn wiederfinden. Ein einfaches Problem, das sich auch verhältnismäßig einfach lösen ließ, indem man alle Stellen abklapperte, an denen Benson sich aufzuhalten pflegte. Nach Durchsicht seiner Unterlagen hatten sie sich die Aufgabe geteilt. Janet Ross fuhr zu seinem Haus am Laurel Canyon. Ellis sollte ein Strip-Lokal namens ›Jackrabbit Club‹ aufsuchen, in dem Benson gern verkehrte. Morris fuhr zur Firma Autotronics in Santa Monica, bei der Benson beschäftigt war. Morris hatte den

Chef der Firma angerufen und erreicht, daß dieser persönlich ins Büro kam und ihm öffnete. In etwa einer Stunde wollten sie sich zu einer Lagebesprechung wieder treffen.
Ein simpler Plan, von dem sich Janet Ross aber nicht viel Erfolg versprach. Doch eine andere Möglichkeit gab es kaum.

Sie parkte ihren Wagen vor Bensons Haus und ging über den Plattenweg zur Haustür. Sie war nur angelehnt, und durch den Spalt hörte sie lautes Lachen und Gekicher. Sie klopfte und stieß die Tür auf.
»Hallo.«
Niemand hörte sie. Das Lachen kam aus der Gegend hinter dem Haus. Sie trat in den Flur. Sie war noch nie hier gewesen und fragte sich, wie dieser Mann wohl leben mochte. Sie sah sich um – eigentlich hätte sie es sich denken können.
Rein äußerlich war es ein schlichtes Fachwerkhaus im Ranchstil, unauffällig wie Benson selbst. Aber die Einrichtung erinnerte an einen Salon von König Ludwig XIV.: zierliche, antike Stühle und Sofas, Gobelins an den Wänden, der Fußboden aus kahlem Eichenparkett.
»Ist hier jemand?« rief sie. Ihre Stimme hallte durch das Haus. Sie bekam keine Antwort, hörte aber wieder das Lachen. Sie ging dem Geräusch nach und gelangte in die Küche: ein alter Gasherd, kein Elektroofen, kein Geschirrspüler, Toaster, Mixer. Überhaupt keine Maschinen. Benson hatte sich eine eigene Welt ohne jedes moderne Gerät gebaut.
Durch das Küchenfenster konnte sie einen Blick ins Freie werfen. Eine kleine Rasenfläche umgab einen Swim-

ming-pool. Hier war wieder alles vollkommen normal und modern, so normal, wie auch Benson nach außen hin wirkte. Der Garten wurde durch die Unterwasserbeleuchtung in ein grünliches Licht getaucht. Im Schwimmbecken plantschten lachend zwei Mädchen. Sie ging hinaus.

Die beiden nahmen keine Notiz von ihr. Sie plantschten herum und quietschten dazu vergnügt, bis Janet an den Rand des Beckens trat und fragte: »Ist hier niemand zu Hause?«

Da nahmen die Mädchen sie wahr und ließen voneinander ab. »Suchen Sie Harry?« fragte eine von ihnen.

»Ja.«

»Polizei?«

»Ich bin Ärztin.«

Eins der Mädchen schwang sich geschickt aus dem Bekken und begann sich abzutrocknen. Sie trug einen knappen roten Bikini. »Sie haben ihn knapp verpaßt«, sagte sie. »Aber den Bullen sollen wir nichts sagen. Er wollte es nicht.« Sie stellte ein Bein auf den nächsten Stuhl und trocknete es ab. Janet fiel auf, wie verführerisch und berechnend diese Geste war. Die Mädchen sind lesbisch, dachte sie.

»Wann ist er weggegangen?«

»Vor ein paar Minuten.«

»Seit wann sind Sie hier?«

»Seit einer Woche«, rief das Mädchen im Swimmingpool. »Harry hat uns eingeladen. Er fand uns nämlich niedlich.«

Das andere Mädchen legte sich das Handtuch um die Schultern und sagte: »Wir kennen ihn aus dem ›Jackrabbit‹, er kommt oft dorthin.«

Janet nickte.
»Er ist wirklich ein feiner Kerl«, sagte das Mädchen. »Man hat viel Spaß mit ihm. Wollen Sie wissen, was er heute abend anhatte?«
»Was denn?«
»So eine weiße Krankenhausuniform.« Sie schüttelte den Kopf. »Wirklich toll.«
»Haben Sie mit ihm gesprochen?«
»Klar.«
»Was sagte er?«
Das Mädchen im roten Bikini ging ins Haus. Janet folgte ihr. »Er hat gesagt, wir sollen den Bullen nichts verraten. Dann hat er uns viel Spaß gewünscht.«
»Warum war er hier?«
»Er wollte ein paar Sachen holen.«
»Welche Sachen?«
»Etwas aus seinem Arbeitszimmer.«
»Wo ist das Arbeitszimmer?«
»Ich zeig's Ihnen.«
Sie führte Janet durch das Wohnzimmer. Ihre Füße hinterließen auf dem Parkett feuchte Abdrücke. »Ist diese Bude nicht verrückt? Harry ist wirklich nicht ganz normal. Haben Sie schon mit ihm gesprochen?«
»Ja.«
»Dann wissen Sie ja Bescheid. Er ist ein bißchen komisch.« Sie zeigte auf die Sachen im Raum. »Lauter alter Kram. Warum suchen Sie ihn?«
»Er ist krank«, sagte Janet.
»Das muß er wohl sein«, bemerkte das Mädchen. »Mir sind die Verbände aufgefallen. Was war los? Ein Unfall?«
»Er wurde operiert.«
»Nein, wirklich? Im Krankenhaus?«

»Ja.«
»Ist ja toll.«
Sie ging vom Aufenthaltsraum aus einen Flur entlang zu den Wohnräumen. Das Zimmer auf der rechten Seite war als Studio eingerichtet: antike Schreibtischlampe auf einem antiken Schreibtisch, bequeme Sofas. »Hier hat er sich ein paar Sachen geholt.«
»Haben Sie gesehen, was er mitnahm?«
»Wir haben uns nicht viel darum gekümmert. Aber es waren ein paar große Papierrollen.« Sie zeigte die Länge mit beiden Händen. »Wirklich groß. Wahrscheinlich waren es Entwürfe oder etwas Ähnliches.«
»Entwürfe?«
»Das Papier war jedenfalls innen blau und außen weiß. Und es waren große, lange Rollen.«
»Hat er sonst noch etwas mitgenommen?«
»Ja, einen Metallkasten.«
»Was für einen Metallkasten?« Janet dachte an eine Kassette oder einen kleinen Koffer.
»Er sah aus wie ein Werkzeugkasten. Ich hab das Ding nur für einen Augenblick offen gesehen, dann hat er's zugeklappt. Ich glaube, es war Werkzeug drin.«
»Ist Ihnen irgend etwas Besonderes aufgefallen?«
Das Mädchen schwieg und biß sich auf die Unterlippe.
»Nun, so genau hab' ich's nicht gesehen, aber...«
»Ja?«
»Ich glaube, es war auch eine Waffe drin.«
»Hat er nicht gesagt, wohin er wollte?«
»Nein.«
»Überhaupt keinen Hinweis?«
»Nein.«
»Wollte er wieder zurückkommen?«

»Das war ja das Komische«, antwortete das Mädchen. »Er hat mir einen Kuß gegeben, dann hat er Suzie einen Kuß gegeben, uns beiden viel Spaß gewünscht und aufgetragen, wir sollen den Bullen nichts sagen. Er meinte, er würde uns wohl nicht wiedersehen.«

Sie schüttelte den Kopf. »Es war furchtbar komisch. Aber Sie wissen ja, wie Harry ist.«

»Ja, ich weiß, wie Harry ist«, antwortete Janet Ross. Sie sah auf die Uhr. 1 Uhr 47. Nur noch vier Stunden.

3

Was Ellis zuerst auffiel, war der Geruch. Es roch warmfeucht, beizend nach wildem Tier. Er rümpfte angewidert die Nase. Was fand Benson nur in einem solchen Lokal? Der Punktstrahler beschrieb in dem Dunkel einen Bogen, dann blieb er an einem Paar langer Beine hängen. Ein erwartungsvolles Raunen ging durch die Menge. Ellis wurde an seine Dienstzeit bei der Marine in Baltimore erinnert. Dort war er zuletzt in einem solchen Lokal gewesen. In einer stickig heißen Bude voll wilder Phantasien und Frustrationen. Das war schon sehr lange her. Erschrocken stellte er fest, wie schnell die Zeit vergangen war.
»Da ist sie, meine Damen und Herren, die unglaubliche, die schöne Cynthia Sincere. Applaus für die schöne Cynthia!«
Der Scheinwerferkegel auf der Bühne wurde breiter und beleuchtete ein ziemlich häßliches, aber sehr auffallend gebautes Mädchen. Die Band begann zu spielen. Als das Licht Cynthias Augen traf, blinzelte sie und begann mit einem unbeholfenen Tanz. Sie kümmerte sich nicht um die Musik, aber das schien keinen zu stören. Ellis betrachtete die Zuschauer. Es waren viele Männer da, aber auch viele eckig wirkende Mädchen mit kurz geschnittenem Haar.
»Harry Benson?« fragte der Geschäftsführer neben ihm. »Ja, der kommt oft hierher.«
»Haben Sie ihn kürzlich einmal gesehen?«

»Ich weiß nicht recht«, antwortete der Mann. Er hustete, und Ellis roch eine Wolke süßlichen Alkoholnebels. »Aber eins will ich Ihnen sagen: Mir wär's lieber, wenn er sich hier nicht so viel herumtreiben würde, verstehen Sie? Ich glaube, er ist nicht ganz normal. Immer belästigt er die Mädchen. Wissen Sie denn, wie schwer es ist, die Girls bei der Stange zu halten? Verdammt schwer, das können Sie mir glauben.«
Ellis nickte und ließ den Blick über die Zuschauerreihen schweifen. Benson hatte sich vermutlich umgezogen. Bestimmt trug er seine Pflegerkleidung nicht mehr. Ellis sah sich die Hinterköpfe an und achtete besonders auf die Stelle zwischen Haar und Kragen. Er suchte nach einem Streifen weißen Verbandes, fand aber keinen.
»Sie haben ihn in letzter Zeit nicht gesehen?«
»Nein.« Der Geschäftsführer schüttelte den Kopf. »Bestimmt seit einer Woche nicht mehr.« Eine Bedienung in weißem Fellbikini kam vorbei. »Sal, hast du Harry in der letzten Zeit gesehen?«
»Er ist fast immer hier«, sagte sie undeutlich und ging mit ihrem Tablett weiter.
»Mir wär's lieber, er würde sich nicht hier herumtreiben und die Mädchen belästigen«, sagte der Geschäftsführer noch einmal und hustete diskret.
Ellis ging in den Zuschauerraum hinein. In der rauchigen Luft über seinem Kopf schwenkte der Scheinwerferstrahl hin und her und folgte den Bewegungen des Mädchens auf der Bühne. Sie schien mit dem Haken ihres BH's Schwierigkeiten zu haben. Beide Hände hinter dem Rükken, bewegte sie sich hin und her, den Blick leer auf die Zuschauer gerichtet. Ellis verstand jetzt, warum Benson die Stripperinnen als Maschinen betrachtete. Sie hatten

tatsächlich etwas Mechanisches an sich. Und etwas Künstliches – als sich der BH endlich löste, sah er die U-förmigen Narben unter beiden Brüsten, dort, wo die Plastikprothese eingeschoben war.
Er mußte an Jaglon denken. Das würde genau in seine Theorie vom Maschinensex passen. Jaglon war ein Mitarbeiter der Entwicklungsabteilung und vernarrt in die Idee einer Fusion von künstlicher und menschlicher Intelligenz. Seine These lautete, daß einerseits die kosmetische Chirurgie und implantierte Geräte den Menschen immer mechanischer machten, während andererseits die Maschinen durch die Entwicklung der Robotertechnik immer menschlicher würden. Es sei nur noch eine Frage der Zeit, bis ein sexueller Verkehr zwischen Menschen und humanoiden Robotern möglich sei.
Vielleicht ist es schon soweit, dachte Ellis und betrachtete die Stripperin. Er hatte sich davon überzeugt, daß Benson nicht im Zuschauerraum saß. Er kontrollierte noch die Telefonzelle im Hintergrund des Raums und die Herrentoilette.
Auf der kleinen Herrentoilette roch es säuerlich. Er verzog das Gesicht und betrachtete sich in dem zersprungenen Spiegel über dem Waschbecken. In diesem Club wurde ihm übel. Ob Benson das alles hier nichts ausmachte?
Er kehrte in das Lokal zurück und ging zur Tür.
»Haben Sie ihn gefunden?« fragte der Geschäftsführer.
Ellis schüttelte den Kopf und ging. Draußen holte er tief Luft und stieg in seinen Wagen. Die Sache mit den Gerüchen beschäftigte ihn sehr. Er hatte das Problem zwar zuvor schon mehrmals überdacht, aber nie so gründlich.
Seine Operation an Benson hatte eine bestimmte Hirn-

partie zum Ziel gehabt, nämlich das sogenannte Limbische System. Das war ein sehr alter Teil des Hirns, wenn man es entwicklungsgeschichtlich betrachtete. Sein ursprünglicher Sinn war die Verarbeitung von Geruchsempfindungen. Daher auch der alte Ausdruck Rhinencephalon – das »Geruchshirn«.

Das Rhinencephalon war schon vor 150 Millionen Jahren entstanden, als noch Reptilien die Erde beherrschten. Es steuerte die primitivsten Verhaltensweisen wie Wut und Angst, Lust und Hunger, Angriff und Rückzug. Bei manchen Reptilien, wie den Krokodilen, war es so ziemlich das einzige Steuerungssystem ihres Verhaltens. Der Mensch jedoch besitzt die Hirnrinde.

Die Hirnrinde ist erst verhältnismäßig spät entstanden. Ihre Entwicklung in der jetzigen Form hatte vor etwa zwei Millionen Jahren begonnen, und im jetzigen Zustand war die Hirnrinde des Menschen einhunderttausend Jahre alt. Gemessen an den Zeittafeln der Evolution war das gar nichts. Die Hirnrinde hat sich rings um das Limbische System entwickelt, das unverändert geblieben und in die neuen Hirnanteile eingegliedert ist. Diese Hirnrinde, die Liebe empfinden, das ethische Verhalten bestimmen und Gedichte entstehen lassen konnte, mußte mit dem Krokodilhirn in seinem Inneren einen Waffenstillstand schließen. Dieser wurde manchmal, wie in Bensons Fall, gebrochen – dann regierte für eine gewisse Zeit das Krokodilhirn.

Welchen Zusammenhang gab es zwischen alldem und den Gerüchen? Ellis wußte es nicht genau. Natürlich begannen Anfälle häufig mit eigenartigen Geruchsempfindungen. Aber kam nicht noch etwas anderes hinzu? Irgendein anderer Effekt?

Er wußte es nicht und sagte sich, daß es auch keine große Rolle spiele. Das Problem bestand darin, daß Benson gefunden werden mußte, bevor sein Krokodilhirn an die Macht kam. Ellis hatte das in der Neuropsychiatrie schon einmal erlebt. Er hatte durch den Spiegel beobachten können, wie Benson, zuerst ganz normal, plötzlich mit den Fäusten gegen die Wand getrommelt, seinen Stuhl gepackt und ihn in eine Ecke gefeuert hatte. Der Anfall war ganz unvermittelt gekommen, ohne Vorankündigung, und er war ein Ausdruck absoluter, gedankenloser Wildheit gewesen.

Sechs Uhr morgens, dachte er, während er weiterfuhr. Viel Zeit blieb nicht mehr.

4

»Was ist eigentlich passiert?« fragte Farley, als er die Tür zur Firma Autotronics aufschloß.

»Ein ganz unerwarteter Vorfall«, antwortete Morris. Er stand am Eingang und ihn fröstelte, weil er in der kalten Nacht eine halbe Stunde hatte warten müssen.

Farley war ein großer, schlanker Mann, der den Eindruck machte, als sei er etwas langsam. Vielleicht war er auch nur verschlafen. Es dauerte lange, bis er das Büro aufgeschlossen und Morris hineingeführt hatte. Er schaltete das Licht in dem schlichten Empfangsraum an. Dann ging er weiter zum rückwärtigen Teil des Gebäudes.

Es bestand aus einer einzigen, riesigen Halle. Um einige gewaltige, metallisch glänzende Apparate waren Schreibtische gruppiert. Morris runzelte die Stirn.

»Ich weiß, was Sie jetzt denken«, sagte Farley. »Ein furchtbarer Schuppen.«

»Nein, ich ...«

»Es ist ein Schuppen. Aber ich kann Ihnen sagen, daß wir trotzdem unsere Arbeit leisten.« Er deutete hinüber zur anderen Seite der Halle. »Dort drüben steht Harrys Schreibtisch, gleich neben Hap.«

»Hap?«

Farley zeigte auf eine große, spinnenartige Metallkonstruktion. »Hap«, so erklärte er grinsend, »ist die Abkürzung für ›Hoffnungsloser Automatischer Pingpongspieler‹. Aber so schlimm ist es nicht. Ein kleiner interner Witz.«

Morris ging einmal um die Maschine herum und versuchte zu begreifen. »Und das Ding spielt Pingpong?«
»Nicht sehr gut«, gab Farley zu. »Aber wir arbeiten noch an den Verbesserungen. Der Regierungsauftrag lautete: Entwicklung eines Pingpong spielenden Roboters. Ich weiß, was Sie jetzt denken: Sie halten das Projekt nicht für besonders wichtig.«
Morris zuckte die Achseln. Er ließ sich nicht gern von anderen dauernd sagen, was er dachte.
Farley lächelte: »Weiß der Himmel, wofür sie das Ding brauchen«, fuhr er fort. »Aber die Anwendungsmöglichkeiten wären schon toll. Stellen Sie sich vor – ein Computer ist in der Lage, eine schnell bewegte Kugel im dreidimensionalen Raum augenblicklich zu orten, und er verfügt einprogrammiert über die Regeln, wie man sie von dort zurückwirft, und zwar so, daß sie in einem gewünschten Feld landet, nicht das Netz berührt, nicht über den Tisch hinausfliegt und so weiter. Ich glaube kaum, daß das Verteidigungsministerium damit Tischtennismeisterschaften gewinnen will.«
Er ging hinüber zur Wand und öffnete einen Kühlschrank mit der großen orangenfarbenen Aufschrift ACHTUNG! STRAHLUNG! und darunter: FÜR UNBEFUGTE VERBOTEN! Er holte zwei Dosen heraus. »Wollen Sie einen Schluck Kaffee?«
Morris betrachtete die Aufschrift.
»Damit sollen nur die Sekretärinnen abgeschreckt werden«, erklärte Farley lachend. Seine joviale Art ärgerte Morris. Er sah Farley zu, wie er den Pulverkaffee aufgoß. Morris ging hinüber zu Bensons Schreibtisch und durchsuchte die Schubladen.
»Was ist überhaupt mit Harry los?«

»Wie meinen Sie das?« fragte Morris. Die oberste Schublade enthielt Papier, Bleistifte, Lineale, Blätter mit Notizen und Berechnungen. In der zweiten Schublade lagen hauptsächlich Briefe.
»Nun, er war doch im Krankenhaus, nicht wahr?«
»Ja, er hat das Krankenhaus nach einer Operation verlassen. Deshalb suchen wir ihn.«
»Er ist wirklich komisch geworden«, sagte Farley.
»Hmhm«, brummte Morris. Er blätterte die Mappen mit den Briefen durch. Es waren hauptsächlich Geschäftsbriefe und Formulare.
»Ich weiß noch genau, wann es begann«, sagte Farley. »Das war in der Woche der Wasserscheide.«
Morris hob den Kopf. »Wann war das?«
»In der Woche der Wasserscheide«, wiederholte Farley.
»Wie trinken Sie Ihren Kaffee?«
»Schwarz.«
Farley reichte ihm einen Becher und goß in seinen Kondensmilch aus einer Tube. »Die Woche der Wasserscheide war im Juli 1969. Sie haben wahrscheinlich noch nie davon gehört.«
Morris schüttelte den Kopf.
»Das war auch keine offizielle Bezeichnung«, erklärte Farley. »Aber jeder in der Branche wußte Bescheid. Wir haben sie privat so getauft.«
»Worüber wußte man Bescheid?«
»Sehen Sie, die Computerfachleute der ganzen Welt haben diesen Moment kommen sehen. Im Juli 1969 war es dann soweit, daß die Datenverarbeitungskapazität sämtlicher Computer der Welt die Datenverarbeitungskapazität sämtlicher menschlichen Hirne der Welt übertraf. Von diesem Moment an konnten die Computer mehr an

Informationen aufnehmen und speichern als die dreieinhalb Milliarden menschlichen Hirne.«
»Das nennen Sie Wasserscheide?«
»Es ist eine«, sagte Farley.
Morris verbrühte sich an dem heißen Kaffee die Zunge, aber er wurde ein wenig wacher. »Soll das ein Witz sein?«
»Bestimmt nicht«, sagte Farley. »Es ist wahr. Diese Wasserscheide wurde 1969 überschritten, und seitdem wird der Vorsprung der Computer immer größer. Bis 1975 werden sie die Menschen in bezug auf die Kapazität bis auf das Fünfzigfache übertroffen haben.« Er holte tief Luft. »Harry hat sich furchtbar darüber aufgeregt.«
»Kann ich mir vorstellen«, sagte Morris.
»Und da begann es bei ihm. Er wurde sehr seltsam und tat immer geheimnisvoller.«
Morris sah sich um und betrachtete die mächtigen Apparate. Ihn beschlich ein seltsames Gefühl. Zum erstenmal stand er in einem Raum, der voll war von Computern verschiedener Bauart. Ihm wurde klar, daß er Benson bisher nicht richtig eingeschätzt hatte. Er war stets davon ausgegangen, daß Benson nicht viel anders war als andere Leute auch – aber wer in einer solchen Halle arbeitete, mußte sich von normalen Menschen unterscheiden. Die Erfahrung verändert den Menschen. Ihm fiel wieder ein, was Janet Ross einmal gesagt hatte: die grundsätzliche Gleichheit aller Menschen sei ein liberaler Mythos. Es gibt unter den Menschen viele, die grundsätzlich anders sind als alle anderen.
Auch Farley ist anders, dachte er. Unter normalen Umständen hätte er Farley vielleicht als einen jovialen Clown bezeichnet. Aber er verfügte offenbar über einen messerscharfen Verstand. Woher kam dieses eigentüm-

liche Grinsen, wie erklärte sich sein komisches Benehmen?

»Wissen Sie eigentlich, wie schnell sich das alles entwikkelt?« fragte Farley. »Verdammt schnell. In wenigen Jahren sind wir von Millisekunden zu Nanosekunden vorgerückt. Als 1952 der Computer ILLIAC I gebaut wurde, konnte er in einer Sekunde elftausend arithmetische Aufgaben lösen. Ziemlich schnell, nicht wahr? Jetzt ist ILLIAC IV so gut wie fertig. Er schafft in einer Sekunde zweihundert Millionen Rechenoperationen. Er gehört der vierten Computergeneration an. Natürlich hätte man ihn ohne die Hilfe anderer Computer gar nicht bauen können. Mit den Entwürfen für den neuen ILLIAC waren zwei andere Computer zwei Jahre hindurch voll ausgelastet.«

Morris trank seinen Kaffee. Vielleicht lag es an der Müdigkeit, vielleicht an der gespenstischen Atmosphäre in diesem Saal – jedenfalls dachte er jetzt ähnlich wie Benson. Computer, die andere Computer entwerfen. Vielleicht kommen sie doch noch an die Macht. Was würde Janet Ross wohl dazu sagen? War das ein Wahn, der ansteckend wirkte?

»Haben Sie in seinem Schreibtisch etwas Interessantes gefunden?«

»Nein«, antwortete Morris. Er setzte sich auf den Schreibtischstuhl und sah sich um. Er versuchte, in Bensons Rolle zu schlüpfen, wie Benson zu denken, Benson selbst zu sein.

»Womit hat er eigentlich seine Freizeit verbracht?«

»Das weiß ich nicht«, sagte Farley. Er setzte sich in einiger Entfernung an einen anderen Schreibtisch. »In den letzten Monaten war er sehr reserviert und unnahbar. Ich wußte, daß er mit dem Gesetz in Konflikt geraten war. Ich wußte auch, daß er ins Krankenhaus kam. Er hielt nicht viel von Ihrem Krankenhaus.«

»Wieso?« fragte Morris ohne großes Interesse. Bensons feindselige Haltung gegenüber dem Krankenhaus war nicht verwunderlich.

Farley gab ihm keine Antwort. Er ging hinüber zu einem Wandbrett, an das Zettel und Fotos angeheftet waren. Er nahm einen vergilbten Zeitungsausschnitt ab und reichte ihn Morris.

Der Ausschnitt stammte aus der *Los Angeles Times* vom 19. Juli 1969. Die Schlagzeile lautete: NEUER COMPUTER FÜR UNIVERSITÄTSKRANKENHAUS. Der Artikel berichtete von der Anschaffung des Computers vom Modell IBM System 360 und seinem Einbau im Keller des Krankenhauses; der Computer sollte für die verschiedensten Zwecke eingesetzt werden, unter anderem für die Forschung und Unterstützung bei Operationen.

»Sehen Sie dieses Datum?« fragte Farley. »Es war die Woche der Wasserscheide.«

Morris starrte stirnrunzelnd auf die Zeitungsmeldung.

5

»Ich versuche, logisch zu sein, Frau Doktor Ross.«
»Das verstehe ich, Harry.«
»Ich halte es für wichtig, diese Dinge logisch und rational zu diskutieren. Sie nicht auch?«
»Doch.«
Sie saß da und beobachtete die laufenden Spulen auf dem Tonbandgerät. Ihr gegenüber stand angelehnt Ellis mit geschlossenen Augen, die brennende Zigarette zwischen den Fingern. Morris trank eine Tasse Kaffee. Sie stellten eine Liste aller bekannten Tatsachen auf, um über den nächsten Schritt zu entscheiden.
Das Band drehte sich weiter.
»Ich klassifiziere alles nach den abzulehnenden Tendenzen, wie ich sie nenne«, sagte Benson. »Es gibt vier negative Haupttrends. Wollen Sie sie hören?«
»Ja, natürlich.«
»Wirklich?«
»Ja, wirklich.«
»Tendenz Nummer eins ist die allgemeine Verbreitung der Computer. Der Computer ist zwar noch eine Maschine, aber ganz anders geartet als jede Maschine der menschlichen Geschichte. Alle Maschinen üben eine bestimmte Funktion aus – wie Autos, Kühlschränke oder Geschirrspüler. In unseren Augen haben Maschinen stets eine besondere Funktion. Bei Computern ist das jedoch nicht so. Sie können alles mögliche.«
»Aber Computer sind doch ...«

»Lassen Sie mich bitte ausreden. Tendenz Nummer zwei ist die Autonomie der Computer. Früher waren die Computer noch nicht autonom. Sie waren mehr Rechenmaschinen, die ständig bedient werden mußten, wenn sie laufen sollten. So etwas Ähnliches wie Autos, die sich ohne den Fahrer auch nicht bewegen. Aber jetzt ist alles anders. Die Computer werden autonom. Man kann ihnen alle möglichen Instruktionen eingeben und dann einfach weggehen und die Computer sich selbst überlassen.«

»Harry, ich ...«

»Bitte, unterbrechen Sie mich nicht, das ist eine sehr ernste Sache. Tendenz Nummer drei ist die Mikrominiaturisierung, die ständige Verkleinerung. Ihnen brauche ich das nicht zu erklären. Ein Computer, der 1950 noch ein ganzes Zimmer füllte, ist heute etwa so groß wie eine Zigarettenpackung. Bald wird er noch kleiner sein.«

Auf dem Tonband entstand eine Pause.

»Tendenz Nummer vier«, begann Benson, da schaltete sie das Gerät ab. Sie sah Ellis und Morris an.

»So kommen wir nicht weiter«, sagte sie.

Die beiden gaben keine Antwort, sondern starrten nur übermüdet ins Leere. Sie las nach, was sie sich notiert hatte.

Benson um 0 Uhr 30 zu Hause. Was abgeholt? Planzeichnungen? Waffe und Werkzeugkasten.

Benson in letzter Zeit nicht im ›Jackrabbit Club‹ aufgetaucht.

Benson erregt über Krankenhauscomputer, eingebaut Juli 1969.

»Sagt Ihnen das etwas?« fragte Ellis.

»Nein«, antwortete Janet. »Aber ich glaube, einer von uns müßte mit McPherson sprechen.« Sie sah dabei Ellis an. Der nickte lustlos. Morris zuckte nur die Achseln.
»Na schön«, sagte sie, »dann übernehme ich das.«
Es war 4 Uhr 30 morgens.

»Es ist leider so«, sagte Janet Ross. »Wir haben alle unsere Möglichkeiten ausgeschöpft. Die Zeit wird knapp.«
McPherson sah sie über den Schreibtisch hinweg an. Seine Augen waren umschattet vor Müdigkeit. »Und was erwarten Sie von mir?«
»Daß Sie die Polizei benachrichtigen.«
»Die Polizei ist bereits benachrichtigt. Sie wird von Anfang an, durch einen ihrer eigenen Leute, auf dem laufenden gehalten. Soviel ich weiß, wimmelt es im siebenten Stock jetzt von Polizisten.«
»Aber die Polizei weiß nichts über die Operation.«
»Großer Gott, die Polizei hat ihn doch vor der Operation hergebracht! Natürlich weiß sie Bescheid.«
»Aber man weiß nicht, worum es ging.«
»Man hat mich nicht gefragt.«
»Und die Polizei weiß auch nichts von der Computervorhersage für sechs Uhr«, sagte sie.
»Was ist damit?«
Sie geriet allmählich in Wut. Er war so verdammt stur. Dabei wußte er ganz genau, was sie meinte.
»Ich glaube, daß die Polizei sich anders verhalten würde, wenn sie wüßte, daß Benson morgens um sechs einen Anfall bekommen kann.«
»Wahrscheinlich haben Sie recht«, murmelte McPherson und setzte sich bequemer. »Dann würde man in ihm vermutlich nicht mehr einen flüchtigen Untersu-

chungsgefangenen sehen, gegen den eine Anklage wegen schwerer Körperverletzung läuft. Statt dessen wäre er in den Augen der Polizei ein wahnsinniger Mörder mit Drähten im Gehirn.« Er seufzte. »Im Augenblick haben sie es nur darauf abgesehen, ihn zu fassen. Wenn wir ihnen mehr erzählen, werden sie versuchen, ihn zu töten.«
»Aber es steht vielleicht das Leben Unschuldiger auf dem Spiel. Wenn die Vorhersage ...«
McPherson unterbrach sie: »Es ist nichts weiter als eine Vorhersage, eine Projektion. Und die Vorhersage ist so gut, wie die programmierte Eingabe war. Eingegeben aber wurden lediglich die Zeitpunkte dreier Stimulationen. Durch drei geometrische Punkte kann man eine Menge verschiedener Kurven zeichnen. Man kann auf unterschiedliche Weise extrapolieren. Wir haben keinen Beweis für die Annahme, daß er um sechs Uhr eine Krise erreichen wird. Vielleicht bleibt eine solche Krise auch ganz aus.«
Sie sah sich in dem Büro um und betrachtete die Graphiken an den Wänden. Hier in diesem Raum plante McPherson die Zukunft der Neuropsychiatrischen Abteilung, und alle Ergebnisse wurden in Form sorgfältig gezeichneter, mehrfarbiger Graphiken an den Wänden festgehalten. Sie wußte, wieviel diese Diagramme ihm bedeuteten. Ihr war klar, was die NPFA ihm bedeutete. Sie wußte, wie wichtig ihm Benson war. Trotzdem zeigte er sich jetzt so unvernünftig und verantwortungslos.
Aber wie sollte sie ihm das beibringen?
»Hören Sie, Janet«, sagte McPherson, »Sie haben vorhin erklärt, wir hätten alle Möglichkeiten ausgeschöpft. Da bin ich anderer Meinung. Uns bleibt immer noch die Möglichkeit des Wartens. Ich halte es für gar nicht aus-

geschlossen, daß er ins Krankenhaus zurückkehrt und sich wieder in unsere Pflege begibt. Solange diese Wahrscheinlichkeit besteht, warte ich lieber.«

»Sie werden der Polizei keine Meldung machen?«

»Nein.«

»Und wenn er nicht zurückkommt? Wenn er im Anfall Menschen angreift – wollen Sie das wirklich auf sich nehmen?«

»Ich habe es schon auf mich genommen«, sagte McPherson mit traurigem Lächeln.

Es war 5 Uhr morgens.

6

Sie waren hundemüde, aber keiner von ihnen konnte schlafen. Sie hielten sich im Telecomp auf und verfolgten die Computerberechnungen, die sich immer mehr dem Krisenpunkt näherten. Die Uhr zeigte 5 Uhr 30, dann 5 Uhr 45.

Ellis rauchte eine ganze Packung Zigaretten, dann ging er und holte sich eine neue. Morris hatte eine Fachzeitschrift auf dem Schoß liegen und sah hinein, blätterte aber nicht ein einziges Mal um. Von Zeit zu Zeit schweifte sein Blick hinüber zur großen Wanduhr.

Janet Ross ging unruhig hin und her, sah draußen die Sonne aufgehen und beobachtete, wie der Himmel über dem dünnen, braunen Nebelschleier im Osten sich rosa färbte.

Ellis kam mit der neuen Zigarettenpackung zurück.

Gerhard unterbrach seine Arbeit am Computer, um Kaffee aufzugießen. Morris stand auf und sah Gerhard dabei zu. Er sagte kein Wort, er half ihm nicht, er beobachtete ihn nur.

Janet wurde bewußt, daß die Uhr an der Wand tickte. Seltsam, sie hatte es bisher noch nie bemerkt, aber das Ticken war verhältnismäßig laut. Einmal in jeder Minute kam ein mechanisches Klicken dazu, wenn der Zeiger um einen Strich weiterrückte. Dieses Geräusch irritierte sie. Sie starrte wie hypnotisiert den Zeiger an und wartete angespannt darauf, daß das gleichmäßige Ticken durch den Klick übertönt wurde. Eine leichte Form der

Besessenheit, dachte sie. Der Reihe nach fielen ihr alle psychologischen Störungen ein, die sie schon am eigenen Leib erfahren hatte. *Déjà vu*, das Gefühl, irgendwo schon einmal gewesen zu sein; die Entpersönlichung, das Gefühl, sich bei einem geselligen Anlaß von der anderen Seite des Raums zu beobachten; Geräuschassoziationen, Sinnestäuschungen, Phobien. Es gab eben keine scharfe Trennlinie zwischen gesund und krank, normal und verrückt. Es war vielmehr ein breit gefächertes Spektrum, in dem jeder irgendwo seinen Platz hatte. Wo man sich in diesem Spektrum auch befinden mochte, immer kamen einem die anderen eigentümlich vor. Benson wirkte seltsam auf andere Leute. Zweifellos kamen sie auch Benson komisch vor.

Um 6 Uhr standen alle auf, streckten sich und blickten nach der Uhr. Nichts geschah.

»Vielleicht ist es wirklich genau um sechs Uhr vier«, sagte Gerhard.

Sie warteten.

6 Uhr 04. Es geschah immer noch nichts. Kein Telefon läutete, kein Bote kam. Nichts.

Ellis zog die Folie von seiner Zigarettenpackung und zerknüllte sie. Bei diesem Geräusch hätte Janet am liebsten laut aufgeschrien. Er begann mit der Hülle zu spielen, strich sie glatt, zerknitterte sie wieder. Sie knirschte mit den Zähnen.

6 Uhr 10. Dann 6 Uhr 15. McPherson kam herein.

»Bisher alles in Ordnung«, sagte er mit einem unpersönlichen Lächeln und ging wieder. Die anderen sahen einander an.

Wieder verstrichen fünf Minuten.

»Ich weiß nicht recht«, sagte Gerhard mit einem Blick

auf das Computerpult. »Vielleicht war die Projektion doch nicht richtig. Wir hatten nur drei Bezugspunkte für die Kurve. Wir sollten es mit einer anderen Kurve versuchen.«

Er setzte sich an das Pult und begann auf die Knöpfe zu drücken. Auf dem Bildschirm erschienen weiß vor dem grünen Hintergrund verschiedene Kurven. Dann gab er es auf.

»Nein«, sagte er, »der Computer bleibt bei der ursprünglichen Kurve, sie muß richtig sein.«

»Dann irrt sich offenbar der Computer«, sagte Morris. »Es ist beinahe halb sieben. Der Erfrischungsraum hat sicher schon geöffnet. Möchte jemand frühstücken?«

»Klingt nicht übel«, sagte Ellis und stand auf. »Janet?«

Sie schüttelte den Kopf. »Ich warte hier.«

»Ich glaube nicht, daß etwas passiert«, sagte Morris. »Sie sollten lieber frühstücken.«

»Ich warte hier!« Die Worte entschlüpften ihr fast wider Willen.

»Schon gut, schon gut.« Morris hob beide Hände. Er warf Ellis einen Blick zu, dann gingen die beiden. Sie blieb mit Gerhard allein zurück.

»Gibt es für diese Kurve irgendwelche Toleranzen?« fragte sie.

»Ja«, sagte Gerhard, »aber jetzt nicht mehr, wir haben sie längst überschritten. Sie lagen etwa bei plus-minus zwo Minuten.«

»Das bedeutet, daß es zwischen sechs Uhr zwo und sechs Uhr sechs zu dem Anfall gekommen sein muß?«

»So ungefähr.« Er zuckte die Achseln. »Aber anscheinend ist ja nichts passiert.«

»Vielleicht hat man noch nichts entdeckt.«

»Möglich.« Gerhard nickte. Er schien nicht davon überzeugt zu sein.

Sie trat wieder ans Fenster. Draußen schien blaß und rötlich die Sonne. Warum wirken Sonnenaufgänge immer schwächer und weniger leuchtkräftig als Sonnenuntergänge? Die Farbeffekte müßten doch eigentlich dieselben sein. Sie hörte hinter sich ein elektronisches Piepen.

»Hmhm«, sagte Gerhard.

Sie drehte sich um. »Was war das?«

Er deutete auf ein kleines Kästchen auf einem Regal in der Ecke. Es war mit einem Telefon verbunden. An dem Kästchen leuchtete ein grünes Licht auf.

»Was ist los?« fragte sie.

»Das ist unsere Sonderleitung«, antwortete er. »Sie wird offengehalten für Meldungen wegen der Hundemarke.«

Sie ging hinüber und hob den Hörer ab. Eine ruhige kräftige Stimme sagte: »... wird dringend geraten, die Leiche weder zu verbrennen noch sonst zu beschädigen, solange das implantierte atomare Material nicht entfernt ist. Sonst besteht die Gefahr einer radioaktiven Verseuchung. Genauere Informationen ...«

Sie drehte sich zu Gerhard um. »Wie stellt man das ab?«

Er drückte auf einen Knopf. Die Tonbandstimme brach ab.

»Hallo?« rief sie.

Es entstand eine Pause. Dann fragte eine Männerstimme: »Mit wem spreche ich?«

»Hier ist Doktor Janet Ross.«

»Gehören Sie zur Neuropsychiatrischen Forschungsabteilung?«

»Ja.«

»Dann holen Sie sich etwas zu schreiben, ich möchte Ihnen eine Adresse durchgeben. Hier spricht Captain Anders von der Polizei in Los Angeles.«

Sie bat Gerhard mit einer Handbewegung um Block und Bleistift. »Was ist los, Captain?«

»Wir haben einen Mord entdeckt«, antwortete Anders. »Und wir müssen ein paar Fragen an Sie stellen.«

7

Vor dem Wohnblock in der Nähe des Sunset Boulevard standen drei Streifenwagen. Trotz der frühen Stunde und der morgendlichen Kühle hatten die blitzenden Rotlichter schon eine ganze Menge Zuschauer angelockt. Janet Ross parkte ihren Wagen ein paar Meter davon und ging zurück zum Hauseingang. Ein junger Streifenbeamter hielt sie an.

»Wohnen Sie hier?«

»Ich bin Doktor Ross, Captain Anders hat mich angerufen.«

Er deutete zum Aufzug. »Dritter Stock links«, sagte er und ließ sie passieren.

Unter den neugierigen Blicken der Zuschauer draußen ging sie durch die Halle und wartete auf den Lift. Die Leute drängelten vor dem Tor, sie bemühten sich, den Vorderen über die Schultern zu blicken, und flüsterten miteinander. Was denken sie wohl von mir?, überlegte Janet. Die Warnlichter der Streifenwagen warfen immer wieder zuckende rote Blitze in die Halle. Dann kam die Kabine, und die Türen glitten hinter ihr zu.

Innen war es nicht sehr einladend. Die Plastikwände stellten eine Holzimitation dar, der abgetretene grüne Teppich war vom Unrat der Hunde und Katzen verschmutzt. Geduldig wartete sie, bis der Aufzug klappernd und quietschend den dritten Stock erreicht hatte. In dieser Art von Wohnhäusern, das wußte Janet Ross, wohnten vorwiegend Dirnen und Zuhälter, Homo-

sexuelle, Süchtige und Durchreisende. Man konnte eine Wohnung auch für kurze Zeit mieten.
Im dritten Stock stieg sie aus und sah vor einer Tür einige Uniformierte stehen. Wieder wurde ihr der Weg versperrt. Sie erklärte noch einmal, daß Captain Anders sie hergerufen habe, dann durfte sie vorbei, bekam aber die Ermahnung mit auf den Weg, nichts anzurühren.
Das Einpersonen-Apartment war im pseudospanischen Stil möbliert – so kam es ihr zumindest vor. Zwanzig Leute wohl drängten sich herum, nahmen Fingerabdrücke ab, fotografierten, maßen, sammelten Beweisstücke. Wie das Zimmer leer wirken mochte, konnte man sich bei dem Gedränge kaum vorstellen.
Anders kam auf sie zu. Er war ungefähr Mitte dreißig und trug einen unauffälligen dunklen Anzug. Das Haar reichte ihm bis über den Kragen, und auf der Nase trug er eine Hornbrille. Er sah beinahe aus wie ein Professor. Seltsam, wie rasch man zu solchen Vorurteilen kommt, dachte sie.
Er fragte halblaut: »Sind Sie Frau Doktor Ross?«
»Ja.«
»Captain Anders.« Sein Händedruck war fest. »Danke, daß Sie so rasch gekommen sind. Die Leiche liegt im Schlafzimmer. Der Gerichtsmediziner ist schon da.«
Er führte sie dorthin. Ein Mädchen von Mitte zwanzig lag nackt auf dem Bett. Der Schädelknochen war ihr eingeschlagen worden, der Körper wies mehrere Stichwunden auf. Das Bettlaken war sehr blutig, und es roch süßlich nach dem Blut.
Im Raum herrschte ein ziemliches Durcheinander. Ein Stuhl neben dem Frisiertisch war umgestürzt, Cremes und andere Kosmetika über den Teppich verstreut, die

Nachttischlampe zerbrochen. Sechs Männer arbeiteten jetzt in dem Zimmer; einer von ihnen war der Gerichtsmediziner. Er füllte gerade den Totenschein aus.
»Das ist Frau Doktor Ross«, sagte Anders. »Berichten Sie.«
Der Arzt deutete mit einer Kopfbewegung auf die Leiche. »Ziemlich brutale Methode, wie Sie sehen. Ein heftiger Schlag gegen die linke Schläfe drückte den Schädelknochen ein und führte zur sofortigen Bewußtlosigkeit. Tatwaffe war die Lampe dort drüben. Es kleben daran noch Blut ihrer Blutgruppe und ein paar Haare.«
Janet Ross warf einen Blick auf die Lampe, dann betrachtete sie die Leiche. »Und die Stichwunden?«
»Sind später entstanden, höchstwahrscheinlich post mortem. Die Gewalteinwirkung am Kopf war tödlich.«
Janet sah sich den Kopf der Toten genauer an. Er war auf der Seite eingedrückt wie ein angestochener Fußball, das Gesicht mochte vorher recht hübsch gewesen sein.
Der Arzt trat näher. »Wie Sie sehen, war sie mit ihrem Make-up erst halb fertig. Nach unserer Rekonstruktion hat sich die Sache so abgespielt: Sie saß dort drüben am Frisiertisch und schminkte sich. Der Schlag wurde seitlich von oben geführt, warf sie mit dem Stuhl zu Boden und führte dazu, daß die Kosmetika auf den Boden fielen. Dann wurde sie hochgehoben und auf das Bett gelegt.« Der Arzt führte pantomimisch vor, was nach seiner Auffassung geschehen war.
»Also eine recht kräftige Person?«
»Ja, bestimmt ein Mann.«
»Woher wissen Sie das?«
»Schamhaare im Abfluß der Dusche. Wir haben zwei Arten gefunden. Die eine Sorte stammt von ihr, die andere

von einem Mann. Wie Sie wissen, ist männliches Schamhaar stärker gekräuselt und im Querschnitt nicht so elliptisch geformt wie bei einer Frau.«

»Das wußte ich nicht«, gab Janet zu.

»Wenn Sie wollen, kann ich Ihnen Material darüber geben«, sagte der Arzt. »Außerdem steht fest, daß der Täter mit ihr Geschlechtsverkehr hatte, bevor er sie ermordete. Wir haben in der Samenflüssigkeit Blut gefunden, es entspricht der Gruppe 0. Nach dem Verkehr duschte sich der Mann anscheinend, kam dann aus dem Duschraum heraus und tötete sie.«

Janet nickte.

»Nach dem Schlag auf den Kopf wurde sie hochgehoben und aufs Bett gelegt. Bis dahin trat kaum Blut hervor. Auf dem Teppich und am Toilettentisch waren nur minimale Blutspuren zu finden. Aber nun greift der Mörder nach irgendeinem Instrument und versetzt ihr mehrere Stiche in den Leib. Wie Sie sehen, befinden sich die tiefsten Stichwunden in der Gegend des Unterleibs. Also dürfen wir von sexuellen Motiven ausgehen. Aber das sind noch reine Mutmaßungen.«

Janet Ross nickte und schwieg. Der Gerichtsarzt gefiel ihr nicht. Sie hatte nicht die Absicht, ihm mehr zu sagen als unbedingt nötig war. Sie beugte sich über die Leiche und betrachtete die Stichverletzungen. Die Einstiche waren klein, wahrscheinlich kurz, und sie hatten rund um den Einstich jeweils die Haut erheblich beschädigt.

»Haben Sie eine Waffe gefunden?«

»Nein«, antwortete der Arzt.

»Was kann es nach Ihrer Meinung gewesen sein?«

»Ich weiß es nicht genau. Ein Gegenstand, der nicht sehr scharf, aber ziemlich stabil ist. Ein stumpfer Gegenstand,

der so tief eindringt, muß eine Menge Druck aushalten.«
»Wieder ein Argument dafür, daß es ein Mann war«, bemerkte Anders.
»Ja. Es dürfte ein Metallgegenstand gewesen sein, zum Beispiel ein Brieföffner, ein schmales Lineal oder ein Schraubenzieher. Irgend etwas in dieser Richtung. Aber besonders interessant ist dieses Phänomen hier«, fuhr der Arzt fort. Er deutete auf den linken Arm des Mädchens, der ausgestreckt auf dem Bett lag und der durch viele Stichverletzungen ziemlich verstümmelt war. »Sehen Sie, nachdem er ihr die Stiche in den Bauch versetzt hatte, stach er in einer Linie weiter nach außen. Aber nun passen Sie auf: Hier ist der Arm zu Ende, und er stach trotzdem weiter. Man sieht die Fortsetzung der Einstiche im Bettlaken. Sie führen in einer geraden Linie vom Arm weg.«
Er wies nochmals auf die Stiche im Bettlaken.
»Das deutet auf eine ganz besondere Hartnäckigkeit hin. Die automatische Fortsetzung einer sinnlosen Bewegung. Wie eine Maschine, die immer weiterläuft.«
»Vollkommen richtig«, antwortete Janet.
»Nach unserer Meinung deutet das auf eine Art Trance hin«, sagte der Arzt. »Aber wir wissen nicht, ob es ein organischer oder funktioneller Zustand war, ob natürlich oder künstlich herbeigeführt. Da das Mädchen ihn freiwillig eingelassen hat, muß sich der tranceähnliche Zustand erst später entwickelt haben.«
Janet störte es, daß der Gerichtsmediziner anzugeben versuchte. Das war nicht der richtige Augenblick, Sherlock Holmes zu spielen.
Anders reichte ihr die metallene »Hundemarke«. »Das

hier haben wir bei der ersten Routineuntersuchung gefunden«, sagte er.
Janet drehte die Metallmarke in der Hand hin und her.

ICH TRAGE EINE ATOMARE ENERGIEQUELLE IN MIR. KÖRPERLICHE VERLETZUNGEN ODER FEUER KÖNNEN DIE UMHÜLLUNG UNDICHT MACHEN UND GIFTIGES MATERIAL FREISETZEN! IM FALLE EINER VERLETZUNG ODER DES TODES BITTE NPFA ANRUFEN. (213) 652-1134.

»Deshalb haben wir Sie also angerufen«, sagte Anders. Er ließ sie nicht aus den Augen. »Wir waren offen zu Ihnen, jetzt sind Sie an der Reihe.«
»Sein Name ist Harry Benson«, sagte sie. »Er ist vierunddreißig Jahre alt und leidet an psychomotorischer Epilepsie.«
Der Arzt schnalzte mit den Fingern. »Verdammt noch mal.«
»Was ist psychomotorische Epilepsie?« fragte Anders.
Ein Kriminalbeamter kam aus dem Wohnraum herein.
»Wir haben die Abdrücke identifiziert«, meldete er. »Sie sind ausgerechnet beim Verteidigungsministerium registriert. 1968 erfolgte seine Freigabe als Geheimnisträger. Der Name lautet Harry Benson, und er wohnt in Los Angeles.«
»Freigabe wofür?« fragte Anders.
»Vermutlich für Forschungsarbeiten an Computern«, antwortete Janet.
»Stimmt«, bestätigte der Kriminalbeamte. »Geheime Computerarbeit in den letzten drei Jahren.«
Anders machte sich Notizen. »Ist die Blutgruppe verzeichnet?«
»Ja, hier steht Gruppe 0.«

Janet Ross wandte sich an den Arzt. »Was wissen Sie über das Mädchen?«
»Ihr Name ist Doris Blankfurt, der Künstlername Angela Black. Sechsundzwanzig Jahre alt, wohnt seit sechs Wochen hier.«
»Was machte sie?«
»Tänzerin.«
Janet nickte.
Anders fragte: »Hat das etwas zu bedeuten?«
»Er hatte viel für Tänzerinnen übrig.«
»Er fühlte sich zu ihnen hingezogen?«
»Ja, und gleichzeitig abgestoßen. Es ist eine sehr komplizierte Sache.«
Er betrachtete sie neugierig. Glaubte er vielleicht, daß sie sich über ihn lustig machen wollte?
»Und er leidet unter einer Art Epilepsie?«
»Ja, psychomotorische Epilepsie.«
Anders notierte sich das. »Ich brauche noch einige Erläuterungen von Ihnen.«
»Selbstverständlich.«
»Außerdem eine Beschreibung, Fotos ...«
»Kann ich Ihnen besorgen.«
»Und zwar so rasch wie möglich.«
Sie nickte. Bisher hatte sie der Polizei Widerstand entgegengesetzt und wollte nicht mit ihr zusammenarbeiten. Aber das war nun anders geworden. Sie starrte den eingeschlagenen Schädel des Mädchens an. Sie konnte sich vorstellen, wie plötzlich und wie wild der Überfall gekommen sein mußte.
Dann sah sie auf die Uhr. »Es ist jetzt sieben Uhr dreißig«, sagte sie, »ich fahre ins Krankenhaus zurück, aber unterwegs muß ich mich noch waschen und umziehen.

Sie treffen mich entweder zu Hause oder im Krankenhaus an.«
»In Ordnung«, sagte Anders, »ich bin in etwa zwanzig Minuten hier fertig.«
»Okay«, sagte sie und gab ihm ihre Adresse.

8

Die Dusche tat gut. Das heiße Wasser wirkte auf die bloße Haut wie feine Nadelstiche. Ihre Muskeln entspannten sich, sie schloß die Augen und atmete den Wasserdampf ein. Sie hatte schon immer gern geduscht, obgleich sie wußte, daß dies eine männliche Angewohnheit war. Männer duschen, Frauen baden. Das hatte Dr. Ramos ihr einmal erklärt. In ihren Augen war das Quatsch. Solche Verhaltensnormen waren da, um durchbrochen zu werden. Sie war schließlich ein Individuum.

Dann fand sie heraus, daß Duschbäder bei der Behandlung von Schizophrenen angewandt wurden. Die Patienten ließen sich manchmal durch abwechselnd heiße und kalte Duschen beruhigen.

»Und jetzt halten Sie sich für schizophren?« hatte Dr. Ramos gefragt und herzhaft gelacht. Er lachte sonst nicht oft. Manchmal versuchte sie, ihn zum Lachen zu bringen, aber meistens ohne Erfolg.

Sie stellte die Dusche ab, trat aus der Kabine und wikkelte sich in ein Badetuch. Dann wischte sie den beschlagenen Spiegel blank und betrachtete ihr Bild. »Du siehst miserabel aus«, sagte sie und nickte sich zu. Das Spiegelbild nickte zurück. Unter der Dusche war das Make-up ihrer Augen zerronnen, das einzige Make-up, das sie trug. Ihre Augen wirkten jetzt klein und übermüdet. Wann war sie eigentlich mit Dr. Ramos verabredet? War das überhaupt für heute gewesen?

Welchen Tag haben wir denn?, überlegte sie. Nach einer Weile fiel ihr ein, daß Freitag war. Sie hatte seit mindestens vierundzwanzig Stunden nicht mehr geschlafen und stellte bei sich alle Symptome des Schlafmangels fest, die sie während ihrer Zeit als Internistin kennengelernt hatte. Die Übersäuerung im Magen; dumpfe Schmerzen in allen Gliedern; eine Art langsam voranschreitende Geistesverwirrung. Ein scheußliches Gefühl.

Sie wußte auch, wie es weitergehen würde. In vier bis fünf Stunden würde sie anfangen, mit offenen Augen vom Schlafen zu träumen. Sie würde sich ein Bett vorstellen, eine wunderbar weiche Matratze. Sie würde sich in Gedanken immer mehr mit dem wundervollen Zustand kurz vor dem Einschlafen beschäftigen.

Hoffentlich wird Benson bald gefunden, dachte sie. Der Spiegel war schon wieder beschlagen. Sie öffnete die Badezimmertür, um kühle Luft hereinzulassen. Dann wischte sie mit der Hand über das Glas. Sie begann, ihr Make-up in Ordnung zu bringen, da läutete es an der Tür. Das mußte Anders sein. Sie hatte die Wohnungstür nur angelehnt.

»Die Tür ist offen«, rief sie und beugte sich zum Spiegel vor. Sie zog die Linien am rechten Auge nach und rief über die Schulter, bevor sie mit dem zweiten begann: »Wenn Sie Kaffee mögen, dann setzen Sie in der Küche das Wasser auf.«

Sie vervollständigte das Make-up auch am linken Auge, wickelte dann das Badetuch fester um sich und schaute hinaus auf den Flur. »Haben Sie alles gefunden, was Sie brauchen?« rief sie.

Auf dem Flur stand Harry Benson.

»Guten Morgen, Frau Doktor Ross«, grüßte er mit freundlicher Stimme. »Hoffentlich komme ich Ihnen nicht ungelegen.«

Seltsam, welche Angst sie hatte. Er hielt ihr die Hand hin, und sie nahm sie, ohne sich dessen recht bewußt zu werden. In Gedanken war sie mit ihrer Angst beschäftigt. Warum fürchtete sie sich? Sie kannte diesen Mann recht genau. Sie war schon oft mit ihm allein gewesen und hatte sich nie vor ihm gefürchtet.

Zum Teil war die Überraschung schuld daran. Sie hatte nicht damit gerechnet, ihn hier vorzufinden. Außerdem war ihre Aufmachung mit der Würde einer Ärztin unvereinbar. Sie schämte sich wegen des Badetuchs und ihrer noch nassen Beine.

»Entschuldigen Sie mich für eine Minute«, sagte sie. »Ich muß mich nur schnell anziehen.«

Er nickte höflich und ging ins Wohnzimmer zurück. Sie schloß die Schlafzimmertür und setzte sich aufs Bett. Ihr Atem ging rasch wie nach einem Langstreckenlauf. Das sind die typischen Begleiterscheinungen der Angst, sagte sie sich. Aber die genaue Bezeichnung half ihr nicht weiter. Sie erinnerte sich an einen Patienten, der sie einmal angeschrien hatte: »Sagen Sie mir doch nicht so gelehrt, daß ich deprimiert bin, ich fühle mich einfach saumäßig.«

Sie trat an den Schrank und holte ein Kleid heraus, ohne darauf zu achten, welches eigentlich. Dann überprüfte sie im Bad noch einmal ihr Äußeres. Ich will Zeit gewinnen, dachte sie. Aber das war nicht der richtige Augenblick dafür.

Sie atmete tief ein und ging dann zu ihm hinaus.

Er stand fremd und irritiert mitten im Wohnzimmer. Sie

sah diesen Raum plötzlich mit seinen Augen: modern, steril, unfreundlich und unpersönlich. Technische Möbel, schwarzes Leder und Chrom, überall harte Linien. Geometrische Gemälde an den Wänden, alles ganz modern, glänzend, rationell, maschinenhaft. Eine absolut feindliche Umgebung.

»Das hätte ich bei Ihnen nicht erwartet«, sagte er.

»Der eine mag das und der andere etwas ganz anderes, Harry.« Sie schlug einen leichten Ton an. »Möchten Sie eine Tasse Kaffee?«

»Nein, danke.«

Er war ordentlich gekleidet, trug Jacke und Schlips, aber die schwarze Perücke störte sie. Und etwas lag auch in seinen Augen. Sie blickten müde und glanzlos, es waren die Augen eines Mannes, der bald vor Erschöpfung zusammenbrechen wird. Ihr fielen die Ratten ein, die an einem Übermaß angenehmer Reize zusammengebrochen waren. Nach einiger Zeit lagen sie ausgestreckt auf dem Boden des Käfigs, keuchend und zu matt, um vorzukriechen und noch einmal auf den Hebel zu drücken.

»Sind Sie allein hier?« fragte er.

»Ja.«

Am linken Backenknochen, dicht unter dem Auge, hatte er eine kleine Schwellung. Von seinen Verbänden war nichts weiter zu sehen als ein schmaler weißer Streifen zwischen dem unteren Rand der Perücke und seinem Hemdkragen.

»Stimmt etwas nicht?« fragte er.

»Doch, alles in Ordnung.«

»Sie wirken verkrampft.« Seine Stimme klang echt besorgt. Vielleicht hatte er gerade eine Stimulation empfangen. Sie erinnerte sich, wie nach den Testreizen während der Schaltphase bei ihm das sexuelle Interesse an ihr geweckt worden war.

»Nein, ich bin gar nicht verkrampft.« Sie lächelte.

»Sie haben ein sehr nettes Lächeln«, sagte er.

Sie suchte auf seiner Kleidung nach Blutspuren. Das Mädchen hatte schrecklich ausgesehen. Benson mußte danach sicher blutverschmiert gewesen sein, aber an seiner Kleidung ließ sich nichts erkennen. Vielleicht hatte er ein zweites Mal geduscht und sich umgezogen, nachdem er sie getötet hatte.

»Ich möchte jetzt Kaffee trinken«, sagte sie. Fast erleichtert ging sie in die Küche. In einiger Entfernung von ihm fiel ihr das Atmen leichter. Sie setzte den Wasserkessel auf, zündete das Gas an und blieb einen Augenblick stehen. Sie mußte ihre Selbstbeherrschung wiederfinden, wenn sie weiter Herr der Situation bleiben wollte.

Eines war seltsam: Sie war zwar erschrocken, als er so plötzlich in ihrer Wohnung stand, aber überrascht hatte sein Besuch sie eigentlich nicht. Psychomotorische Epileptiker sind gehetzte Menschen, die Angst vor der eigenen Gewalttätigkeit haben. Über die Hälfte von ihnen unternehmen aus Verzweiflung Selbstmordversuche. Ausnahmslos aber sind alle verzagt und wünschen sich ärztliche Hilfe.

Warum war er wohl nicht ins Krankenhaus zurückgekehrt?

Sie ging hinaus ins Wohnzimmer. Benson stand an den großen Fenstern und blickte hinaus auf die Stadt, die sich meilenweit nach allen Richtungen erstreckte.

»Sind Sie böse auf mich?« fragte er.

»Böse, warum denn?«

»Weil ich weggelaufen bin.«

»Warum sind Sie weggelaufen, Harry?« Sie fühlte, wie mit jedem Wort ihre Kraft, ihre Sicherheit wuchs. Sie konnte mit diesem Mann fertig werden. Das war ihr Beruf. Sie war schon mit gefährlicheren Typen, als diesem hier, allein gewesen. Sie erinnerte sich noch gut an eine Praktikantenzeit im Staatskrankenhaus Cameron, wo sie mit Psychopathen und Massenmördern gearbeitet hatte – charmanten, liebenswerten, eiskalten Männern.
»Weshalb? Deshalb!« Er setzte sich lächelnd in einen Sessel. Er rutschte hin und her, aber der Sessel schien ihm unbequem zu sein. Er stand auf und setzte sich auf das Sofa. »Ihre Möbel sind alle so ungemütlich. Wie können Sie sich nur in einer solchen Umgebung wohl fühlen?«
»Mir gefällt die Wohnung.«
»Aber sie ist unbequem.« Er sah sie fast herausfordernd an. Ihr wäre es lieber gewesen, wenn sie ihm nicht hier hätte gegenübertreten müssen. Diese Umgebung war für ihn bedrohlich, und auf jede Bedrohung reagierte Benson aggressiv.
»Wie haben Sie mich überhaupt gefunden, Harry?«
»Überrascht es Sie, daß ich Ihre Adresse weiß?«
»Ja, ein wenig schon.«
»Ich bin ein vorsichtiger Mensch«, erklärte er. »Bevor ich ins Krankenhaus ging, erkundigte ich mich nach den Adressen aller Beteiligten – von Ellis, McPherson, Morris, von Ihnen ...«
»Warum?«
»Nur für alle Fälle.«
»Was haben Sie denn erwartet?«
Er gab ihr keine Antwort. Er stand wieder auf und sah zum Fenster hinaus auf die Stadt. »Da draußen sucht man nach mir«, sagte er. »Oder etwa nicht?«

»Doch.«
»Aber man wird mich nie finden. Die Stadt ist zu groß.«
In der Küche begann der Wasserkessel zu pfeifen. Sie murmelte eine Entschuldigung und ging den Kaffee aufgießen. Ihr Blick suchte nach einem schweren Gegenstand. Vielleicht sollte sie versuchen, ihn niederzuschlagen. Ellis würde ihr das nie verzeihen, aber …
»Sie haben da ein Bild an der Wand hängen!« rief Benson. »Es besteht aus lauter Ziffern. Von wem ist das?«
»Von einem gewissen Johns.«
»Warum zeichnet ein Mensch Ziffern? Zahlen sind etwas für Maschinen.«
Sie rührte den Pulverkaffee um, goß Milch hinein und setzte sich mit ihrer Tasse ins Wohnzimmer.
»Harry …«
»Nein, ich meine es ernst. Sehen Sie sich das hier an. Was soll denn das darstellen?« Er klopfte mit dem Fingerknöchel auf ein anderes Bild.
»Kommen Sie, Harry, setzen Sie sich.«
Er sah sie eine Weile an, dann trat er näher und ließ sich ihr gegenüber auf der Couch nieder. Er wirkte verkrampft, aber im nächsten Moment lächelte er zufrieden. Sekundenlang weiteten sich seine Pupillen. Wieder eine Stimulation, dachte sie.
Was zum Teufel soll ich machen, überlegte Janet.
»Harry?« fragte sie. »Was war nun los?«
»Ich weiß es nicht«, antwortete er.
»Sie haben das Krankenhaus verlassen …«
»Ja, ich habe einen Anzug der Pfleger angezogen und habe so das Krankenhaus verlassen. Alles war genau geplant. Angela hat mich abgeholt.«
»Und dann?«

»Dann fuhren wir zu mir. Ich war furchtbar überdreht.«
»Warum überdreht?«
»Ich weiß doch schließlich, wie alles enden wird.«
Ihr war nicht ganz klar, was er damit meinte. »Wie soll es denn enden?«
»Von meinem Haus weg fuhren wir in ihre Wohnung, tranken ein paar Gläschen und liebten uns. Dann erklärte ich ihr, wie alles enden würde. Sie bekam Angst. Sie wollte das Krankenhaus anrufen und Bescheid sagen, wo ich mich aufhalte.« Er starrte ins Leere und verlor den Faden. Sie drängte nicht. Er hatte dann einen Anfall erlitten und erinnerte sich bestimmt nicht daran, daß er das Mädchen getötet hatte. Sein Erinnerungsschwund war bestimmt echt.
Sie wollte nur erreichen, daß er weiterredete. »Warum haben Sie das Krankenhaus verlassen, Harry?«
»Es war am Nachmittag«, sagte er und wandte sich ihr zu. »Ich lag am Nachmittag da in meinem Bett und merkte plötzlich, daß alle sich um mich kümmerten und daß mich alle versorgten, wie man eine Maschine versorgt. Davor hatte ich von Anfang an Angst.«
Die Wissenschaftlerin in ihr fand ihren Verdacht bestätigt. Bensons geistige Fehlhaltung gegenüber Maschinen war im Grunde genommen die Angst, abhängig zu werden, nach der Operation seine Selbständigkeit zu verlieren. Und es war die reine Wahrheit, wenn er behauptete, er hätte von Anfang an Angst vor dem Versorgtwerden gehabt. Wer Angst hat, der haßt für gewöhnlich auch. Aber Benson war von ihr abhängig. Wie würde er darauf reagieren?
»Man hat mich angelogen«, sagte er plötzlich.
»Niemand hat Sie angelogen, Harry.«

Er wurde zornig. »Doch, Sie haben ... Sie ...«
Er brach ab und lächelte wieder. Für eine Sekunde wurden seine Pupillen groß – eine erneute Stimulation. Sie folgten jetzt dicht aufeinander. Bald würde wohl wieder ein Anfall folgen.
»Wissen Sie was, das ist das herrlichste Gefühl der Welt«, sagte er.
»Welches Gefühl?«
»Dieses Summen.«
»Ist es wie ein Summen?«
»Sobald alles schwarz zu werden beginnt ssst! – und ich bin wieder froh«, sagte Benson. »Wunderbar warm und glücklich.«
»Die Stimulationen«, murmelte sie.
Sie widerstand dem Drang, auf die Uhr zu sehen. Was macht es schon, Anders hatte versprochen, in zwanzig Minuten hier zu sein, aber er war vielleicht aufgehalten worden. Und selbst wenn er kam, wußte sie nicht genau, ob er mit Benson fertig werden würde. Ein außer Kontrolle geratener psychomotorischer Epileptiker ist etwas Schreckliches. Wahrscheinlich würde Anders am Schluß auf Benson schießen. Und das wollte sie nicht.
»Soll ich Ihnen noch etwas sagen«, fuhr Benson fort. »Dieses Summen ist nur manchmal angenehm. Wenn es zu stark, zu schwer wird, dann ... dann erdrückt es mich.«
»Wird es jetzt zu schwer?«
»Ja«, sagte er und lächelte.
In diesem Augenblick, da er lächelte, wurde ihr die eigene Hilflosigkeit bewußt. Hier versagte alles, was sie über die Beherrschung von Patienten, über die Lenkung ihrer Gedankengänge, die Beobachtung von Formulie-

rungen gelernt hatte. Verbale Tricks halfen ihr hier überhaupt nicht – ebensowenig wie bei einem Irrsinnigen oder einem Kranken mit einem Hirntumor. Benson unterlag einem neuartigen klinischen Problem. In ihm arbeitete eine Apparatur, die ihn unerbittlich und präzise dem nächsten Anfall in die Arme trieb. Mit Worten kann niemand einen implantierten Computer abschalten.

Eines war notwendig – sie mußte ihn ins Krankenhaus schaffen. Aber wie? Ihr blieb nichts anderes als ein erneuter Appell an seine Vernunft. »Begreifen Sie eigentlich, was jetzt geschieht, Harry? Sie sind durch die dauernden Stimulationen überreizt und werden von einem Anfall zum anderen getrieben.«

»Aber es ist ein angenehmes Gefühl.«

»Sie sagten doch selbst, es sei nicht immer angenehm.«

»Nein, nicht immer.«

»Wollen Sie nicht, daß das korrigiert wird?«

Er sah auf. »Korrigiert?«

»Gerichtet. So verändert, daß Sie keine Anfälle mehr bekommen.« Sie mußte ihre Worte sehr bedächtig wählen.

»Glauben Sie, ich muß in Ordnung gebracht werden?«

Seine Formulierung erinnerte sie an Ellis. Es war die Lieblingsphrase des Chirurgen.

»Harry, wir können erreichen, daß Sie sich wieder wohler fühlen.«

»Ich fühle mich wohl, Frau Doktor.«

»Aber Harry, als Sie zu Angela fuhren ...«

»Daran erinnere ich mich nicht mehr.«

»Sie waren dort, nachdem Sie das Krankenhaus verlassen hatten.«

»Ich weiß gar nichts mehr. Alle Erinnerungsspeicher sind gelöscht. Ich nehme nur noch Elektrostatisches wahr. Wenn Sie wollen, können Sie es auf Band aufnehmen und abhören.« Er öffnete den Mund und ahmte ein zischendes Geräusch nach. »Hören Sie, nichts als Störungen.«

»Sie sind doch keine Maschine, Harry«, sagte sie leise.

»Noch nicht.«

Ihr Magen rumorte. Ihr wurde übel vor innerer Erregung. Wieder registrierte ihr sachlicher Verstand ganz objektiv den physischen Ausdruck ihres Gemütszustandes. Sie war dankbar für diese Objektivität, auch wenn sie nur wenige Augenblicke dauerte.

Aber sie war auch wütend auf Ellis und McPherson. In zahllosen Unterredungen hatte sie den beiden klar gemacht, daß die eingepflanzte Apparatur Bensons schon vorhandene Wahnvorstellungen verschlimmern würde. Keiner hatte auf sie gehört. Sie wünschte, die beiden jetzt hier vor sich zu haben.

»Ihr versucht eine Maschine aus mir zu machen«, sagte er. »Ihr alle. Deshalb kämpfe ich gegen euch.«

»Harry ...«

»Lassen Sie mich ausreden!« Seine Miene wurde starr. Dann lächelte er plötzlich wieder.

Eine neue Stimulation. Sie lagen nur noch Minuten auseinander. Wo blieb Anders? Wo blieben die anderen? Sollte sie laut schreiend auf den Flur hinauslaufen? Versuchen, das Krankenhaus anzurufen oder die Polizei?

»Dieses Gefühl ist schön«, sagte Benson immer noch lächelnd. »Es gibt kein herrlicheres Gefühl. Ich könnte mich für immer und ewig nur in diesem Gefühl baden.«

»Harry, versuchen Sie doch, sich zu entspannen.«

»Ich bin ganz entspannt, aber das ist es doch nicht, was Sie eigentlich wollen.«

»Was will ich denn?«

»Sie wollen eine gute Maschine aus mir machen. Sie wollen, daß ich meinen Herrn und Meistern gehorche und alle Anweisungen ausführe. Stimmt das nicht?«

»Sie sind keine Maschine, Harry.«

»Ich werde auch nie eine werden.« Sein Lächeln verblaßte. »Niemals.«

Sie holte tief Luft und fuhr fort: »Harry, ich möchte, daß Sie mit mir ins Krankenhaus zurückkommen.«

»Nein.«

»Wir sorgen dafür, daß Sie sich wieder wohl fühlen.«

»Nein.«

»Wir kümmern uns um Sie, Harry.«

»Ihr kümmert euch um mich.« Sein Lachen war laut und häßlich. »Ihr kümmert euch doch nicht um mich, sondern nur um euer Experiment. Das einzige, was euch kümmert, ist euer wissenschaftliches Protokoll. Ich selbst bin euch doch gleichgültig.«

Er war jetzt aufgeregt und böse. »Es sieht in den medizinischen Fachzeitschriften bestimmt nicht gut aus, wenn ihr berichten müßt, daß ihr jahrelang so viele Patienten beobachtet habt, und schließlich starb einer, weil er durchdrehte und die Bullen ihn niederknallten. Das macht einen schlechten Eindruck.«

»Harry ...«

»Ich weiß«, sagte Benson und streckte abwehrend die Hände aus. »Vor einer Stunde war mir übel. Als ich dann zu mir kam, sah ich Blut unter meinen Fingernägeln. Blut, ich weiß.« Er starrte seine Hände an und drehte sie mit dem Rücken nach oben, um seine Nägel zu betrachten. Dann berührte er die Verbände. »Dagegen sollte die Operation wirken. Sie hat nicht gewirkt.«

Plötzlich begann er zu weinen. Sein Gesicht blieb unbewegt, aber die Tränen rollten ihm über das Gesicht. »Es wirkt nicht«, wiederholte er. »Ich verstehe es nicht, aber es wirkt nicht.«

Ebenso unvermittelt lächelte er wieder. Eine neue Stimulation. Sie lag nur knapp eine Minute nach der letzten. Janet Ross wußte, daß die Krise in den nächsten Sekunden bevorstand.

»Ich will doch niemandem weh tun«, sagte er mit fröhlichem Lächeln.

Sie empfand Mitleid mit ihm und bedauerte zutiefst, was geschehen war.

»Ich verstehe Sie«, sagte sie. »Fahren wir ins Krankenhaus zurück.«

»Nein, nein!«

»Ich fahre mit. Ich bleibe die ganze Zeit bei Ihnen. Es kommt alles wieder in Ordnung.«

»Widersprechen Sie mir nicht!« Er sprang auf, ballte die Fäuste und sah zornig auf sie herab. »Ich werde nicht auf Sie hören.« Wieder hielt er inne, aber er lächelte nicht. Statt dessen hob er den Kopf und sog schnuppernd die Luft ein.

»Was ist das für ein Geruch?« fragte er. »Ich hasse diesen Geruch. Was ist das? Hören Sie denn nicht? Ich hasse diesen Geruch.«

Immer noch schnüffelnd kam er auf sie zu. Er streckte die Hände nach ihr aus.

»Harry!«

»Ich hasse dieses Gefühl«, sagte er.

Sie stand von der Couch auf und zog sich zurück. Er folgte ihr unbeholfen mit ausgestreckten Armen. »Ich mag dieses Gefühl nicht. Ich will es nicht«, sagte er. Jetzt

schnüffelte er nicht mehr. Wie unter Trance verfolgte er sie.
»Harry ...«
Seine Miene war unbewegt, die Maske eines Roboters. Gleich einem Schlafwandler verfolgte er sie und tastete nach ihr. Aber seine Bewegungen waren so langsam, daß es nicht schwer war, sich ihm zu entziehen und sicheren Abstand zu wahren.
Dann griff er plötzlich nach einem schweren, geschliffenen Aschenbecher und schleuderte ihn nach ihr. Sie duckte sich. Er traf eines der großen Fenster, und die Scheiben fielen klirrend zusammen.
Er ging auf sie los, umschlang sie mit den Armen und hielt sie fest wie ein ungeschickter Bär. Er drückte mit unglaublicher Kraft zu.
»Harry«, stieß sie hervor. »Harry.« Sie warf einen Blick auf sein Gesicht und merkte, daß es immer noch starr war.
Da stieß sie ihm mit Wucht das Knie in die Leiste.
Er stöhnte auf, ließ sie los und beugte sich hustend vor. Sie entkam ihm und griff nach dem Telefon. Während Benson immer noch vorgebeugt dastand und hustete, wählte sie die Zentrale.
»Hier Vermittlung.«
»Geben Sie mir die Polizei.«
»Wollen Sie die Polizei von Beverly Hills oder die von Los Angeles?«
»Das ist doch egal!«
»Nun, welche möchten Sie denn ...«
Sie ließ den Hörer fallen. Benson griff sie wieder an. Aus der Muschel drang die dünne, blecherne Stimme der Vermittlung. »Hallo, hallo ...«

Benson riß das Telefon aus der Steckdose und warf den Apparat quer durchs Zimmer. Er ergriff eine Stehlampe, packte sie am Stab und schwang den schweren Fuß in weitem Bogen durch die Luft. Sie duckte sich und spürte über sich den sausenden Luftzug. Ein solcher Schlag hätte sie getötet. Ihr wurde bewußt, daß sie in Lebensgefahr war.
Sie rannte in die Küche. Benson ließ die Lampe fallen und folgte ihr. Sie zerrte die Schubladen heraus und suchte nach einem Messer. Sie fand nur ein kleines Tranchiermesser. Wo zum Teufel waren die großen Küchenmesser?
Benson war schon in der Küche. Blindlings schleuderte sie ihm einen Topf entgegen. Er prallte gegen sein Knie. Er kam näher.
Noch funktionierte ihr Verstand und erklärte ihr, daß sie einen großen Fehler begehe, wenn sie sich nicht wehre, daß in der Küche eine Waffe vorhanden sein müsse, die sie einsetzen könne. Aber welche?
Bensons Hände krallten sich um ihren Hals. Der Griff war schrecklich. Sie packte seine Handgelenke und versuchte den Griff zu lockern. Sie stieß ihr Bein hoch, aber er wich ihr aus, drängte sie rückwärts gegen den Küchentisch und drückte sie nieder.
Sie konnte sich nicht mehr rühren, kaum noch atmen. Schon tanzten blaue Punkte vor ihren Augen. Ihre brennenden Lungen gierten nach Luft.
Ihre Finger tasteten über den Arbeitstisch und suchten nach irgendeiner Waffe. Vergeblich. Die Küche …
Sie ruderte wie wild mit den Armen. Dann spürte sie den Handgriff ihres Geschirrspülers, den Griff des Backrohrs, die Knöpfe von Küchengeräten. Ein grünlicher Farbein-

druck trat ihr vor die Augen. Die blauen Punkte sah sie jetzt größer. Sie schwammen träge auf und ab. Noch ein paar Sekunden, dann mußte sie in ihrer eigenen Küche sterben.
Küche... Die Gefahren in der Küche! Blitzartig kam ihr die Erkenntnis, kurz bevor sie das Bewußtsein verlor. Mikrowellen.
Vor ihren Augen war inzwischen alles stumpfgrau geworden, aber ihr Tastsinn funktionierte noch. Ihre Finger berührten das Metall des Herdes, das Glasfenster der Backofentür, dann weiter oben die Knöpfe. Sie drehte daran.
Benson schrie furchtbar auf.
Der Druck um ihren Hals war verschwunden. Sie sank zu Boden. Benson stieß entsetzliche Schmerzensschreie aus. Nach einer Weile konnte sie ihre Umgebung wieder sehen. Er stand vorgebeugt da und hielt beide Hände an den Kopf gepreßt. Er brüllte ununterbrochen.
Er schien gar nicht zu merken, daß sie keuchend vor ihm auf dem Boden lag. Er drehte und wand sich und schrie dabei wie ein weidwundes Tier. Dann stürzte er, immer noch brüllend, hinaus.
Eine wohltätige Ohnmacht nahm sie auf.

9

Zu beiden Seiten ihres Halses bildeten sich längliche, blau unterlaufene Striemen aus. Sie strich vorsichtig mit den Fingern darüber und betrachtete sich im Spiegel.
»Wann ist er hier weggegangen?« fragte Anders. Er stand in der Tür zum Bad und beobachtete sie.
»Das weiß ich nicht. Etwa um die Zeit, als ich ohnmächtig wurde.«
Er sah über die Schulter ins Wohnzimmer. »Ein ziemliches Durcheinander.«
»Kann ich mir denken.«
»Warum hat er Sie überfallen?«
»Er hatte einen Anfall.«
»Aber Sie sind doch seine Ärztin.«
»Das spielt keine Rolle«, sagte sie. »Bei einem Anfall verliert er jede Selbstbeherrschung. Er würde dann sein eigenes Kind töten. So etwas ist schon vorgekommen.«
Anders schien nicht ganz überzeugt zu sein. Sie konnte sich gut vorstellen, wie fremd ihm dieser Gedanke war. Wer noch keinen psychomotorischen Anfall miterlebt hat, kann die vernunftwidrige, brutale Gewalt nicht begreifen, die in einem Anfall freigesetzt wird. Sie liegt zu weit jenseits aller normalen Lebenserfahrung. Nichts läßt sich damit vergleichen.
»Hm«, machte Anders schließlich. »Aber er hat Sie ja nicht getötet.«
Nicht ganz, dachte sie und betastete ihre Schwielen. Sie würden innerhalb der nächsten Stunden noch schlimmer

werden. Was sollte sie dagegen tun? Überpudern? Sie besaß weder Puder noch Schminke. Vielleicht einen Rollkragenpulli?

»Nein«, sagte sie, »er hat mich nicht getötet, aber er wollte es.«

»Was ist passiert?«

»Ich habe den Grill eingeschaltet.«

Anders war verwirrt. »Kann man damit Epilepsie heilen?«

»Kaum, aber Bensons elektronische Apparatur beeinflussen. Ich habe einen Mikrowellengrill. Die Mikrowellen bringen Reizgeber durcheinander. Das ist heutzutage bei den Herzschrittmachern auch ein großes Problem. Die Gefahren der Küche. In letzter Zeit wurde darüber viel geschrieben.«

»Ach so«, murmelte Anders.

Er verließ das Bad, um zu telefonieren, während sie sich anzog. Sie wählte einen schwarzen Rollkragenpullover und einen grauen Rock und betrachtete sich dann noch einmal im Spiegel. Die Schwellungen am Hals waren jetzt verborgen. Aber die Farbzusammenstellung gefiel ihr nicht: schwarz und grau. Zu nüchtern, zu tot und kalt. Das paßte gar nicht zu ihr. Sie überlegte, ob sie sich umziehen sollte, tat es aber dann doch nicht.

Sie hörte Anders im Wohnzimmer telefonieren. Sie ging in die Küche, um sich einen Whisky-Soda zu mixen, denn Kaffee hätte sie jetzt nicht mehr vertragen. Während sie den Alkohol in ein Glas goß, sah sie die langen Kratzer auf der Holzfläche des Arbeitstisches, die ihre Fingernägel hinterlassen hatten. Sie betrachtete ihre Finger. Drei Nägel waren abgebrochen. Das war ihr bisher noch gar nicht aufgefallen.

Sie nahm ihr Glas und setzte sich damit ins Wohnzimmer.

»Ja«, sagte Anders am Telefon. »Ja, ich verstehe. Nein – nein – keine Ahnung. Aber wir versuchen es.« Dann entstand eine längere Pause.

Sie trat an das zersplitterte Fenster und schaute hinaus auf die Stadt. Die Sonne war aufgegangen und beleuchtete den braunen Schleier von Smog, der über den Gebäuden hing. Die Luft ist hier auch schon lebensgefährlich geworden, dachte sie. Vielleicht sollte ich an den Strand übersiedeln, wo man noch saubere Luft atmet.

»Nun hören Sie mal«, sagte Anders aufgebracht, »das wäre alles nicht passiert, wenn Sie seine Zimmertür vernünftig bewacht hätten. Das sollten Sie sich hinter die Ohren schreiben.«

Sie hörte, wie er den Hörer auf die Gabel knallte.

»Scheißpolitik«, sagte er.

»Sogar bei der Polizei?«

»Ganz besonders bei der Polizei«, antwortete er. »Wenn etwas schiefgeht, suchen alle krampfhaft nach einem Sündenbock.«

»Will man es Ihnen anhängen?«

»Man versucht es zumindest.«

Sie nickte und überlegte, was zur Zeit wohl im Krankenhaus vor sich gehen mochte. Vermutlich genau dasselbe. Auch das Krankenhaus hat auf seinen guten Ruf in der Öffentlichkeit zu achten. Die Abteilungschefs schwitzten jetzt bestimmt Blut und Wasser. Der Verwaltungsdirektor machte sich Sorgen wegen der Zuschüsse. Irgendein Schuldiger mußte gefunden werden. McPherson saß zu weit oben. Sie selbst und Morris waren zu kleine Lichter. Wahrscheinlich blieb die Sache an Ellis hängen, denn er trug den Professorentitel. Wenn man einen Honorarprofessor hinauswarf, dann war das die Trennung von einem Mann, der sich als zu aggressiv, zu waghalsig, zu ehrgeizig erwiesen hatte. Es war jedenfalls besser, ihn statt eines Ordinarius zu feuern, weil das ein schlechtes Licht auf die früher getroffene Entscheidung über dessen Berufung warf.

Wahrscheinlich war Ellis dran. Sie fragte sich, ob er es wohl schon wußte. Er hatte sich erst kürzlich in Brentwood ein neues Haus gekauft. Er war sehr stolz darauf und hatte für die kommende Woche sämtliche Mitarbeiter der Neuropsychiatrie zur Einweihung eingeladen. Sie sah durch die zerbrochene Scheibe auf die Stadt hinaus.

Anders fragte: »Sagen Sie, was hat Epilepsie mit Herzschrittmachern zu tun?«

»Nichts«, antwortete sie. »Benson hat man einen Hirnreizgeber eingepflanzt, der im Prinzip ähnlich funktioniert wie ein Herzschrittmacher.«

Anders klappte sein Notizbuch auf. »Fangen Sie ganz von vorne an«, bat er. »Und bitte langsam, zum Mitschreiben.«

»In Ordnung.« Sie stellte ihr Glas hin. »Lassen Sie mich vorher nur einmal telefonieren.«

Anders nickte, lehnte sich zurück und wartete, bis sie mit McPherson gesprochen hatte. Dann erklärte sie dem Beamten so ruhig und gelassen wie möglich alles, was sie wußte.

10

McPherson legte den Telefonhörer auf und sah durch sein Bürofenster hinaus in die Morgensonne. Der Himmel war nicht mehr blaß und kalt, die Vormittagswärme breitete sich schon aus.

»Das war Doktor Ross«, sagte er.

Morris saß in der Ecke und nickte. »Und?«

»Benson hat sie in ihrer Wohnung aufgesucht. Er ist wieder weg.«

Morris seufzte.

»Der Tag fängt nicht gut an«, sagte McPherson. Er schüttelte den Kopf, drehte sich aber nicht um. »Aber ich glaube weder an Pech noch an Glück.« Jetzt erst sah er Morris an. »Sie etwa?«

Morris war müde und hatte gar nicht zugehört. »Was soll ich?«

»Ob Sie an Glück glauben?«

»Natürlich. Alle Chirurgen glauben an ihr Glück.«

»Ich nicht«, wiederholte McPherson. »Ich habe nie daran geglaubt. Für mich galt immer nur die Planung.« Er deutete auf die Diagramme an den Wänden, starrte sie an und verstummte.

Es waren große Tafeln, über einen Meter im Durchmesser und mit viel Sorgfalt in verschiedenen Farben gezeichnet. Eigentlich waren es nur bessere Entwicklungsdiagramme mit Zeittabellen für den technischen Fortschritt. Er war immer sehr stolz darauf gewesen. 1967 hatte er beispielsweise den Entwicklungsstand auf drei Gebieten untersucht – der Diagnostik, der chirurgischen Technik und der Mikrominiaturisierung – und war zu dem Schluß gelangt, daß alle drei Gebiete gemeinsam im Juli 1971 den Entwicklungsstand erreicht haben würden, um eine operative Behandlung der psychomotorischen Epilepsie zu gestatten. Seine Planungen waren um vier Monate unterschritten, aber trotzdem waren sie verdammt zuverlässig.

»Verdammt zuverlässig«, sagte er.

»Was?« fragte Morris.

McPherson schüttelte nur den Kopf. »Müde?«

»Ja.«

»Ich glaube, wir sind alle etwas müde. Wo steckt eigentlich Ellis?«

»Kocht Kaffee.«

McPherson nickte. »Kaffee, keine schlechte Idee.« Er rieb sich die Augen und überlegte, wann er wohl zum Schlafen kommen würde. Vorerst bestimmt nicht – jedenfalls nicht, solange Benson gesucht wurde, und das konnte noch Stunden dauern, vielleicht den ganzen Tag. Er betrachtete wieder seine Graphik. Alles war so schön gelaufen. Die Elektrodenimplantation vier Monate vor dem vorausberechnetem Zeitpunkt. Die Computersimulation des Verhaltens, fast neun Monate früher. Aber auch da entstanden Probleme. George und Martha waren unberechenbar geworden. Und die Form Q?

Er schüttelte den Kopf. Form Q wurde jetzt vielleicht überhaupt nicht mehr durchgeführt, obgleich es von Anfang an sein Lieblingsprojekt gewesen war. Form Q war auf der Entwicklungstafel für 1979 projektiert und sollte ab 1986 in der Humanmedizin angewandt werden. Falls er 1986 noch lebte, war er dann fünfundsiebzig Jahre alt, aber das machte ihm keine Sorgen. Ihm ging es nur um die Idee.

Form Q war das logische Endergebnis der gesamten Arbeit in der NPFA. Das Projekt wurde ursprünglich »Form Quichotticus« genannt, weil es so abenteuerlich und unmöglich erschien. Aber McPherson war seiner Sache sicher, weil sie ihm notwendig vorkam. Einerseits war es eine Frage des Umfangs und andererseits eine Kostenfrage.

Ein moderner elektronischer Computer – beispielsweise so ein Digitalcomputer der dritten Generation von IBM – kostete mehrere Millionen Dollar. Er verbrauchte gewaltige Strommengen. Er beanspruchte viel Raum. Und doch verfügte auch er über nicht mehr Schaltkreise als ein Ameisenhirn. Ein Computer von der Kapazität eines menschlichen Gehirns würde die Ausmaße eines ganzen Wolkenkratzers besitzen. Er würde so viel elektrischen Strom brauchen wie eine Stadt mit einer halben Million Einwohner.

Natürlich versuchte beim derzeitigen Stand der Technik niemand, einen solchen Computer zu bauen. Dazu mußten vollkommen neue Wege gegangen werden, und McPherson kannte sie genau: Man würde mit lebender Substanz arbeiten.

In der Theorie sah die Sache einfach aus: Ein Computer besteht, genau wie das menschliche Hirn, aus winzigen Funktionseinheiten, kleinen Schaltzellen verschiedener Art. Die Größe dieser Einheiten war im Laufe der Jahre beträchtlich geschrumpft. Mit der Verbesserung der Schaltkreisintegration und anderer mikroelektronischer Techniken würde sie weiterschrumpfen. Auch der Energiebedarf ging zurück.

Aber niemals konnten die technischen Baueinheiten so klein werden wie eine belebte Nervenzelle. Eine Milliarde Nervenzellen ließen sich bequem in einem Kästchen von fünfzehn Kubikzentimetern unterbringen. Eine solche Winzigkeit wird die vom Menschen entwickelte Mikrominiaturisierung niemals erreichen. Ebenso wie es unmöglich war, mit menschlichen Methoden eine Funktionseinheit herzustellen, die mit einem so geringen Energiebedarf so hochleistungsfähig arbeitete wie eine Nervenzelle.

Also lag es nahe, Computer aus lebenden Nervenzellen zu bauen. Es war bereits möglich, Gewebekulturen aus einzelnen Nervenzellen wachsen zu lassen. Man konnte sie auch schon künstlich in gewünschter Richtung verändern. Man würde in der nächsten Zeit Zuchtmethoden entwickeln, durch die man Nervenzellen mit spezifischen Eigenschaften erhalten konnte, und schließlich mußte man den Weg finden, auf dem sie sich in gewünschter Weise miteinander verbinden.

Sobald man das beherrschte, konnte man einen Computer bauen von der Größe eines Schreibtisches, der Tausende Milliarden von Nervenzellen enthielt. Er würde überdies bei geringem Energieaufwand optimal arbeiten, die Wärmeabgabe wäre unerheblich und der Abfall gering. Dieser organische Computer mußte auf unserem Planeten mit Abstand das intelligenteste Gebilde sein. Und das war Form Q.

In einer ganzen Anzahl von Laboratorien und staatlichen Forschungsstellen wurde bereits an den Teilaufgaben gearbeitet. Schon zeichneten sich Erfolge ab.

Aber das Faszinierendste für McPherson war gar nicht die Verwirklichung dieses superintelligenten, organischen

Computers. Darin sah er eigentlich nur ein Nebenprodukt. Was ihn weitaus mehr interessierte, war die Möglichkeit einer organischen Prothese für das menschliche Gehirn.
Hatte man erst einmal einen organischen Computer entwickelt – einen Computer, der sich aus lebenden Zellen zusammensetzte, seine Energie aus dem Stoffwechsel bezog und der mit angereichertem Blut ernährt wurde –, dann konnte man ihn auch auf einen Menschen übertragen. Das Ergebnis wäre dann ein menschliches Wesen mit zwei Gehirnen.
Wie mochte es wohl aussehen? Das konnte sich nicht mal McPherson vorstellen. Natürlich waren noch beachtliche Probleme zu lösen: Die Verbindung der beiden, die räumliche Zuordnung zueinander, die mögliche Rivalität zwischen dem alten Gehirn und dem neuen Transplantat. Aber bis 1986 war genügend Zeit, diese Sachfragen zu lösen. Schließlich hatte man noch 1950 die Idee eines bemannten Mondfahrzeuges als absurd abgetan.
Form Q – zur Zeit noch eine reine Vision, die sich aber mit Hilfe entsprechender Mittel durchaus würde verwirklichen lassen. Von alldem war McPherson fest überzeugt gewesen bis zu dem Augenblick, als Benson aus dem Krankenhaus entwichen war. Nun sah alles anders aus.
Ellis schob den Kopf herein.
»Will jemand Kaffee?«
»Ja«, sagte McPherson. Er sah hinüber zu Morris.
»Nein«, murmelte Morris und stand auf. »Ich glaube, wir sollten uns noch einmal die Bänder mit den Benson-Interviews anhören.«

»Eine gute Idee«, sagte McPherson gegen seine Überzeugung. Aber ihm war jetzt wichtiger, Morris mit irgend etwas zu beschäftigen, damit er aktiv blieb.
Morris und Ellis gingen. McPherson blieb allein zurück – allein mit seinen vielfarbigen Graphiken.

11

Bis 12 Uhr mußte Janet Ross Erklärungen abgeben und Fragen beantworten. Sie war hundemüde. Der Whisky hatte sie zwar beruhigt, aber auch noch müder gemacht. Gegen Ende des Gesprächs stolperte sie über Worte, verlor sie den Faden, mußte sie sich korrigieren, weil sie nicht mehr präzise das ausdrücken konnte, was sie wollte. Noch nie in ihrem Leben war sie so erschöpft und so benommen vor Müdigkeit gewesen.

Anders hingegen war hellwach. Er fragte: »Was glauben Sie, wo Benson sich jetzt aufhält? Wohin könnte er sich wenden?«

Sie schüttelte den Kopf. »Das kann niemand sagen. In dem Zustand nach einem Anfall – wir nennen das post ictum – ist der Mann unberechenbar.«

»Sie sind doch seine Psychiaterin«, sagte Anders. »Sie müssen eigentlich eine Menge über ihn wissen. Gibt es nicht irgendeine Möglichkeit, seine Handlungsweise vorauszusagen?«

»Nein«, sagte sie. »Herrgott, diese Müdigkeit.« Warum begriff er nicht. »Bensons Zustand ist nicht normal, er ist fast psychotisch und verwirrt, er hat zahlreiche Stimulationen erhalten und ebenso häufig Anfälle gehabt. Er ist zu allem imstande.«

»Wenn er verwirrt ist...« Anders verstummte. »Wie würde er sich im Zustand der Geistesverwirrung verhalten?«

»Hören Sie«, sagte Janet. »Es hat keinen Zweck. Diese

Überlegungen führen zu nichts. Er ist wirklich zu allem imstande.«

»Okay«, sagte Anders. »Ich muß das wohl so hinnehmen.« Er streifte sie mit einem kurzen Blick und trank seinen Kaffee aus.

Warum in aller Welt läßt er mich nicht in Ruhe, überlegte sie. Sein Bemühen, Bensons Verhaltensweise psychologisch zu ergründen und ihm dadurch auf die Spur zu kommen, war einfach lächerlich. Außerdem wußte jeder, wie die Sache enden würde. Irgend jemand würde Benson ausfindig machen und ihn niederschießen. Dann war alles aus. Benson selbst hatte gesagt ...

Sie dachte angestrengt nach. Was hatte er doch gesagt? Irgend etwas darüber, wie alles enden würde. Aber wie hatte er sich dabei ausgedrückt? Seine Worte fielen ihr nicht mehr ein. In ihrer Angst hatte sie nicht genau darauf geachtet.

»Es gibt unlösbare Fälle«, sagte Anders, stand auf und trat ans Fenster. »In jeder anderen Stadt hätte man vielleicht eine Chance, aber nicht in Los Angeles. Eintausenddreihundert Quadratkilometer Stadt. Größer als New York, Chikago, San Franzisko und Philadelphia zusammengenommen. Wußten Sie das?«

»Nein«, murmelte sie, ohne richtig hinzuhören.

»Es gibt zu viele Verstecke«, fuhr er fort. »Zu viele Fluchtwege, zu viele Straßen, zu viele Flughäfen, Yachthäfen und anderes mehr. Wenn er schlau ist, hat er die Stadt längst verlassen. Dann ist er in Mexiko oder in Kanada.«

»Das tut er nicht«, sagte sie.

»Was wird er denn tun?«

»Er wird ins Krankenhaus zurückkommen.«

Es entstand eine Pause.
»Ich dachte, sein Verhalten ließe sich nicht voraussagen?«
»Es ist nur ein Gefühl«, sagte sie.
»Dann wollen wir ins Krankenhaus fahren.«

Die Neuropsychiatrische Forschungsabteilung glich einem Generalstabshauptquartier. Bis zum Montag durfte kein Patient besucht werden, nur die Mitarbeiter und die Polizei hatten Zutritt zu der Station. Aus unerfindlichen Gründen hatten sich alle Leute der Entwicklungsabteilung im vierten Stock versammelt, liefen mit besorgten Gesichtern hin und her und fürchteten offenbar, die öffentlichen Zuschüsse und ihre Jobs könnten in Gefahr sein. Ständig läuteten die Telefone. Reporter riefen an. McPherson hatte sich mit dem Verwaltungsrat des Krankenhauses in seinem Büro eingeschlossen. Ellis beschimpfte jeden, der näher als auf zehn Meter an ihn herankam. Morris war unauffindbar. Gerhard und Richards versuchten ein paar Telefonleitungen freizuhalten, um mit Hilfe eines anderen Computers ein Projektionsprogramm durchzuführen, aber die Leitungen waren dauernd besetzt.
In der NPFA sah es grauenhaft aus. Die Aschenbecher liefen über, auf dem Fußboden lagen zerknüllte Kaffeebecher, überall standen Teller mit halbaufgegessenen »Hamburgers« und Wurstbrote herum, über den Stuhllehnen hingen Jacketts und Uniformjacken. Die Telefone läuteten ohne Unterlaß. Wenn jemand auflegte, klingelte der Apparat sofort wieder.
Janet Ross saß mit Captain Anders in ihrem Büro und ging mit ihm Bensons Personenbeschreibung in der

Seite .../...

LOS ANGELES POLICE DEPARTMENT
ALLGEMEINER POLIZEIBERICHT

☐ SCHUSSWAFFENGEBRAUCH ☐ VERSUCH

NR. 7059014-A

TATORT

14 GESCHÄFT
01 BANK/SPARK.
09 KRANKENHAUS
12 ARZTPRAXIS
15 ÖFFTL. GEBÄUDE
16 RESTAURANT
11 WÄSCHEREI
20 ANDERE

10 LADEN
08 SPIRITUOSEN
12 ANDERE

13 WOHNUNG
01 DES VERDÄCHT.
02 DES OPFERS
03 MIETHAUS
04 HOTEL
05 MOTEL
07 EINFAM.-HAUS
08 ANDERE

11 FAHRZEUG
01 DES VERDÄCHT.
02 DES OPFERS
07 TAXI
10 ANDERE

15 VERSCHIEDEN.
01 SEITENSTRASSE
02 ÖFFTL. PARKPL.
06 GARAGE
07 PARK
08 PRIV. PARKPL.
14 SCHULE
16 STRASSE
12 FUSSG.-UNTERF.
11 FUSSG.-ÜBERF.
18 HOF
19 ANDERE

NAME D. OPFERS (Familienname, Vorname, evtl. Firma): BLACK, ANGELA –
TEL.
WHNG. [redacted]
FA.

TATORT [redacted]
ABTEILUNG 04
DELIKT TÖTUNG

TATZEIT:	MON.	TAG	JAHR	WOCHTG.	UHRZEIT	GEMELDET:	MON.	TAG	JAHR	UHRZEIT
ZW.	3	12	71	Fr.	6.00		3	12	71	6.52
U.	3	12	71	Fr.	6.30	☐ GESICHT. FAHRZEUGE: ☐ GESICHT. VERDÄCHTIGE:	NR.			

GESCHLECHT HERKUNFT

GESCHLECHT	RASSE	ALTER	ZUSTAND DES OPFERS: (normal, Krankenhaus, etc.)	STADT/LAND GEBURTSORT DES MINDERJ. OPFERS
weiblich	weiß	26	tot	

ZUSTÄNDIGE DIENSTSTELLE UND VERSTÄNDIGTE PERSONEN: LAPD MORDKOMMISSION – ANDERS / BÜRO

EINSCHLÄGIGE BERICHTE – DELIKT UND REG.-NR.: TOTENSCHEIN (1711398) OBDUKTIONSBERICHT

ERKLÄRUNG: O – OPFER A – ANZEIGER Z – ZEUGE

			ADRESSE	STADT	TEL.
O:	NAME UND TELEFON SIEHE OBEN	WOHNUNG			
		FIRMA			
A	Jos. R. Allport	WOHNUNG	[redacted]	LOS ANGELES	[redacted]
		FIRMA		DTO.	
		WOHNUNG			
		FIRMA			

FAHRZEUG

FÜHRERSCHEIN-NR. | LAND | TYP/MODELL | HERST | JAHR | TYP | FARBE OBEN – UNTEN

4 POLSTERUNG
2 SCHALENSITZE
1 NACKENSTÜTZE
(ZUTR. EINKREISEN)
4 SERIENMÄSSIG
2 BESCHÄDIGT
1 SCHONBEZÜGE

INNEN
4 STEREOBAND
2 SCHMUCKSPIEGEL
1 KNÜPPELSCHALTG.
4 EXTRAS
2 FEHLENDES
1 BESONDERES

AUSSEN
4 AUFSCHRIFTEN
2 AUFKLEBER
1 ROSTSTELLEN
4 VINYLDACH
2 SCHMUCKFARBE
1 NACHTR. ÄNDERG.

VERÄNDERG.
4 VORN
2 HINTEN
1 ANDERE

KAROSSERIE
4 SCHÄDEN 4 RECHTS
2 SEITE 2 HINTEN
1 LINKS 1 VORN

REIFEN
4 WEISSWAND
2 ZIERSTÜCKE
1 SONDER-GRÖSSE

FENSTER
4 SCHÄDEN 4 RECHTS 4 GETÖNT
2 SEITE 2 HINTEN 2 VERDECKT
1 LINKS 1 VORN 1 PLAKETTEN

WEITERE FAHRZEUGBESCHREIBUNG (EINSCHL. INNENDEKOR)

VERDÄCHTIGTER

	GESCHL.	RASSE	HAARF.	AUGEN	GRÖSSE	GEW	ALTER	KLEIDUNG	NAME U. ADR. (falls bekannt) NAME, AUSW.-NR. U. DELIKT (falls Festnahme)
1	MÄNNL.	WEISS	BLOND	BLAU	1,72	65	34	—	7734 LAUREL CANYON
2									
3									

PERSONENBESCHREIBUNG

1 2 3

300 AMPUTATION.
1 1 1 BEIN
2 2 2 ARM
3 3 3 FUSS
4 4 4 HAND
5 5 5 OHR
6 6 6 FINGER

301 DEFORMIERT
1 1 1 BEIN
2 2 2 ARM
3 3 3 HAND
4 4 4 HINKEN
5 5 5 FINGER
6 6 6 O/X-BEIN

302 TÄTOWIERUNG
1 1 1 ARM
2 2 2 HAND
3 3 3 FINGER
4 4 4 BRUST/HALS

303 TÄTOW. (Forts.)
1 1 1 BILDER
2 2 2 ZEICHEN
3 3 3 NAMEN
4 4 4 WORTE
5 5 5 INITIALEN
6 6 6 PACHUCO

304 GESICHTS-NARBEN
1 1 1 BACKE
2 2 2 KINN
3 3 3 STIRN
4 4 4 LIPPE
5 5 5 NASE
6 6 6 OHR
7 7 7 AUGENBR.

305 GESICHTS-VERÄNDERG.
0 0 0 MUTTERMAL
1 1 1 POCKENNARB.
2 2 2 LEBERFLECK.
3 3 3 SOMMERSPR.
4 4 4 PICKEL
5 5 5 LIPPEN, DICK
6 6 6 LIPPEN, DÜNN
7 7 7 KINN, VORST.
8 8 8 KINN, FLIEHEND
9 9 9 HOHLWANG.

307 ZÄHNE
1 1 1 LÜCKEN
2 2 2 GOLDZÄHNE
3 3 3 ABGEBROCH.
4 4 4 PROTHESE
5 5 5 VERFÄRBUNG FEHLER
6 6 6 VORST. ZÄHNE
7 7 7 UNREGEL-MÄSSIGKEIT.

308 NARBEN
1 1 1 ARM
2 2 2 HAND
3 3 3 HANDGELENK
4 4 4 NACKEN
5 5 5 HALS
6 6 6 BRUST

(309) SPRACHE
0 0 0 SPRACHFEHL.
1 1 - AKZENT (SLANG)
2 2 2 AKZT. (AUSL.)
3 3 3 LISPELN
4 4 4 STOTTERN
5 5 5 HASENSCHARTE
(6) 6 6 UNARTIKUL. SPRECHEN
7 7 7 SCHNELL
8 8 8 LEISE/LANGSAM
9 9 9 GEBILDET

311 AUGEN
1 1 1 FEHLENDE
2 2 2 SCHIELEN
3 3 3 SONNENBRILLE
4 4 4 BRILLE (NORM.)
5 5 5 VORSTEHEND
6 6 6 BLINZELN/ZWINKERN
7 7 7 SCHLITZAUGEN

(312) HAARART
1 1 1 AUSGEBLEICHT
2 2 2 DAUERWELLEN
(3) 3 3 PERÜCKE/TOUP
4 4 4 KURZ
5 5 5 KAHLKÖPFIG
6 6 6 AFRO
7 7 7 LANG
8 8 8 DÜNN/GLATZE
9 9 9 NORMAL

313
1 1 1 WELLIG
2 2 2 BUSCHIG
3 3 3 LOCKIG

314 BART
1 1 1 SCHNURRBART (CHIN.)
2 2 2 SPITZBART
3 3 3 VOLLBART
4 4 4 SCHNURRBART, STARK
5 5 5 SCHNURRBART, SCHMAL
6 6 6 AUGENBRAUEN, STARK
7 7 7 UNRASIERT

315 OHREN
1 1 1 BLUMENKOHL-OHREN
2 2 2 DURCHBOHRT
3 3 3 ABSTEHEND
4 4 4 ANLIEGEND
5 5 5 GROSS
6 6 6 KLEIN

316 NASE
1 1 1 GEKRÜMMT
2 2 2 HÖCKERNASE
3 3 3 SATTELNASE
4 4 4 LANG
5 5 5 BREIT
6 6 6 FLACH
7 7 7 KLEIN
8 8 8 SCHMAL

(317) GESICHT
1 1 1 NEGROIDE/WEISSE MERKM.
2 2 2 HOHE BACKEN-KNOCHEN
3 3 3 LANG
4 4 4 BREIT
5 5 5 SCHMAL
(6) 6 6 RUND

(318) GESICHTSFARBE
1 1 1 DUNKEL
2 2 2 FAHL
3 3 3 GESUND
4 4 4 HELL/DURCH-SCHEINEND
(5) 5 5 NORMAL

(319) SONSTIGES
(1) 1 1 Verband am Hals
1 1 1 ______
1 1 1 ______

WAFFEN

(40)
10 GEWEHR (KALIBER)
(11) REVOLVER
12 AUTOMATIK
13 2 ZOLL
14 4 ZOLL
15 6 ZOLL UND MEHR
16 BLAUSTAHL

40
17 VERNICKELT
18 BESONDERER GRIFF
21 GEWEHR
22 SCHROTFLINTE
23 ABGESÄGTE FLINTE
19 ROSTIG/DEFEKT
24 MASCHINENPISTOLE
20 SELTENE WAFFE

40
25 SPIELZEUGWAFFE
26 ANDERE WAFFE
30 MESSER
31 FESTSTEH. KLINGE
32 KLINGE, MEHR ALS 6"
28 KÖRPERL. GEWALT
42 ÄTZENDE CHEM./GIFT
45 FEUERWERKSKÖRPER

40
41 ALKOHOL/DROGEN
47 FESTSTEH. OBJEKT (WAND ETC.)
40 SCHLAGRING/TOTSCHLÄGER
44 SPRENGSTOFF
48 RASIERKLINGE
49 VERBRÜHUNGEN
50 STEINSCHLEUDER
51 GÜRTEL, STRICK, DRAHT

40
52 FLASCHE, GLASSPLITT.
53 FAHRZEUG
54 ERDROSS./ERWÜRGEN
55 ERTRÄNKEN
56 BETÄUBUNG
57 AXT, BEIL
58 EISPICKEL

(40)
59 SCHERE, GABEL
61 GAS, KOHLENMONOX.
63 FARBE, LACK, KREIDE
64 KLEINKALIB./LUFT-GEWEHR/FEDERGEW.
62 ÜBERFLUTEN
60 FEUER
(70) ANDERE/UNBEKANNTE WAFFE

ALLGEMEINER POLIZEIBERICHT

Seite .../...

ALLGEMEINER POLIZEIBERICHT

NR.

BESONDERHEITEN

23 ABNORME HANDLUNGEN
66 HARN
52 KOT
65 FOTOGRAFIEREN D. OPFERS
55 FEUER LEGEN
57 GEGENSTAND IN VAGINA EINFÜHREN
61 SADISMUS
62 SODOMIE
54 FETISCHISMUS (FUSS, HAAR, USW.)
60 ANDERE UNÜBLICHE HANDLUNGEN
immer wieder auftretend

23 HANDLUNGEN D. VERDÄCHTIGEN
22 GEBÄUDE BESCHÄDIGT
23 ÖFFENTL. EIGENTUM BESCHÄDIGT
38 SEXUELLE BETÄTIG. IN GEGENWART DES OPFERS
39 FLUCHTBEGÜNSTIGUNG
43 ANDERES

22 GIBT SICH AUS ALS:
31 POLIZIST
40 SONSTIGES

22 OPFER WAR:
61 POLIZIST
57 FEUERWEHRMANN
58 KRIMINALBEAMTER

21 KLASSIFIZIERUNG
27 HOMOSEXUELLER
36 AUFRÜHRER
21 KULT/RITUAL
34 ORGANISIERTES VERBRECHEN
22 STÖRUNG D. ÖFFTL. ORDNUNG/SCHULE
13 VERURSACHT ZUSAMMENROTTUNG
42 BAHNRÄUBER
31 POSTRÄUBER
17 KINDESENTFÜHRUNG
14 KINDESMISSHANDLUNG
16 MISSHANDLUNG V. FRAUEN
44 SONSTIGES
EPILEPTIKER

25 BOMBEN
81 BOMBENDROHUNG
82 DROHUNG OHNE EXPLOSION
83 EXPLOSION
84 BRANDSTIFTUNG

19 STREITIGKEITEN
59 RACHE
60 STREITIGKEITEN IM VERKEHR
56 STREITIGKEITEN B. JUGENDPARTY
51 GESCHÄFT
53 TRUNKENHEIT
54 SPIELLEIDENSCHAFT
55 EIFERSUCHT
58 FAMILIENSTREIT
57 STREIT MIT HAUSHERRN/NACHBARN
52 BELEIDIGUNG
61 SONSTIGES

24 KLEIDUNG DES VERDÄCHTIGEN
03 TRANSVESTITENKLEIDUNG
10 GESICHTSMASKE
04 UNGEWÖHNLICHE KLEIDUNG

24 UNTERWÄSCHE
41 ZERSCHNITTEN ODER ZERRISSEN
44 SONSTIGES

24 TELEFON
89 AUS DER WAND GERISSEN
81 LEITUNG ZERRISSEN/ZERSCHNITTEN
84 WURDE ANGERUFEN VON
90 SONSTIGES

24 ERBETEN/ANGEBOTEN
36 FAHRGELEGENHEIT
25 HILFE
34 GELD
28 NARKOTIKA
39 SONSTIGES

22 ABGEGEBENE SCHÜSSE
93 AUF OPFER
95 IN BEWOHNTER GEGEND
96 AUF FAHRENDEN WAGEN
98 SONSTIGES

22 ERSTER KONTAKT
17 VERDÄCHTIGER IM AUTO
23 OPFER IM AUTO
15 VERDÄCHTIGER ZU FUSS
20 OPFER ZU FUSS
06 BAR
08 EINLADUNG
11 VERGNÜGUNGSSTÄTTE
13 WOHNUNG
16 VERWANDTER DES VERDÄCHTIGEN
18 OPFER KENNT VERDÄCHTIGEN

23 URSACHEN
84 SEX
83 RAUB
81 BETRUG
82 RASSISMUS
85 STREIK
86 VERMUTLICH GEISTESGESTÖRT
87 UNBEKANNT
88 SONSTIGES

25 GEWALTANWENDUNG
54 HANDSCHELLEN/HANDFESSELN
49 AUGENBINDE/GESICHTSTUCH
46 OPFER FESTGEBUNDEN (AN BETT ETC.)
47 BRANDWUNDEN
53 KNEBEL
42 BISSWUNDEN
45 FESSELUNG
51 SCHNITT/STICH
41 SCHWERE KÖRPERVERLETZUNG
48 WÜRGEN
44 BOMBENDROHUNG OHNE AUFFINDUNG DER BOMBE
70 SONSTIGES

22 BETEILIGTES FAHRZEUG
71 VERURSACHT SCHADEN AM FAHRZEUG
76 ERZWINGT EINLASS IN WAGEN DES OPFERS
83 SONSTIGES

1) Führen Sie weitere Verdächtige und zusätzliche Zeugen auf Beilage 2 auf. 2) Rekonstruieren Sie das Verbrechen. 3) Genaue Tatortbeschreibung einschließlich der beteiligten Personen. 4) Weitere einschlägige Einzelheiten. 5) Wie sind Opfer und Zeugen erreichbar, falls kein Telefon vorhanden? 6) Liste der entwendeten Gegenstände auf Ergänzungsblatt Nr. 03.05.0 – falls nicht ausschließlich Geld entwendet wurde.

2) Opfer und Verdächtigen in Wohnung ein. Anscheinend befreundet; Unterhaltung, danach Geschlechtsverkehr. Opfer und Verdächtiger duschten. Während Opfer Make-up auflegte, schlug der Verdächtige ihr eine Lampe auf den Kopf. Mutmaßliche Todesursache. Verdächtiger legt Opfer auf das Bett und führt mehrere Stiche mit unbekanntem Gegenstand, vermutlich stumpfer Waffe, aus. Danach floh der Verdächtige.

3) Tatortbeschreibung siehe Polizeifotograf und Bericht RV Haggard

4.) Weitere Einzelheiten unbekannt.

5) Opfer im Leichenschauhaus, keine Zeugen

6) Nichts entwendet

DIENSTHABENDER BEAMTER DIENST-NR.	VERNEHMUNGSBEAMTER DIENST-NR. ABTLG. GRUPPE	BERICHTERSTATTER (UNTERSCHRIFT)
	RV Haggard 1139-A Mordk. 4	[Unterschrift]
DATUM D. ABSCHRIFT ABTEILUNG SEKR.	TW Morton 1239-C Mordk. 5	ERLEDIGT DURCH ABLAGE NUMMER:
		ERLEDIGT DURCH VERHAFTUNG JA NEIN

LOS ANGELES POLICE DEPARTMENT

TOTENMELDUNG

NAME DES VERSTORBENEN:	NR.
BLACK, ANGELA	711898

BESCHREIBG. D. VORFALLS	GESCHL.	RASSE	HAARFARBE	AUGEN	TATORT	BEZIRK	ABTLG.
	weibl.	weiß	blond	blau	[redacted]	04	MORDK.
GRÖSSE	GEW.	ALTER	KÖRPERBAU	TEINT	WO IST KRANKH. OD. VERLETZG. AUFGETRET	BEZIRK	ABTLG.
1,62	51 kg	26	normal	hell	DTO.	09	MORDK.

BESONDERE MERKMALE:

WANN AUFGETRETEN: 6.10 12.3.71 — BERUF D. VERST.: TÄNZERIN — EINTREFFEN DER POLIZEI: 6.52 12.3.71

KLEIDUNG UND SCHMUCK: LEICHE NACKT

WANN AUFGEFUNDEN: 7.04 12.3.71 — EINTRITT D. TODES: 6.10 12.3.71 — ANGEHÖRIGE VERSTÄNDIGT: CDR

ÜBERFÜHRT NACH: Leichenschauhaus - Los Angeles — VON WEM: CDR

WOHNUNG DER VERSTORBENEN: SIEHE TATORT

MUTMASSL. TODESURSACHE:

GRUND: (Streit, Krankheit, etc.)

FIRMENANSCHRIFT D. VERSTORBENEN: UNBEKANNT

WELCHE BEHÖRDE ODER PERSONEN WURDEN VERSTÄNDIGT:

ERKLÄRUNG: A – Anzeigeerstatter F – Auffinder d. Leiche I – identifiziert durch Z – Zeugen

BEZEICHNG:	NÄCHSTER VERWANDTER UNBEK. VERWANDTSCHAFTSGRAD	BEKANNT JA/NEIN	ADRESSE / ORT	TEL.-NR.
F / I	Jos. R. Allport, Apt. Mgr		WOHNUNG: [redacted] FIRMA: dto	[redacted]
	NAME:		WOHNUNG: FIRMA:	
			WOHNUNG: FIRMA:	

BEHANDELNDER ARZT: CARLSON / GERICHTSARZT — PRAXISANSCHRIFT: — TEL.-NR.:

WIE UND DURCH WEN VERSTÄNDIGT: F / I Los Angeles, Mordkommission

AKTENZ. D. RICHTERS: 554/71/AP — BEAUFTRAGT DURCH: ARAMI

EIGENTUMS-ÜBERGABE:
- ☒ AN RICHTER — ERHALTEN: JA NEIN — EINGANGS-NR. 2034598
- ☐ AN VERWANDTE — NAME — ANSCHRIFT

1) ERLÄUTERN SIE BEGLEITUMSTÄNDE DES TODESFALLES. 2) BESCHREIBEN SIE DEN SCHAUPLATZ, GETROFFENE MASSNAHMEN

siehe Tatbericht Nr. 705914-A

GEGEBENENFALLS AUF RÜCKSEITE FORTSETZEN

DIENSTHAB. BEAMTER	DIENST-NR.	VERNEHMUNGSBEAMT.	DIENST-NR.	ABTLG.	GRUPPE	BERICHTERSTATTER	
DATUM DER ABSCHRIFT:	ABT. / SEKR.					AUFGENOMMEN: 401598	GEPRÜFT: 20901

TOTENMELDUNG

Fahndungsmeldung durch. Die Beschreibung war für den Computer verschlüsselt, aber in der Übersetzung ziemlich genau: Männlich, weiß, schwarzes Haar, braune Augen, 1,76 m groß, 34 Jahre alt. Besondere Merkmale: 312/3 Perücke und 319/1 Verbände am Hals. Mutmaßliche Bewaffnung: 40/11 Revolver.

Andere Merkmale: 23/60 ungewöhnliches Benehmen – Hartnäckigkeit. Motiv des Verbrechens: 23/86 vermutlich geistesgestört.

Janet Ross seufzte. »Eigentlich sind die Kategorien Ihrer Computerbeschreibung bei ihm nicht anwendbar.«

»Das sind sie bei keinem«, sagte Anders. »Wir können nur hoffen, daß sie genau genug sind, damit jemand ihn identifiziert. Wir haben auch sein Foto weitergegeben. Ein paar hundert Vergrößerungen werden gerade hergestellt und in der ganzen Stadt verteilt. Das wird uns sicher weiterhelfen.«

»Und was geschieht nun?« fragte Janet.

»Wir müssen warten«, antwortete er. »Es sei denn, Ihnen fiele eine Stelle ein, wo er sich vielleicht versteckt halten könnte.«

Sie schüttelte den Kopf.

»Dann können wir nur abwarten«, sagte er.

12

Der Raum war groß, niedrig, weiß gekachelt und durch Leuchtstoffröhren an der Decke hell erleuchtet. Sechs Tische mit Platten aus rostfreiem Stahl standen in einer Reihe und waren mit einem Abfluß auf der einen Seite des Raums verbunden. Fünf der Tische waren leer, auf dem sechsten lag Angela Blacks Leiche. Zwei Pathologen der Polizei und Morris beugten sich darüber und nahmen die Autopsie vor.

Morris hatte in seiner medizinischen Laufbahn schon viele Leichen seziert, aber in der Anatomie ging man doch anders vor. Hier verbrachten die Pathologen fast eine halbe Stunde mit Fotoaufnahmen und der genauen Inspektion der Hautoberfläche, bevor sie den ersten Schnitt führten. Sie beschäftigten sich eingehend mit den äußeren Merkmalen der Stichverletzungen und den sogenannten »Dehnungsschäden« im Wundbereich.

Einer der Pathologen erläuterte, daß diese Beschädigungen auf einen stumpfen Gegenstand hindeuteten. Er durchschnitt die Haut nicht, sondern spannte sie nur stark und brachte sie dadurch zum Zerreißen. Dann erst drang das Werkzeug ein. Aber der erste Riß lag immer etwas vor dem danach entstandenen Wundkanal. Die Pathologen machten ferner darauf aufmerksam, daß an mehreren Stellen Körperhaare in die Wunden eingedrungen waren – ein weiterer Beweis für die Verwendung eines stumpfen Werkzeugs.

»Aber was für ein Werkzeug?« fragte Morris.

Sie schüttelten die Köpfe. »Das können wir noch nicht sagen. Dazu müssen wir uns erst einmal die Wundkanäle näher betrachten.«
Es war nicht leicht zu ermitteln, wie tief das betreffende Werkzeug in den Körper eingedrungen war. Haut ist elastisch und neigt dazu, in die ursprüngliche Lage zurückzuschnellen. Die Gewebeschichten darunter bewegen sich vor dem Tod und danach. Die Arbeit war mühsam. Morris spürte die Müdigkeit. Seine Augen brannten. Nach einer Weile verließ er den Autopsiesaal und ging nach nebenan ins Polizeilabor, wo der Handtascheninhalt des Mädchens auf einem Tisch ausgebreitet lag.
Drei Männer beschäftigten sich mit den Utensilien. Einer identifizierte die einzelnen Gegenstände, ein anderer registrierte sie, der dritte versah sie einzeln mit Schildern. Die meisten Dinge waren ganz alltäglich: Lippenstift, Necessaire, Autoschlüssel, Brieftasche, Papiertücher, Kaugummi, Antibabypillen, Notizbuch, Kugelschreiber, Eyeliner, Haarklammern. Dazu zwei Streichholzheftchen.
»Zwei Heftchen Streichhölzer«, sagte einer der Beamten laut. »Beide mit dem Aufdruck ›Marina-Flughafenhotel‹.«
Morris seufzte. Sie gingen so unendlich langsam und geduldig vor. Das war auch nicht besser als die Autopsie. Glaubten sie wirklich, auf diese Weise etwas herauszufinden? Ihm war diese sture Routinearbeit unerträglich. Janet Ross hatte es einmal die »Chirurgenkrankheit« genannt, diesen Drang, etwas zu unternehmen, die Unfähigkeit, geduldig abzuwarten. Bei einer Stabsbesprechung in der NPFA war es einmal um eine gewisse Mrs. Worley gegangen, einer Kandidatin für einen Stufe-3-

Eingriff. Morris hatte sich entschieden für die Durchführung der Operation eingesetzt, obgleich bei der Frau noch einige andere Leiden vorlagen. Janet Ross hatte nur gelacht und bemerkt: »Mangelhafte Triebkontrolle.« In dem Augenblick damals hätte er sie mit Vergnügen umbringen können, und seine Wut war auch dadurch nicht besänftigt worden, daß Ellis seiner Kollegin in ruhigem, sachlichem Ton beigepflichtet und erklärt hatte, auch er betrachte Mrs. Worley nicht als geeignete Kandidatin für den Eingriff. Morris fühlte sich damals in übelster Weise hintergangen, obgleich McPherson vermittelnd einwandte, die Patientin sei in mancher Hinsicht doch geeignet und man solle sie vorerst »in Reserve« halten. Mangelhafte Triebkontrolle, dachte er, der Teufel soll sie holen!

»Der Flughafen Marina, wie?« murmelte einer der Beamten. »Übernachten dort nicht die Stewardessen?«

»Weiß ich nicht«, sagte der andere.

Morris hörte kaum noch zu. Er rieb sich die Augen und beschloß, sich noch einen Becher Kaffee zu besorgen. Er war jetzt seit sechsunddreißig Stunden ununterbrochen auf den Beinen und konnte kaum noch.

Er verließ den Raum und ging auf die Suche nach einem Kaffeeautomaten. Irgendwo in diesem Haus mußte es doch Kaffee geben. Sogar Polizisten trinken Kaffee – jeder Mensch trinkt Kaffee. Dann blieb er fröstelnd stehen. Ihm war zum Thema Marina etwas eingefallen.

Auf dem Flugplatz Marina war Benson zum erstenmal unter dem Verdacht verhaftet worden, einen Mechaniker zusammengeschlagen zu haben. In dem Flughafenhotel gab es eine Bar, dort war es passiert. Morris wußte das ganz genau.

Er sah auf die Uhr und ging zum Parkplatz hinaus. Wenn er sich beeilte, konnte er noch vor Einsetzen des Stoßverkehrs den Flughafen erreichen.

Als Morris in die Einfahrt zum Flughafen einbog, jaulte gerade ein Jet über ihn hinweg und senkte sich auf die Landebahn hinab. Er fuhr an Bars, Hotels und den Büros der Autoverleihfirmen vorbei. Aus dem Radio tönte die Stimme des Sprechers: »Auf der Schnellstraße nach San Diego sind drei Fahrbahnen Richtung Norden durch den Verkehrsunfall eines Fernlasters blockiert. Nach der Computerberechnung hat der Verkehrsstrom eine Geschwindigkeit von zwölf Meilen in der Stunde. Auf der Schnellstraße nach San Bernardino ist die linke Fahrbahn Richtung Süden an der Abfahrt Exeter durch einen liegen gebliebenen Personenwagen blockiert. Dort beträgt das Durchschnittstempo nach der Computerberechnung einunddreißig Meilen pro Stunde …«
Morris mußte wieder an Benson denken. Vielleicht übernahmen die Computer doch die Herrschaft. Er erinnerte sich an einen komischen kleinen Engländer, der im Krankenhaus einen Vortrag gehalten hatte: Schon bald würden Chirurgen von einem anderen Kontinent aus mit Hilfe von Roboterhänden über Satelliten Operationen ausführen. Ein wirklich verrückter Gedanke, der aber unter seinen Kollegen von der Chirurgie einige Unruhe ausgelöst hatte.
»Auf der Schnellstraße nach Ventura, westlich von Haskell, Behinderungen durch einen Verkehrsunfall, an dem zwei Fahrzeuge beteiligt sind. Nach der Computerberechnung achtzehn Meilen pro Stunde.«
Er hörte aufmerksam dem Verkehrsbericht zu. Compu-

ter oder nicht – die Verkehrsberichte waren von entscheidender Bedeutung für jeden Einwohner von Los Angeles. Man gewöhnte sich an, automatisch hinzuhören, so wie die Leute in anderen Landesteilen sich automatisch den Wetterbericht anhören.
Morris war aus dem Bundesstaat Michigan nach Kalifornien gekommen. In den ersten Wochen hatte er immer wieder andere Leute gefragt, wie das Wetter morgen oder übermorgen sein würde. Das schien ihm für einen Neuling der richtige Anknüpfungspunkt für Gespräche zu sein. Aber die Leute hatten ihn nur seltsam und erstaunt angesehen. Erst später ging ihm auf, daß er sich an einem der wenigen Orte der Welt befand, an denen das Wetter niemanden interessierte, weil es doch stets mehr oder weniger dasselbe war. Man sprach einfach nicht darüber.
Aber die Automobile!
Sie waren fast zu einer Zwangsvorstellung geworden. Jeder interessierte sich dafür, was für einen Wagen man fuhr, wie er einem gefiel, ob er zuverlässig sei, welche Störungen auftraten. Genauso interessant waren Erlebnisse mit Autos, komplizierte Fahrstrecken, zufällig entdeckte Abkürzungen, selbst beobachtete Unfälle – das waren gängige Gesprächsthemen. In Los Angeles wurde alles ernst genommen, was sich um Autos drehte, und man hatte stets Gesprächsstoff.
Wie idiotisch das alles war, ging aus der Bemerkung eines Astronomen hervor, der gesagt hatte, wenn die Marsbewohner ein Fernrohr auf Los Angeles richteten, würden sie vermutlich zu dem Schluß gelangen, daß dort das Auto die vorherrschende Lebensform darstellte. In gewisser Weise stimmte das sogar.

Er stellte seinen Wagen auf den Parkplatz des Marina-Flughafenhotels ab und betrat die Halle. Das Gebäude stellte eine für Kalifornien typisch bizarre Mischung dar: eine Art japanisches Teehaus aus Plastik und Neon. Die Bar war um 5 Uhr nachmittags dunkel und fast menschenleer. In einer Ecke saßen zwei Stewardessen hinter ihren Gläsern und unterhielten sich halblaut. Zwei Geschäftsleute hockten an der Bar, und der Mixer starrte gelangweilt ins Leere.

Morris schob sich auf einen Barhocker. Als der Mann hinter der Theke näher kam, zeigte Morris ihm Bensons Foto. »Haben Sie diesen Mann schon mal gesehen?«

»Was darf's denn sein?« fragte der Mixer.

Morris deutete auf das Bild.

»Das hier ist eine Bar, wir verkaufen Alkohol.«

Morris beschlich ein seltsames Gefühl. Es überkam ihn manchmal zu Beginn einer Operation, wenn er sich wie der Chirurg in einem Kinofilm fühlte. Alles war so theatralisch. Jetzt war er plötzlich zum Privatdetektiv geworden.

»Er heißt Benson«, sagte Morris, »und ich bin sein Arzt. Er ist schwerkrank.«

»Was hat er denn?«

Morris seufzte. »Haben Sie ihn schon einmal gesehen?«

»Klar, oft genug. Heißt er nicht Harry?«

»Stimmt, Harry Benson. Wann haben Sie ihn zuletzt gesehen?«

»Vor einer Stunde.« Er zuckte die Achseln. »Was fehlt ihm denn?«

»Epilepsie. Es ist wichtig, daß wir ihn finden. Wissen Sie, wohin er gegangen ist?«

»Epilepsie? So eine Scheiße.« Der Barmixer griff nach

dem Foto und betrachtete es aufmerksamer im Schein einer Bierreklame hinter der Bar. »Ja, das ist er, er hat nur sein Haar schwarz gefärbt.«

»Wissen Sie, wohin er gegangen ist?«

»Er machte aber gar keinen kranken Eindruck. Sind Sie ganz sicher ...?«

»Ob Sie wissen, wohin er gegangen ist!«

Es entstand eine längere Pause. Der Barmixer zog ein grimmiges Gesicht. Morris bedauerte seinen scharfen Ton. »Sie sind alles andere, nur kein Arzt«, sagte der Mixer. »Hauen Sie ab.«

»Ich brauche aber Ihre Hilfe«, sagte Morris. »Die Zeit drängt.« Er klappte seine Brieftasche auf und holte Ausweise, Kreditkarten, kurzum alles heraus, was ihn als Arzt auswies.

Er breitete alles auf der Theke aus.

Der Barmixer warf nicht einmal einen Blick darauf.

»Er wird außerdem von der Polizei gesucht«, sagte Morris.

»Hab' ich mir gedacht.«

»Wenn Sie nichts sagen wollen, kann ich auch einen Polizisten herbeirufen. Vermutlich machen Sie sich der Beihilfe zu einem Mord schuldig.«

Morris fand, daß das ganz gut klang. Zumindest sehr dramatisch.

Der Barmixer hob einen Ausweis hoch, blinzelte und legte ihn wieder hin. »Ich weiß gar nichts«, sagte er. »Er ist gelegentlich hier, das ist alles.«

»Wo ist er heute hingegangen?«

»Weiß ich nicht, er ist mit Joe weggegangen.«

»Wer ist Joe?«

»Ein Mechaniker von der Spätschicht bei United.«

»United Air Lines?«
»Richtig«, sagte der Barmixer. »Aber was soll das ...«
Morris war schon unterwegs.

Von der Hotelhalle aus rief er das Universitätskrankenhaus an und ließ sich mit Captain Anders verbinden.
»Hier Anders.«
»Hören Sie, Captain, hier spricht Morris. Ich bin auf dem Flughafen. Und ich habe Bensons Spur gefunden. Vor ungefähr einer Stunde wurde er in der Bar des Marina-Flughafenhotels gesehen. Er ist zusammen mit einem Mechaniker namens Joe weggegangen. Der Mann arbeitet in der Spätschicht bei United.«
Es blieb eine Weile still. Morris vernahm die kratzenden Geräusche eines Bleistifts. »Ich hab's«, sagte Anders.
»Noch etwas?«
»Nein.«
»Wir schicken sofort ein paar Wagen los. Glauben Sie, daß er zu den Hangars von United gegangen ist?«
»Vermutlich.«
»Unsere Streifenwagen sind gleich dort.«
»Und was ist ...?«
Morris brach ab und betrachtete den Hörer in seiner Hand. Die Leitung war schon tot. Er holte tief Luft und überlegte, was er nun machen sollte. Eigentlich war alles weitere Angelegenheit der Polizei. Benson war gefährlich. Morris wußte, daß er ihn eigentlich der Polizei überlassen sollte.
Andererseits erhob sich die Frage, wie lange es dauern konnte, bis die Beamten hier waren. Wo lag die nächste Polizeistation? War es Inglewood? Oder Culver City? Bei dem Stoßverkehr würden sie mit Rotlicht und Sirene

mindestens zwanzig Minuten brauchen. Vielleicht auch eine halbe Stunde.
Das war zu lange. In einer halben Stunde konnte Benson längst weg sein. Zumindest im Auge behalten müßte man ihn. Morris nahm sich vor, Benson aufzuspüren und ihn zu beobachten.
Er wollte sich nicht einmischen, aber er hatte auch nicht die Absicht, ihn fliehen zu lassen.

Auf dem großen Blechschild stand UNITED AIR LINES – NUR FÜR BETRIEBSANGEHÖRIGE.
Unter dem Schild war das Wächterhaus. Morris hielt an und beugte sich aus dem Wagen.
»Ich bin Doktor Morris und suche einen gewissen Joe.« Morris bereitete sich innerlich auf umständliche Erläuterungen vor. Aber dem Wächter schien die Sache gleichgültig zu sein.
»Joe hat sich vor ungefähr zehn Minuten hier gemeldet. Er ist in Hangar sieben.«
Morris sah vor sich drei mächtige Flugzeughallen mit Parkplätzen dahinter. »Welche Halle ist Nummer sieben?«
»Ganz links«, antwortete der Wächter. »Weiß auch nicht, was er dort wollte. Er hatte Besuch mit.«
»Besuch?«
»Er hat im Kontrollbuch einen Gast angemeldet.« Der Mann warf einen Blick in eine Liste. »Einen Mister Benson. Er hat ihn mit nach Nummer sieben genommen.«
»Was gibt es dort?«
»Dort wird eine DC-10 überholt. Gearbeitet wird nicht, weil man auf ein neues Triebwerk wartet, das dauert be-

stimmt noch eine Woche. Vielleicht wollte er ihm die Maschine zeigen.«

»Danke«, sagte Morris. Er fuhr durch das Tor hinüber auf den Parkplatz und stellte seinen Wagen dicht am Hangar 7 ab. Er stieg aus, dann überlegte er. Er wußte nicht einmal, ob sich Benson in dem Hangar aufhielt oder nicht. Das müßte man zunächst überprüfen, dachte er. Sonst machte er sich eventuell zum Narren, wenn die Polizei kam. Er saß vielleicht auf dem Parkplatz herum, während Benson entschlüpfte.

Also sehen wir lieber nach, sagte er sich. Er hatte keine Angst. Er war jung und in guter körperlicher Verfassung. Natürlich war ihm klar, wie gefährlich Benson war. Er war darauf vorbereitet, und das genügte. Besonders gefährlich war Benson für Leute, die von der Eigenart seiner Krankheit nichts wußten.

Er beschloß, rasch einen Blick in den Hangar zu werfen und sich davon zu überzeugen, ob Benson sich darin aufhielt.

Der Hangar war ein riesiges Gebäude, das bis auf die mächtigen Schiebetore zur Aufnahme der Flugzeuge anscheinend keine Türen hatte. Die Tore waren geschlossen. Wie gelangte man hinein?

Er ließ prüfend den Blick über die Fassade schweifen, die hauptsächlich aus rostigem Eisen bestand. Da entdeckte er an der linken Ecke eine normale Eingangstür. Er stieg wieder in den Wagen, fuhr hinüber, parkte ihn dort und betrat den Hangar.

Drinnen war es stockfinster. Es herrschte absolute Stille. Er blieb eine Weile an der Tür stehen, dann hörte er ein leises Stöhnen. Mit den Händen tastete er sich an der Wand entlang und suchte nach dem Lichtschalter. Er be-

rührte einen stählernen Kasten, der mehrere große Schalter enthielt.
Er drückte die Hebel herunter.
Nacheinander flammten die mächtigen Röhren hoch droben an der Hallendecke auf. Er sah mitten in der Halle eine riesige Maschine stehen, an deren Außenhaut sich die Lichter spiegelten. Seltsam, wie groß ihm der Vogel hier im Inneren des Gebäudes vorkam. Er ging darauf zu.
Da hörte er das Stöhnen wieder.
Zuerst wußte er nicht, aus welcher Richtung es kam. Er konnte niemanden sehen, die Halle war menschenleer. Aber drüben auf der Seite stand eine Leiter. Er ging unter dem schlanken Leitwerk durch auf die Leiter zu. Es war warm in der Halle, und ein Geruch nach Benzin und Schmierstoffen lag in der Luft.
Wieder das Stöhnen...
Er schritt rascher aus. Das Echo seiner Schritte hallte von der hohen Decke. Das Stöhnen schien aus dem Flugzeug zu kommen. Aber wie kommt man da hinein?, überlegte er. Ein seltsamer Gedanke. Er war schon dutzendemal mit dem Flugzeug gereist. Normalerweise steigt man hinter dem Cockpit über die Gangway ein. Aber hier in der Halle ragte die Maschine himmelhoch über ihm auf. Er ging an den beiden Düsentriebwerken unter der Tragfläche vorbei. Es waren mächtige Zylinder mit schwarzen Turbinenschaufeln darin. Noch nie waren ihm die Triebwerke so groß erschienen. Wahrscheinlich hatte er nur nicht darauf geachtet.
Das Stöhnen war wieder zu hören.
Er hielt sich an den Holmen fest und stieg hinauf. Nach zwei Metern hatte er die Tragfläche erreicht, eine weite, silbern glänzende Ebene, punktiert von vielen Nieten. Er

las die Anweisung HIER HINTRETEN. Daneben entdeckte er Blutstropfen. Er sah sich um – auf der Tragfläche lag auf dem Rücken ein blutverschmierter Mann. Morris näherte sich ihm. Das Gesicht des Mannes war entsetzlich zugerichtet, sein Arm war grotesk verrenkt.
Er hörte ein Geräusch hinter sich und fuhr herum.
Schlagartig erloschen alle Lichter in der Halle.

Morris erstarrte. Er verlor jegliche Orientierung und hatte das Gefühl, in einem endlosen schwarzen Raum mitten in der Luft zu schweben. Er regte sich nicht und hielt den Atem an. Er wartete.
Der Verwundete stöhnte wieder. Auch das andere Geräusch war wieder zu hören. Morris kniete nieder, ohne recht zu wissen, warum. Irgendwie fühlte er sich in der Nähe der metallenen Tragfläche sicherer. Er war sich keines Angstgefühls bewußt, er war nur vollkommen verwirrt.
Erst als er das leise Lachen hörte, bekam er Angst.
»Benson?«
Keine Antwort.
»Benson, sind Sie das?«
Wieder keine Antwort. Aber auf dem Betonboden kamen Schritte näher. Gleichmäßige, leise hallende Schritte.
»Harry, ich bin's, Doktor Morris.«
Morris blinzelte und versuchte, sich an die Dunkelheit zu gewöhnen. Es hatte keinen Zweck, er sah absolut nichts. Er sah nicht einmal die Kanten der Tragfläche, auch nicht die Umrisse des Rumpfes. Rein gar nichts.
Die Schritte kamen näher.
»Harry, ich will Ihnen doch helfen.« Die Stimme versagte ihm. Bestimmt hörte Benson die Angst heraus. Da

beschloß Morris zu schweigen. Sein Herz pochte, er rang keuchend nach Luft.

»Harry ...«

Keine Antwort. Aber die Schritte hielten inne. Vielleicht gab Benson auf? Oder er bekam gerade eine Stimulation. Vielleicht überlegte er es sich anders.

Dann ein neues Geräusch: ein metallisches Schaben ganz in der Nähe.

Ein leises Quietschen.

Er kommt die Leiter herauf!

Morris brach der kalte Schweiß aus allen Poren. Er konnte immer noch absolut nichts erkennen. Er hatte so sehr die Orientierung verloren, daß er nicht einmal mehr wußte, wo er sich auf der Tragfläche befand. War die Leiter nun vor oder hinter ihm?

Wieder ein leises Quietschen.

Er versuchte, das Geräusch zu orten. Es kam irgendwo von vorn. Also kniete er mit dem Gesicht zur Hinterkante des Flügels – mit dem Gesicht zur Leiter.

Wieder das Geräusch.

Wie viele Stufen hatte die Leiter? Fünf oder sechs. Gleich mußte Benson auf der Tragfläche stehen. Welche Waffe benutzte er wohl? Morris tastete seine Taschen ab. Seine Kleidung war inzwischen feucht vom kalten Angstschweiß. Für einen Augenblick kam ihm alles furchtbar lächerlich vor – Benson war nichts weiter als ein Patient, und er war sein Arzt. Bestimmt konnte man vernünftig mit Benson reden. Und Benson würde gehorchen.

Noch ein Schritt.

Ein Schuh! Rasch streifte er einen Schuh ab und stellte fest, daß er einen Gummiabsatz hatte. Trotzdem war es besser als nichts. Er packte den Schuh und hob den Arm schlagbereit hoch über den Kopf. Im Geiste sah er das entstellte Gesicht des Mechanikers. Plötzlich wurde ihm klar, daß er Benson genau treffen mußte, daß er mit aller Kraft zuschlagen mußte.

Er mußte versuchen, Benson zu töten.

Die quietschenden Geräusche verstummten, dafür hörte er Atemzüge. Dann heulten irgendwo in der Ferne Sirenen auf und kamen rasch näher. Die Polizei! Auch Benson mußte sie hören. Dann würde er aufgeben.

Wieder ein Quietschen.

Benson stieg also die Leiter hinunter. Morris atmete erleichtert auf.

Da hörte er ein seltsames Kratzen und spürte, wie die Tragfläche unter seinen Füßen vibrierte. Benson war nicht zurückgeklettert, sondern er stand jetzt ebenfalls auf der Tragfläche.

»Doktor Morris?«

Fast hätte Morris ihm geantwortet, aber er biß sich auf die Zunge. Er wußte, daß auch Benson nichts sehen konnte. Er mußte sich nach dem Geräusch orientieren. Morris schwieg.

»Doktor Morris? Sie müssen mir helfen.«

Bei dem Gedanken, daß Benson nun gleich gefaßt wurde, empfand Morris fast einen gewissen Triumph. Gleich würde dieser Alptraum vorüber sein.

»Bitte, helfen Sie mir, Doktor Morris.«

Vielleicht meint er es ehrlich, dachte Morris. In diesem Fall war es seine Pflicht als Arzt, ihm zu helfen.

»Bitte!«

Morris stand auf. »Ich bin hier, Harry«, sagte er halblaut. »Nur nicht aufregen und ...«

Etwas zischte durch die Luft. Er hörte es kommen, bevor

es ihn traf. Dann spürte er einen fast unerträglichen Schmerz am Mund und am Kinn und wurde zurückgeschleudert. Er rollte über die Tragfläche. Etwas so Furchtbares wie diese Schmerzen hatte er in seinem ganzen Leben noch nie empfunden.

Dann stürzte er ins schwarze Nichts.

Es war nicht weit von der Kante der Tragfläche bis zum Boden, aber der Sturz schien endlos lange zu dauern – es war wie eine Ewigkeit.

13

Janet Ross stand vor dem Behandlungsraum der Unfallstation und schaute durch das kleine Glasfenster hinein. Sechs Leute drängten sich um Morris. Sie sah seine Füße, sonst konnte sie nicht viel erkennen. Er hatte einen Schuh an, der andere fehlte. Überall war Blut. Die weißen Kittel waren rot bespritzt.
Captain Anders stand draußen neben ihr und sagte: »Was ich davon halte, brauche ich Ihnen wohl nicht zu sagen.«
»Nein«, murmelte sie.
»Der Mann ist äußerst gefährlich. Doktor Morris hätte auf die Polizei warten sollen.«
»Aber die Polizei hat ihn nicht erwischt«, sagte sie und wurde plötzlich wütend. Anders begriff einfach nicht. Er verstand nicht, daß man sich für einen Patienten verantwortlich fühlte, er wußte nichts von dem Bedürfnis, sich um einen anderen Menschen zu kümmern.
»Morris hat ihn auch nicht erwischt«, entgegnete er. »Und warum hat ihn die Polizei nicht gefaßt?«
»Benson war schon fort, als die Kollegen den Hangar erreichten. Die Halle hat verschiedene Ausgänge, die nicht alle besetzt werden konnten. Sie fanden Morris unter der Tragfläche und den Mechaniker darauf. Beide waren schwer verletzt.«
Die Tür zum Behandlungsraum ging auf. Ellis kam heraus, übernächtigt, unrasiert, niedergedrückt.
»Wie geht's ihm?« fragte Janet.
»Alles okay«, antwortete Ellis. »In den nächsten Wochen

wird er nicht viel sagen, aber sonst ist er okay. Jetzt kommt er in den OP. Wir müssen sein Kinn verdrahten und alle Zähne ziehen.« Er wandte sich an Anders. »Haben Sie die Waffe gefunden?«
Anders nickte. »Ein Stück Bleirohr, einen halben Meter lang.«
»Es muß ihn genau am Mund getroffen haben«, sagte Ellis. »Aber er hat Gott sei Dank keine ausgeschlagenen Zähne geschluckt oder eingeatmet. Die Bronchien sind auf dem Röntgenbild frei.« Er legte seinen Arm um Janet. »Sie bringen ihn schon wieder in Ordnung.«
»Und der andere?«
»Der Mechaniker?« Ellis schüttelte den Kopf. »Für ihn würde ich keine Wette eingehen. Sein Nasenbein ist gebrochen und ein paar Knochensplitter davon sind in das Gehirn eingedrungen. Aus der Nasenöffnung tritt Zerebralflüssigkeit aus. Hinzu kommt starker Blutverlust und die große Gefahr der Enzephalitis.«
»Wie beurteilen Sie seine Chancen?« fragte Anders.
»Er schwebt in Lebensgefahr.«
»Okay«, murmelte Anders und ging.
Janet Ross begleitete Ellis in den Erfrischungsraum. Sein Arm lag immer noch um ihre Schulter. »Eine scheußliche Sache, das Ganze«, sagte er.
»Wird er wirklich wieder gesund?«
»Klar.«
»Das sah doch gar nicht gut aus ...«
»Sie werden sein Kinn schon wieder flicken. Machen Sie sich keine Sorgen.«
Sie schüttelte sich.
»Frieren Sie?«
»Ja, und müde bin ich, sehr, sehr müde.«

Sie trank mit Ellis im Erfrischungsraum einen Becher Kaffee. Es war halb sieben, und viele Krankenhausangehörige saßen beim Essen. Ellis kaute langsam. Jede seiner Bewegungen verriet die Erschöpfung.
»Seltsam«, murmelte er.
»Was?«
»Ich wurde heute nachmittag aus Minnesota angerufen. Dort ist in der Neurochirurgie eine Professorenstelle frei. Man fragte mich, ob ich daran interessiert sei.«
Sie schwieg.
»Ist das nicht seltsam?«
»Nein«, sagte sie.
»Ich habe geantwortet, daß ich mich nicht festlegen will, bis ich hier fliege«, sagte er.
»Sind Sie sicher, daß man Sie hinauswirft?«
»Sie nicht?« fragte er zurück. Er betrachtete die Krankenschwestern und Ärzte in ihrer weißen Kleidung. »Minnesota mag ich nicht«, murmelte er. »Dort ist es mir zu kalt.«
»Es ist aber eine gute Universität.«
»Ja, das schon«, er seufzte. »Eine großartige Schule.«
Sie empfand Mitleid mit ihm, aber dann unterdrückte sie diese Gefühlsregung. Er hatte die Sache ja selbst und gegen ihren Rat ins Rollen gebracht. In den letzten 24 Stunden hatte sie es sich verkniffen, zu irgend jemandem zu sagen: »Ich hab's ja gleich gesagt.« Sie gestattete sich nicht einmal diesen Gedanken. Erstens wäre das unnötig gewesen und zweitens hätte sie Benson damit nicht geholfen. Darum ging es ihr in erster Linie, das hatte augenblicklich für sie Vorrang.
Aber für den tapferen Chirurgen hatte sie jetzt wenig Sympathie übrig. Tapfere Chirurgen riskieren immer nur

das Leben anderer, nie ihr eigenes. Ein Chirurg hat höchstens seinen guten Ruf zu verlieren.
»Ich glaube, wir sollten jetzt in die NPFA zurückgehen«, sagte er. »Mal sehen, wie dort alles läuft. Wissen Sie was?«
»Was denn?«
»Ich hoffe, sie bringen ihn um«, sagte Ellis und ging zum Aufzug.

Die Operation begann um 19 Uhr. Janet stand auf der Beobachtergalerie, sah, wie Morris in den OP gerollt und abgedeckt wurde. Bendixon und Curtis nahmen den Eingriff vor. Beide waren hervorragende plastische Chirurgen. Wenn jemand ihn wieder zusammenflicken konnte, dann waren sie es.
Trotzdem war es schrecklich für sie, als die sterilen Gazepackungen entfernt wurden und sie das rohe Fleisch erblickte. Die obere Hälfte des Gesichts sah blaß, aber sonst ganz normal aus. Die untere Hälfte war nur noch eine rote Masse. Zwischen Fleisch und Blut war kaum ein Mund zu erkennen.
Ellis hatte das alles schon in der Unfallstation gesehen. Ihr versetzte der Anblick selbst aus dieser Entfernung einen Schock. Sie konnte sich vorstellen, wie die Wirkung aus der Nähe sein mußte.
Sie sah zu, wie die sterilen Tücher über den Körper und rings um den Kopf gebreitet wurden. Die Chirurgen trugen bereits Kittel, Masken und Handschuhe. Die Instrumententische waren hergerichtet, die OP-Schwestern standen bereit. Das ganze Ritual der Operationsvorbereitung lief glatt und rationell ab wie immer. Ein großartiges Ritual, dachte sie, streng und so perfekt, daß es unbedeu-

tend war, wer da auf dem Tisch lag. Die Ärzte dachten vermutlich nicht einmal daran, daß sie einen Kollegen operierten. Der feststehende Ablauf bedeutete für den Chirurgen das, was Lachgas für den Patienten war – eine Art Betäubung.

Sie sah noch eine Weile zu, dann verließ sie den Beobachtungsraum.

14

Sie ging hinüber zur Neuropsychiatrischen Abteilung und sah, daß Ellis vor dem Eingang von Reportern eingekreist war. Er beantwortete übelgelaunt ihre Fragen. Sie hörte mehrfach das Wort »Gedankenkontrolle«.

Mit ein wenig schlechtem Gewissen schlug sie einen Bogen und betrat das Gebäude durch den anderen Eingang. Dann fuhr sie mit dem Aufzug in den vierten Stock.

Gedankenkontrolle, dachte sie. Sicher wird dieser Begriff jetzt in den Sonntagszeitungen ausgewalzt. In den Tageszeitungen erscheinen dann aggressive Leitartikel und in den Fachjournalen wichtigtuerische Abhandlungen, in denen eine verantwortungslose und unkontrollierte Forschung aufs Korn genommen wird. Sie sah das alles kommen.

Gedankenkontrolle, großer Gott.

Sind nicht die Gedanken eines jeden Menschen kontrolliert und ist nicht jeder froh darüber? Die mächtigsten Gedankenkontrolleure auf der Welt sind die Eltern, und sie richten auch den größten Schaden an. Die Theoretiker vergessen meistens, daß niemand mit Vorurteilen, Neurosen und Komplexen zur Welt kommt, daß diese Charakterzüge einer helfenden Hand bedürfen. Natürlich schaden die Eltern den Kindern nicht absichtlich. Sie trichtern ihnen nur Verhaltensweisen ein, von denen sie glauben, daß sie für ihre Kinder nützlich und gut sein werden.

Neugeborene Kinder sind wie kleine Computer, die noch

programmiert werden müssen. Sie lernen alles, was man ihnen beibringt, von schlechter Grammatik bis zu schlechten Manieren. Genau wie Computer verhalten sie sich neutral und können nicht zwischen guten und schlechten Ideen unterscheiden. Diese Analogie stimmt tatsächlich: Schon manchen Leuten ist aufgefallen, wie kindisch und pedantisch Computer sein können. Wenn man einem Computer die Anweisung erteilt, »zieh die Schuhe und Socken an«, antwortet er ganz bestimmt, daß man Socken nicht über Schuhe ziehen könne.

Der wichtigste Teil der Programmierung ist im Alter von sieben Jahren abgeschlossen. Rassenvorurteile, sexuelle Verhaltensweisen, ethische Grundhaltungen, die religiöse und nationale Einstellung. Der Kreisel läuft, und die Kinder werden auf ihren vorausbestimmten Weg geschickt.

Gedankenkontrolle.

Wie steht es denn mit einfachen Dingen wie gesellschaftlichen Konventionen? Mit dem Händeschütteln, wenn man jemanden kennenlernt? Warum sieht man im Aufzug immer nach vorn? Warum überholt man links? Warum nimmt man das Weinglas in die rechte Hand? Hunderte kleiner Gewohnheiten, die für das Zusammenleben in der Gesellschaft wichtig sind; nimmt man eine davon weg, entstehen unerträgliche Ängste.

Die Menschen brauchen eine Gedankenkontrolle. Sie sind froh, daß es sie gibt. Ohne diese Kontrolle sind sie hoffnungslos verloren.

Aber sobald eine Gruppe von Leuten versucht, das größte Problem der heutigen Welt zu lösen – die unkontrollierte Gewalt –, da erhebt sich plötzlich von allen Seiten lautes Geschrei: Gedankenkontrolle, Gedankenkontrolle!

Was ist nun besser: Kontrolle oder keine Kontrolle?
Sie stieg im vierten Stock aus, kam auf dem Flur an einigen Polizeibeamten vorbei und betrat ihr Büro. Anders legte gerade stirnrunzelnd den Hörer auf.
»Wir haben die erste Spur gefunden«, sagte er.
»So?« Ihre Verärgerung wich einer erwartungsvollen Spannung.
»Ja«, sagte Anders. »Aber der Teufel soll mich holen, wenn ich das verstehe.«
»Was ist geschehen?«
»In der Stadt wurden Bensons Foto und seine Personenbeschreibung ausgegeben. Jemand hat ihn erkannt.«
»Wer?«
»Ein Angestellter der Stadtverwaltung im Planungsbüro. Er behauptet, Benson sei vor zehn Tagen dort gewesen. Diese Abteilung registriert und archiviert die Bauzeichnungen aller öffentlichen Gebäude innerhalb der Stadtgrenze und überwacht die Ausführung.«
Janet nickte.
»Benson wollte Einzelheiten über ein Gebäude wissen. Er wollte die Bauzeichnungen sehen. Er legte irgendeinen Ausweis vor und gab sich als Elektroneningenieur zu erkennen.«
Janet sagte: »Die Mädchen in seinem Haus haben erklärt, daß er ein paar Zeichnungen abgeholt hat.«
»Das waren vermutlich die Pläne aus der Stadtverwaltung.«
»Was für Pläne sind das?«
»Das Universitätskrankenhaus«, antwortete Anders. »Er besitzt die kompletten Schaltpläne für die gesamte Elektroanlage im Krankenhaus. Was schließen Sie daraus?«
Sie sahen einander erschrocken an.

Um 20 Uhr war sie so müde, daß sie fast im Stehen einschlief. Sie hatte starke vom Nacken ausstrahlende Kopfschmerzen. Ihr wurde klar, daß es jetzt nur noch zwei Möglichkeiten gab: Entweder sie mußte schlafen oder sie würde umkippen.

»Wenn Sie mich brauchen«, sagte sie zu Anders, »ich bin auf der Station.« Sie ging den Korridor der NPFA entlang und kam wieder an mehreren Uniformierten vorbei. Sie beachtete die Männer gar nicht mehr, weil sie den Eindruck hatte, als hätten sich seit Menschengedenken uniformierte Polizisten hier herumgetrieben.

Sie warf einen Blick in McPhersons Büro. Er war an seinem Schreibtisch eingeschlafen. Sein Atem ging in kurzen, hastigen Stößen. Vielleicht hat er einen Alptraum, dachte sie. Ganz leise schloß sie die Tür wieder.

Ein Pfleger kam mit vollen Aschenbechern und leeren Kaffeebechern vorbei. Es war seltsam, daß ein Krankenpfleger die Putzfrau spielen mußte. Der Anblick erinnerte sie an irgend etwas. Es mußte etwas Ungewöhnliches sein, eine Frage, die sie nicht ganz formulieren konnte.

Nach einer Weile gab sie es auf. Sie war müde und konnte nicht mehr klar denken. Einer der Behandlungsräume stand leer. Sie trat ein, schloß die Tür und legte sich auf den Behandlungstisch.

In der nächsten Sekunde war sie schon fest eingeschlafen.

15

Ellis saß in der Halle und sah sich auf dem Fernsehschirm in den Spätnachrichten um 23 Uhr. Er tat es teils aus Eitelkeit, teils aus makabrer Neugier. Auch Gerhard, Richards und Captain Anders waren dabei.

Auf dem Bildschirm blinzelte Ellis in die Kamera, während er die Fragen der Reporter beantwortete. Mikrofone wurden ihm vor das Gesicht gehalten, aber er fand sich, rein äußerlich, ganz ruhig. Das gefiel ihm. Und seine Antworten klangen vernünftig.

Die Reporter fragten nach der Operation, und er erläuterte sie knapp, aber präzise. Dann fragte jemand: »Warum wurde diese Operation durchgeführt?«

Ellis antwortete: »Der Patient leidet unter wiederholten Anfällen von Gewalttätigkeit. Die Ursache ist eine organische Gehirnkrankheit – sein Hirn ist beschädigt. Das versuchen wir in Ordnung zu bringen. Unser Ziel ist es, seine Gewaltausbrüche zu verhindern.«

Dagegen kann niemand etwas sagen, dachte er. Selbst McPherson wird mit dieser höflichen Antwort zufrieden sein.

»Kommt das öfter vor, daß Hirnschäden zur Gewalttätigkeit führen?«

»Wir wissen nicht, wie häufig es vorkommt«, sagte Ellis. »Wir wissen nicht einmal, wie weitverbreitet solche Hirnschäden sind. Aber nach unseren Schätzungen haben zehn Millionen Amerikaner offenkundig Hirnschäden und fünf weitere Millionen leichtere Schädigungen.«

»Fünfzehn Millionen?« fragte ein Reporter. »Das wäre jeder Dreizehnte.«
Rasch gerechnet, dachte Ellis. Später stellte er fest, daß es jeder Vierzehnte war.
»So ungefähr«, antwortete er den Reportern. »Es gibt zweieinhalb Millionen Menschen mit Gehirnparalyse. Dann zwei Millionen mit Krampferscheinungen, darunter auch Epilepsie. Sechs Millionen sind geistig zurückgeblieben. Wahrscheinlich leiden zweieinhalb Millionen an hyperkinetischen Verhaltensstörungen.«
»Und all diese Menschen sind gewalttätig?«
»Nein, natürlich nicht. Aber wenn man der Sache nachgeht, wird man feststellen, daß ein ungewöhnlich hoher Prozentsatz jener Menschen, die zur Gewalttätigkeit neigen, Gehirnschäden aufweisen. Ich meine damit physische Schädigungen. Das entkräftet so manche Theorie über Armut, Diskriminierung, soziale Ungerechtigkeit und Mängel im sozialen Gefüge. Diese Faktoren fördern natürlich Gewaltausbrüche. Aber die Hauptursache bleibt der physische Hirnschaden. Mit sozialen Mitteln kann man eine physische Schädigung nicht beheben.«
Es entstand eine Pause. Ellis erinnerte sich daran, wie erleichtert er über diese Pause war. Er wußte, daß er gewonnen hatte, daß er die Situation meisterte.
»Wenn Sie von Gewalttätigkeit sprechen ...«
»Dann meine ich nicht provozierte Anfälle von Gewalttätigkeit bei einzelnen Individuen«, ergänzte Ellis. »Gewalt ist in der Welt von heute das größte Problem. In Amerika zählt es zu den Hauptproblemen. 1969 wurden hier mehr Amerikaner getötet oder überfallen, als in Vietnam seit Beginn des Krieges getötet oder verwundet wurden. Im einzelnen ...«

Die Reporter waren sichtlich beeindruckt.
»Wir hatten in einem Jahr vierzehntausendfünfhundert Morde, sechsunddreißigtausendfünfhundert Vergewaltigungen und dreihundertsechstausendfünfhundert Fälle von schwerer Körperverletzung. Alles in allem eine drittel Million Fälle von Gewaltanwendung. Nicht berücksichtigt sind dabei tödliche Verkehrsunfälle, und gerade mit Hilfe des Autos wird oft Gewalt angewendet. Verkehrsunfälle forderten im selben Jahr sechsundfünfzigtausend Todesopfer und drei Millionen Verletzte.«
»Mit Zahlen waren Sie schon immer gut«, bemerkte Gerhard.
»Aber es wirkt doch, nicht wahr?« sagte Ellis.
»Ja, großartig.« Gerhard seufzte. »Aber Sie blinzeln und sehen wenig vertrauenerweckend aus.«
»Das ist mein ganz normales Gesicht.«
Gerhard lachte.
Ein Reporter fragte: »Und Sie glauben, daß sich in diesen Zahlen physisch bedingte Gehirnkrankheiten widerspiegeln?«
»Größtenteils«, sagte Ellis. »Wenn bei einem Menschen wiederholt Gewaltausbrüche zu verzeichnen sind, deutet das einwandfrei auf einen physischen Gehirnschaden hin. Dafür gibt es berühmte Beispiele. Charles Whitman, der in Texas siebzehn Menschen tötete, hatte einen bösartigen Hirntumor und erklärte seinem Psychiater schon einige Wochen vorher, daß er auf einen Turm steigen und Menschen erschießen wolle. Richard Speck hatte sich schon einige Male von seiner brutalen Seite gezeigt, bevor er acht Krankenschwestern umbrachte. Lee Harvey Oswald überfiel und prügelte einige Menschen und schlug auch häufig seine eigene Frau.

Diese Fälle sind bekannt. Aber jedes Jahr ereignen sich eine drittel Million Fälle, die diese Popularität nicht erlangen. Wir versuchen, die Neigung zur Gewalttätigkeit durch chirurgische Eingriffe zu korrigieren. Dieses Bemühen ist in unseren Augen nichts Ehrenrühriges, sondern ein edles Ziel und eine wichtige Aufgabe.«

»Aber ist das nicht schon Gedankenkontrolle?«

Ellis sagte: »Und wie würden Sie die allgemeine Schulpflicht bezeichnen?«

»Erziehung«, antwortete der Reporter.

Damit war das Interview beendet. Ellis sprang wütend auf. »Jetzt stehe ich da wie ein Idiot!« rief er.

»Nein, das stimmt nicht«, erklärte Captain Anders.

Samstag, 13. März 1971

Das Ende

1

Sie wurde geprügelt und spürte die furchtbaren, sinnlosen Schläge. Stöhnend drehte sie sich auf die Seite.
»Aufwachen!« rief Gerhard und schüttelte sie. »Stehen Sie auf, Janet.«
Sie öffnete die Augen. Es war dunkel im Zimmer. Jemand beugte sich über sie.
»Na los, wachen Sie schon auf.«
Sie gähnte. Der Nacken tat ihr weh dabei. »Was ist los?«
»Telefon, Benson ist dran.«
Das machte sie viel rascher wach, als sie es für möglich gehalten hätte. Gerhard stützte sie, dann schüttelte sie den Kopf, um wieder klar denken zu können. Ihr Genick schmerzte immer noch, der ganze Körper war steif und schmerzhaft empfindlich, aber sie achtete nicht darauf.
»Wo?«
»Telecomp.«
Sie trat auf den Flur hinaus und blinzelte in das helle Licht. Die Polizei war noch da, aber die Männer standen jetzt müde mit halb geschlossenen Augen herum. Sie folgte Gerhard in die Computerzentrale.
Richards hielt ihr den Hörer entgegen. »Sie kommt jetzt«, sagte er.
Sie nahm ihn ans Ohr. »Hallo, Harry.«
Anders hörte an einem Nebenapparat mit.
»Mir geht es nicht gut«, sagte Harry Benson. »Ich möchte, daß das endlich aufhört, Frau Doktor Ross.«
»Was ist denn los, Harry?« Er sprach schleppend, seine

Stimme hörte sich müde und irgendwie kindlich an. Aber was würde eine Ratte sagen, nachdem sie 24 Stunden lang stimuliert worden ist?

»Die Sache klappt nicht richtig, ich bin müde.«

»Wir können Ihnen helfen«, sagte sie.

»Es ist dieses Gefühl«, erklärte Benson. »Es macht mich jetzt müde, sonst nichts. Ganz einfach müde. Ich möchte, daß es aufhört.«

»Dann lassen Sie sich helfen, Harry.«

»Ich glaub's Ihnen nicht.«

»Sie müssen Vertrauen zu uns haben, Harry.«

Es entstand eine lange Pause. Anders sah fragend herüber. Janet zuckte die Achseln. »Harry?«

»Mir wär's lieber gewesen, Sie hätten das nie getan«, sagte Benson.

»Was getan?«

»Die Operation.«

»Wir können das wieder in Ordnung bringen, Harry.«

»Ich wollte es selbst in Ordnung bringen«, sagte er. Jetzt klang seine Stimme sehr zaghaft, beinahe weinerlich. »Ich wollte die Drähte herausziehen.« Janet Ross runzelte die Stirn.

»Haben Sie es getan?«

»Nein. Ich wollte die Verbände abreißen, aber es tut so weh. Ich mag keine Schmerzen.«

Er redete wie ein quengelndes Kind. Sie fragte sich, ob diese Rückentwicklung ein spezifisches Phänomen war oder nur das Ergebnis von Angst und Erschöpfung.

»Ich bin froh, daß Sie nicht ...«

»Aber irgend etwas muß ich tun«, unterbrach Benson sie. »Dieses Gefühl muß aufhören, ich werde den Computer reparieren.«

»Harry, das können Sie nicht, das müssen Sie uns überlassen.«

»Nein, ich werde ihn reparieren.«

Sie sprach leise, beruhigend, mütterlich auf ihn ein: »Harry, bitte vertrauen Sie uns.«

Sie bekam keine Antwort. Am anderen Ende der Leitung hörte sie nur heftiges Atmen. Sie sah sich um und bemerkte die gespannten, erwartungsvollen Blicke der anderen.

»Harry, bitte vertrauen Sie uns. Nur dieses eine Mal. Dann ist alles wieder in Ordnung.«

»Die Polizei sucht mich.«

»Hier gibt es keine Polizei«, sagte sie. »Die Beamten sind alle weg. Sie können herkommen. Alles ist wieder in Ordnung.«

»Sie haben mich schon einmal angelogen«, quengelte er.

»Nein, Harry, das alles war ein Irrtum. Wenn Sie jetzt zu uns kommen, wird alles wieder gut.«

Nach längerem Schweigen hörte sie einen Seufzer. »Tut mir leid«, sagte Benson. »Ich weiß, wie das enden wird. Ich muß den Computer selbst reparieren.«

»Harry!«

Sie hörte ein Klicken, dann das Summen der toten Leitung. Sie legte auf. Anders rief sofort die Telefongesellschaft an und fragte, ob es möglich war, die Herkunft des Gesprächs zu ermitteln. Deshalb also hat er auf die Uhr gesehen, dachte sie.

»Teufel«, fluchte Anders und warf den Hörer auf die Gabel. »Keine Spur, diese Idioten waren nicht einmal imstande, den ankommenden Anruf zu registrieren.« Er setzte sich drüben auf der anderen Seite des Raums auf einen Stuhl.

»Er war wie ein Kind«, sagte Janet und schüttelte den Kopf.
»Wie meint er das – den Computer reparieren?«
»Vermutlich wollte er sich die Drähte aus der Schulter reißen.«
»Er sagte doch, er hätte es versucht.«
»Vielleicht hat er es getan, vielleicht auch nicht«, sagte sie. Er ist jetzt durcheinander und steht unter dem Einfluß der vielen Stimulationen und Anfälle.«
»Ist es denn überhaupt technisch möglich, die Drähte und den Computer herauszureißen?«
»Ja«, antwortete sie. »Das kommt zumindest bei Tieren vor. Affen...« Sie rieb sich über die Augen. »Ist noch Kaffee da?«
Gerhard goß ihr einen Becher ein.
»Armer Harry«, sagte sie. »Für ihn muß es da draußen grauenhaft sein.«
Von gegenüber fragte Anders: »Was glauben Sie, wie wirr er tatsächlich sein dürfte?«
»Sehr.« Sie trank einen Schluck heißen Kaffee. »Ist noch Zucker da?«
»So wirr, daß er auf Computer losgeht?«
»Wir haben keinen Zucker mehr«, sagte Gerhard. »Schon seit Stunden nicht mehr.«
»Das verstehe ich nicht«, sagte sie.
»Er hat die Schaltpläne für das Krankenhaus bei sich«, erklärte Anders. »Der Hauptcomputer, der bei dieser Operation assistierte, befindet sich im Keller des Krankenhauses.«
Sie stellte ihren Becher hin und starrte ihn an. Dann rieb sie sich wieder über die Augen, griff nach dem Becher und stellte ihn wieder hin. »Ich weiß nicht«, sagte sie.

»Während Sie schliefen, haben die Pathologen angerufen«, sagte Anders. »Es steht jetzt fest, daß Benson mit einem Schraubenzieher auf die Tänzerin eingestochen hat. Er hat den Mechaniker und Morris überfallen. Also Maschinen und Leute, die mit Maschinen zu tun haben. Morris stand für ihn in Verbindung mit der eigenen Mechanisierung.«

Sie lächelte ein wenig. »Und ich dachte, ich sei die Psychiaterin.«

»Ich frage ja nur, ist das möglich?«

»Natürlich ist das möglich.«

Das Telefon läutete wieder. Janet meldete sich. »Hier Neuropsychiatrische Forschungsabteilung.«

»Hier ist die Telefongesellschaft«, sagte eine Männerstimme. »Wir haben noch einmal für Captain Anders den Anruf nachgeprüft. Ist er da?«

»Augenblick.« Sie nickte Anders zu. Er hob den Hörer an dem Nebenapparat ab.

»Hier Anders.« Es entstand eine lange Pause. Dann bat er: »Würden Sie das bitte wiederholen.« Er nickte und hörte zu. »Welchen Zeitraum haben Sie geprüft? Ich verstehe, vielen Dank.«

Er legte auf und hob sofort wieder ab, um neu zu wählen.

»Klären Sie mich bitte über diese Atombatterie auf?«

»Was ist damit?«

»Ich will wissen, was passiert, wenn sie beschädigt wird«, sagte Anders.

Er wandte sich ab und sagte in die Sprechmuschel: »Bitte Sprengstoffabteilung. Hier Anders von der Mordkommission.« Er kehrte Janet Ross den Rücken zu.

Janet erklärte: »Er trägt etwa siebenunddreißig Gramm radioaktives Plutonium, Pu 239, bei sich. Wenn die Abschirmung aufbricht, ist jeder ringsum einer gefährlichen Strahlung ausgesetzt.«

»Welche Partikel werden emittiert?«

Sie sah ihn überrascht an.

»Ich habe auch studiert«, sagte er. »Wenn es sein muß, kann ich sogar lesen und schreiben.«

»Alphapartikel«, antwortete sie.

Anders beugte sich über den Hörer. »Hier Anders von der Mordkommission. Ich brauche sofort einen Wagen zum Universitätskrankenhaus. Möglicherweise besteht Strahlungsgefahr. Der Mann und seine unmittelbare Umgebung könnten mit Alphapartikeln Pu 239 verseucht sein.« Er lauschte, dann wandte er sich an Janet. »Kann etwas explodieren?«

»Nein.«

»Keine Explosionsgefahr«, sagte Anders. »In Ordnung, ich verstehe. Schicken Sie die Leute so rasch wie möglich her.«

Er legte auf.

Janet Ross fragte: »Würden Sie mir freundlicherweise erklären, was hier vorgeht?«

»Die Telefongesellschaft hat die Leitung noch einmal überprüft«, sagte Anders. »Zu dem Zeitpunkt, als Benson anrief, erhielt das Krankenhaus über die Amtsleitung keinen Anruf, nicht einen einzigen.«

Janet blinzelte.

»Es stimmt«, sagte Anders. »Er muß also von einem Hausapparat angerufen haben und hält sich irgendwo hier im Krankenhaus auf.

Janet Ross sah aus dem Fenster im vierten Stock auf den Parkplatz hinunter. Dort erteilte Captain Anders seine

Anweisungen an mindestens zwanzig Polizisten. Die Hälfte von ihnen verschwand im Hauptgebäude des Krankenhauses, die übrigen blieben draußen stehen, bildeten kleine Gruppen, unterhielten sich leise miteinander und rauchten.

Dann kam ein weißer Kastenwagen des Sprengstoffkommandos herangerumpelt. Drei Männer in grauen, metallisch schimmernden Schutzanzügen stiegen heraus. Anders wechselte ein paar Worte mit ihnen, dann nickten sie und holten ein paar seltsam aussehende Geräte aus dem Wagen.

Anders ging zurück zur Neuropsychiatrischen Abteilung.

Gerhard stand neben ihr und beobachtete die Vorbereitungen. »Benson wird es nicht schaffen«, sagte er.

»Ich weiß«, entgegnete sie. »Ich überlege mir schon, ob es nicht irgendeine Möglichkeit gibt, ihn zu entwaffnen oder irgendwo festzusetzen. Könnten wir uns nicht einen tragbaren Mikrowellensender basteln?«

»Daran habe ich auch schon gedacht«, sagte Gerhard, »aber es ist zu gefährlich. Man kann die Wirkung auf Bensons Apparaturen nicht genau vorhersagen. Und Sie wissen ja, was dann mit den Herzschrittmachern der anderen Patienten im Krankenhaus passiert.«

»Können wir denn gar nichts tun?«

Gerhard schüttelte den Kopf.

»Aber irgendeine Möglichkeit muß es doch geben«, sagte sie.

Er schüttelte immer noch den Kopf. »Außerdem gewinnt doch bald die Umwelt die Oberhand.«

»Theoretisch.«

Gerhard zuckte die Achseln.

Das Umweltkonzept war von der Entwicklungsgruppe der NPFA konzipiert worden. Es handelte sich dabei um eine ganz einfache Idee mit tiefgreifenden Folgerungen. Den Ausgangspunkt kannte noch jeder: Das Gehirn wird durch die Umwelt beeinflußt. Die Umwelt produziert Erfahrungen, aus denen Erinnerungen, Verhaltensweisen und Gewohnheiten entstehen, alles Dinge, die in den Hirnzellen in Nervenschaltungen umgewandelt werden. Diese Schaltwege werden durch einen chemischen oder elektrischen Prozeß fixiert. So wie sich der Körper eines Arbeiters durch seine Tätigkeit verändert, so verändert sich auch das Gehirn eines Menschen mit den gemachten Erfahrungen. Aber die Veränderung bleibt nach Beendigung der Erfahrung bestehen, wie auch der Arbeiter die Schwielen an den Händen nicht so schnell verliert. In diesem Sinne speichert das Gehirn frühere Umwelteindrücke. Unsere Hirne sind die Summe der gemachten Erfahrungen, nachdem diese Erfahrungen selbst längst abgeschlossen sind. Das bedeutet, daß Ursache und Krankheit nicht dasselbe sein müssen. Die Ursache von Verhaltensstörungen mag in Kindheitserfahrungen zu suchen sein, aber man kann sie nicht dadurch heilen, daß man die Ursache beseitigt, denn diese ist durch das Erwachsenwerden verschwunden. Also muß die Heilung aus einer anderen Richtung kommen.

Die Mitarbeiter der Entwicklungsabteilung drückten es so aus: Ein Streichholz kann ein Feuer entfachen, aber wenn das Feuer erst einmal brennt, wird es nicht dadurch gelöscht, daß man das Streichholz ausbläst. Das Problem heißt nicht mehr Streichholz, sondern Feuer.

Was Benson betraf, hatte er über 24 Stunden lang von seinem eingepflanzten Computer intensive Stimulationen empfangen. Diese Stimulationen hatten sein Gehirn insofern beeinflußt, als sie neue Erfahrungen und neue Erwartungen hervorriefen. So wurde allmählich eine neue Umwelt geschaffen. Schon bald würde es nicht mehr möglich sein, vorauszusagen, wie das Gehirn reagiert. Es war ja nicht mehr Bensons früheres Gehirn, sondern etwas Neues, das Produkt der neuen Erfahrungen.

Anders kam herein. »Wir sind fertig«, meldete er.

»Das sehe ich«, sagte Janet.

»Wir haben zwei Mann für jeden Kellereingang, zwei für das Haupttor, zwei für die Notaufnahme und je zwei für die drei Aufzüge. Auf die Pflegestationen habe ich keine Leute verteilt. Dort soll alles möglichst ruhig bleiben.«

Wie rücksichtsvoll, dachte sie, sagte aber nichts.

Anders sah auf die Uhr. »Zwölf Uhr vierzig«, sagte er. »Ich möchte jetzt gern den Hauptcomputer sehen.«

»Der ist im Keller«, antwortete sie und deutete hinüber zum Hauptgebäude. »Dort drüben.«

»Zeigen Sie ihn mir?«

»Natürlich«, antwortete sie. Es war ihr im Grunde gleichgültig. Sie glaubte nicht mehr daran, noch irgendeinen Einfluß auf den Lauf der Dinge ausüben zu können. Sie erkannte, daß sie in den Strudel eines unerbittlich ablaufenden Prozesses hineingerissen worden war, der bestimmt wurde von vielen verschiedenen Menschen und vielen früheren Entscheidungen. Es kam eben so, wie es kommen mußte.

Sie ging mit Anders den Korridor entlang und dachte plötzlich an Mrs. Crail. Seltsam – an Mrs. Crail hatte sie schon seit Jahren nicht mehr gedacht. Emily Crail war vor Jahren, als sie die psychiatrische Betreuung hier übernahm, ihre erste Patientin gewesen. Eine fünfzigjährige Frau mit erwachsenen Kindern und einem Ehemann, den sie langweilte. Sie litt an Depressionen, die bis zu Selbstmordgedanken reichten. Janet Ross hatte den Fall mit einem Gefühl persönlicher Verantwortung übernommen. Sie war jung und ehrgeizig und kämpfte gegen Mrs. Crails Anwandlungen mit allen verfügbaren Mitteln an, sie versuchte alle Eventualitäten zu berücksichtigen, legte sich eine Strategie zurecht, korrigierte und verbesserte immer wieder ihren Therapieplan. Sie half Mrs. Crail auch tatsächlich über zwei mißglückte Selbstmordversuche hinweg.

Allmählich jedoch mußte sie einsehen, daß ihrer Energie, ihrem Können und ihrem Wissen Grenzen gesetzt waren. Mrs. Crails Zustand besserte sich nicht. Ihre Selbstmordversuche wurden entschlossener und schließlich gelang es ihr, sich das Leben zu nehmen. Zu diesem Zeitpunkt hatte sich Janet Ross glücklicherweise schon von der Patientin zurückgezogen.

Auch Bensons Schicksal berührte sie innerlich nicht mehr.

Sie hatten gerade das Ende des Flurs erreicht, als Gerhard aus dem Telecomp hinter ihnen rief: »Janet! Janet, sind Sie noch da?«

Sie lief zurück zur Computerzentrale. Anders war neugierig geworden und folgte ihr. Im Telecomp flatterten die Kontrollampen am Steuerpult unregelmäßig.

»Sehen Sie sich das an«, sagte Gerhard und zeigte auf den Ergebnisdrucker.

```
LAUFENDES PROGRAMM BEENDET.
PROGRAMMWECHSEL
JETZT 05 04 02 01 00
PROGRAMMWECHSEL
```

»Der Hauptcomputer schaltet auf ein neues Programm um«, erklärte Gerhard.

»Na und?«

»Es stammt nicht von uns.«

»Worin besteht das neue Programm?«

»Das weiß ich nicht«, antwortete Gerhard. »Wir haben keine Änderung programmiert.«

Janet Ross und Anders beobachteten aufmerksam den Bildschirm.

DAS NEUE PROGRAMM LAUTET

Dann kam nichts mehr. Die nachfolgenden Worte blieben aus.

»Was heißt das?« fragte Anders.

»Weiß ich nicht«, sagte Gerhard. »Vielleicht verdrängt uns eine fremde Nebenstation. Aber eigentlich dürfte das nicht passieren, da wir in den letzten zwölf Stunden vorrangig geschaltet und gegen die übrigen Stationen abgeschirmt waren. Normalerweise kann man nur von unserer Computerzentrale aus Programmveränderungen einleiten.«

Auf dem Bildschirm erschienen weitere Buchstabenreihen.

DAS NEUE PROGRAMM LAUTET VERSAGEN AUF TECHNISCHES DER ANLAGE ALLE PROGRAMME BEENDET BEENDET BEENDET BEENDET BEENDET BEENDET BEENDET BEENDET BEENDET BEENDET BEENDET BEENDET

»Was soll das?« fragte Gerhard. Er drückte auf ein paar Knöpfe, dann gab er es auf. »Er akzeptiert keine neuen Instruktionen.«

»Warum nicht?«

»Mit dem Hauptcomputer im Keller stimmt etwas nicht.«

Janet sah Anders an. »Bringen Sie mich jetzt zu dem Computer«, sagte er.
Vor ihren Augen erstarb einer der Hauptschirme. Alle Kontrollampen erloschen. Auf dem Schirm selbst verflackerte ein winziger Lichtpunkt. Dann erlosch der zweite Schirm, der dritte. Der Resultatdrucker hörte auf.
»Der Computer hat sich abgeschaltet«, sagte Gerhard.
»Wahrscheinlich nicht von allein«, sagte Anders.
Er ging mit Janet Ross zum Aufzug.

Sie liefen durch die naßkalte Nacht über den Parkplatz hinüber zum Hauptgebäude. Im Lichtkegel einer Platzlaterne kontrollierte Anders seine Pistole.
»Eins sollten Sie sich merken«, sagte Janet. »Es hat keinen Sinn, ihn mit einer Waffe zu bedrohen. Er reagiert nicht vernunftbetont.«
Anders lächelte. »Weil er zu einer Maschine geworden ist?«
»Er wird einfach nicht reagieren. Wenn er einen Anfall hat, sieht er die Waffe nicht und erkennt sie nicht. Also kann er auch nicht normal darauf reagieren.«
Sie betraten das Krankenhaus durch den hellerleuchteten Haupteingang und gingen weiter bis zu den Aufzügen.
Anders fragte: »An welcher Stelle befindet sich die Atombatterie?«
»Unter der Haut seiner rechten Schulter.«
»Wo genau?«
»Hier«, sagte sie und zeigte ihm die Stelle an ihrer eigenen Schulter.
»Wie groß?«
»Ungefähr so groß wie eine Zigarettenpackung.«

»Okay«, murmelte Anders.
Sie fuhren mit dem Lift in den Keller hinunter. In ihrer Kabine standen zwei uniformierte Polizisten, nervös, unruhig, die Hände an den Pistolentaschen.
Anders deutete auf seine Waffe. »Haben Sie schon einmal mit so etwas geschossen?«
»Nein.«
»Noch nie?«
»Nein.«
Danach sagte er nichts mehr. Die Türen der Kabine glitten auseinander. Kühle Kellerluft schlug ihnen entgegen. Vor ihnen lag der kahle Korridor, nackte Betonwände, Rohre an der Decke, grelle, unfreundliche Beleuchtung. Sie stiegen aus. Die Tür schloß sich hinter ihnen.
Sekundenlang blieben sie lauschend stehen. Außer dem fernen Summen der Notstromanlage war nichts zu hören. Anders flüsterte: »Wer hält sich nachts im Keller auf?«
»Ein paar Mechaniker. Dann die Pathologen, wenn etwas Dringendes zu erledigen ist.«
»Die Labors der Pathologie sind hier unten untergebracht?«
»Ja.«
»Und wo steht der Computer?«
»Hier entlang.«
Sie führte ihn durch den Korridor. Genau vor ihnen lag die Wäscherei. Sie war nachts abgeschlossen, aber vor der Tür standen große Handwagen, hochbeladen mit schmutziger Wäsche. Anders betrachtete eingehend die Wäschebündel, bevor sie zur Zentralküche weitergingen. Die Küche war ebenfalls abgeschlossen, aber die Beleuchtung war noch eingeschaltet. Sie schloß auf und

führte ihn durch die Küche. In den großen, weiß gekachelten Räumen standen in langen Reihen Arbeitstische mit Platten aus rostfreiem Stahl.

»Das ist eine Abkürzung«, erklärte sie. Ihre Schritte hallten auf den Fußbodenfliesen. Anders ging mit leichten Schritten neben ihr her und hielt den Lauf seiner Pistole zur Seite gerichtet.

Aus der Küche gelangten sie in einen weiteren Flur. Er sah fast genauso aus wie der Korridor vor der Küche. Anders sah sie fragend an. Sie merkte, daß er sich nicht mehr auskannte. Auch sie hatte sich in den ersten Wochen in den Weiten des Kellers immer wieder verlaufen.

»Nach rechts«, sagte sie.

Ein Plakat an der Wand zeigte einen Mann mit einer kleinen Schnittwunde am Finger. Darunter stand: ALLE UNFÄLLE DEN VORGESETZTEN MELDEN. Ein Stück weiter hing ein anderes Plakat: BRAUCHEN SIE EIN DARLEHEN, FRAGEN SIE IHRE KREDITBANK.

Sie bogen nach rechts in einen anderen Flur ein und näherten sich einer Reihe von Verkaufsautomaten: Heißer Kaffee, Gebäck, Butterbrote, Schokolade. Sie erinnerte sich gut an die langen Nachtwachen, wenn sie hier heruntergekommen war, um einen Happen zu essen. Das waren noch Zeiten, als ein Arzt ihr wie ein Gott erschien und sie noch voller Hoffnungen steckte. Damals glaubte sie noch an die großen Fortschritte, die sie erleben, an die aufregenden Ereignisse, die sie mitgestalten würde.

Anders ließ den Blick über die Automaten schweifen, dann hielt er inne. Er flüsterte: »Sehen Sie sich das mal an.«

Sie blinzelte erstaunt. Alle Maschinen waren zertrümmert. Auf dem Fußboden lagen Schokoladetafeln und

Plastiktüten mit Wurstbrötchen herum. In kurzen, kräftigen Stößen, wie aus einer angeschnittenen Arterie, spritzte der heiße Kaffee auf den Boden.
Anders umging die Kaffeepfütze und berührte mit dem Finger die Dellen an der Maschine. »Sieht ganz nach einer Axt aus, woher kann er eine Axt haben?«
»Aus einem Feuerwehrschrank.«
»Die Axt liegt hier nirgends«, stellte er fest, nachdem er sich umgesehen hatte. Dann warf er ihr einen Blick zu. Sie gab ihm keine Antwort. Gemeinsam gingen sie wieder den Korridor entlang. Sie näherten sich einer Abzweigung.
»Welche Richtung?«
»Nach links«, antwortete sie. »Wir sind gleich da.«
Vor ihnen machte der Flur wieder eine Biegung. Janet Ross wußte, daß gleich dahinter das Archiv des Krankenhauses kam und anschließend der Computerraum. Bei der Planung war der Computer in unmittelbarer Nachbarschaft des Archivs untergebracht worden, weil nach und nach alle Aufzeichnungen des Krankenhauses gespeichert werden mußten.
Plötzlich erstarrte Anders. Sie blieb stehen und legte lauschend den Kopf schräg. Sie hörte Schritte und ein leises Summen. Jemand summte eine Melodie vor sich hin.
Anders legte den Zeigefinger auf die Lippen und bedeutete Janet mit einer Handbewegung, sich nicht von der Stelle zu rühren. Vorsichtig schlich er auf die Biegung im Korridor zu. Das Summen kam näher. Er blieb stehen und spähte behutsam um die Ecke. Janet Ross hielt den Atem an.
»He!« rief eine Männerstimme. Anders' Arm zuckte plötzlich wie eine Schlange um die Ecke herum. Ein

Mann stürzte zu Boden und rutschte auf Janet zu. »He!« Ein Wassereimer klapperte auf den Beton. Janet erkannte ihn. Es war ein älterer Hausmeister. Sie ging zu ihm hinüber.

»Was zum ...«

»Pst«, machte sie und legte den Finger auf die Lippen. Sie half dem Mann wieder auf die Beine.

Anders kam zurück. »Sie bleiben im Keller«, sagte er zu dem Mann. »Gehen Sie in die Küche und warten Sie dort. Aber gehen Sie ja nicht weg!« Seine Stimme war wie ein wütendes Zischen.

Janet Ross kannte den Grund dieser Anweisung: Wer den Bereich des Kellers verließ, mußte damit rechnen, von den Polizisten oben erschossen zu werden.

Der Mann war verschreckt und verwirrt. Er nickte.

»Es ist schon in Ordnung«, sagte Janet zu ihm.

»Ich hab' doch nichts getan.«

»Hier unten hält sich jemand auf, den wir unbedingt finden müssen«, erklärte sie. »Warten Sie nur, bis alles vorüber ist.«

»Und bleiben Sie in dei Küche«, fügte Anders hinzu.

Der Mann nickte, wischte sich den Staub von der Hose und ging weiter. Einmal drehte er sich kopfschüttelnd um.

Janet Ross und Captain Anders gingen den Korridor entlang, bogen um die Ecke und erreichten das Archiv. Aus der Wand ragte ein großes Schild: KRANKENPROTOKOLLE.

Anders sah sie fragend an. Sie nickte nur.

Sie gingen hinein. Das Archiv war ein riesiger Raum mit deckenhohen Regalen, auf denen die Krankengeschichten der Patienten aufbewahrt wurden. Es sah aus wie eine gigantische Bibliothek. Anders blieb erstaunt stehen.

»Eine Menge Papierkrieg«, bemerkte er. »Sind hier alle Patienten registriert, die jemals im Krankenhaus waren?«

»Nein«, entgegnete sie. »Nur die Patienten aus den letzten fünf Jahren. Die anderen Unterlagen sind in einem Lagerhaus untergebracht.«

»Heiland!« Sie gingen leise zwischen den Regalen entlang. Anders hielt die Pistole schußbereit. Gelegentlich blieb er stehen und spähte durch eine Lücke in den Regalen hinüber zu den anderen Gängen. Niemand war zu sehen.

»Hat hier niemand Nachtdienst?«

»Eigentlich schon.«

Ihr Blick schweifte über die langen Reihen mit den Aufzeichnungen. Das Archiv machte immer einen großen Eindruck auf sie. Als praktizierende Ärztin hatte sie immer sehr viele Patienten vor Augen. Hunderte oder gar Tausende hatte sie kurz untersucht oder auch wochenlang behandelt. Aber das Krankenhausarchiv umfaßte Millionen. Und das war nur *ein* Krankenhaus, in *einer* Stadt, in *einem* Land. Millionen und Abermillionen von Kranken.

»Wir haben auch so etwas«, sagte Anders. »Gehen Ihnen manchmal Aufzeichnungen verloren?«

»Immer wieder.«

Er seufzte. »Bei uns auch.«

In diesem Augenblick kam ein junges Mädchen von höchstens fünfzehn oder sechzehn Jahren um die Ecke. Sie schleppte einen Arm voll Akten. Sofort hob Anders die Pistole. Das Mädchen erschrak, ließ die Akten fallen und öffnete die Lippen zu einem Schrei.

»Still«, zischte Anders.

Der Aufschrei brach mit einem gurgelnden Laut ab, das Mädchen riß entsetzt die Augen auf.
»Ich bin Polizeibeamter«, erklärte Anders. Mit einem Griff zeigte er ihr seinen Ausweis. »Sind Sie hier unten jemandem begegnet?«
»Wem?«
»Diesem Mann.« Er zeigte ihr das Foto.
Sie sah es an und schüttelte den Kopf.
»Bestimmt nicht?«
»Doch ... nein ... ich meine ...«
»Ich glaube, wir sollten jetzt zum Computer gehen«, sagte Janet Ross. Die Angst des jungen Mädchens war ihr irgendwie peinlich. Das Krankenhaus beschäftigte für die Archivarbeit Schülerinnen und Studentinnen.
Janet erinnerte sich, daß sie etwa im selben Alter auch einmal furchtbare Angst gehabt hatte. Sie war mit einem Jungen im Wald spazierengegangen und hatte eine Schlange gesehen. Der Junge machte ihr weis, daß es eine Klapperschlange sei. Sie erschrak furchtbar. Erst viel später erfuhr sie, daß er sie nur angeführt hatte. Es war eine ganz harmlose Natter. Aber die Erinnerung ...
»Wo geht's nun zum Computer?« fragte Anders.
Janet Ross übernahm die Führung. Anders drehte sich noch einmal nach dem Mädchen um, das am Fußboden hockte und die fallengelassenen Unterlagen einsammelte. »Hören Sie«, sagte er, »falls Sie diesen Mann sehen, sprechen Sie nicht mit ihm. Tun Sie überhaupt nichts und schreien Sie nur so laut Sie können. Haben Sie verstanden?«
Sie nickte.
Da wurde Janet klar, daß die Klapperschlange diesmal echt war. Alles war echt.

Sie traten wieder in den Korridor hinaus und gingen weiter bis zu den Computerräumen. Dies war der einzige Teil des Kellers, den man etwas sorgfältiger ausgestattet hatte. Auf dem nackten Betonboden lag ein blauer Spannteppich, und in die Wand hatte man ein großes Fenster gebrochen, durch das man vom Korridor aus einen Blick auf die Computeranlage werfen konnte. Janet erinnerte sich noch an den Einbau des Computers. Das Fenster hatte sie damals für unnötige Verschwendung gehalten. Sie hatte sich deshalb auch an McPherson gewandt.

»Die Leute sollen sehen, was auf sie zukommt«, hatte McPherson geantwortet.

»Was heißt das?«

»Das heißt, daß der Computer nur eine Maschine ist. Größer und teurer als die meisten anderen, aber eben nichts als eine Maschine. Daran sollen sich die Leute gewöhnen. Sie sollen keine Angst davor haben und die Maschine auch nicht anbeten. Sie sollen sich ganz einfach an ihren Anblick gewöhnen.«

Aber jedesmal, wenn sie hierher kam, empfand sie immer das genaue Gegenteil: Die Abteilung war etwas Besonderes. Auf dem Flur lag ein Teppich, alles trug dazu bei, den Computer als etwas Ungewöhnliches, Einmaliges erscheinen zu lassen. Im ganzen Krankenhaus gab es nur noch eine andere Stelle, die mit einem Teppich ausgelegt war: Der Warteraum vor der kleinen Kapelle im ersten Stock. Ein ähnliches Gefühl beschlich sie hier. Man hatte dem Computer einen Schrein errichtet. Machte es dem Computer etwas aus, ob ein Teppich auf dem Boden lag? Die Mitarbeiter des Krankenhauses reagierten jedenfalls auf eigene Weise auf den Anblick

des Computers hinter den Glasscheiben. Jemand hatte ein handgemaltes Schild auf die Scheibe geklebt: BITTE DEN COMPUTER NICHT FÜTTERN UND NICHT NECKEN.
Janet Ross und Captain Anders duckten sich unter dem Fenstersims. Anders warf vorsichtig einen Blick über die Kante.
»Sehen Sie etwas?« fragte sie.
»Ich glaube, ich sehe ihn.«
Sie spähte ebenfalls hinein. Dabei wurde ihr bewußt, daß ihr Herz plötzlich heftig klopfte. Alle Muskeln an ihrem Körper waren erwartungsvoll gespannt. In der Halle standen sechs Magnetbandgeräte, ein großes L-förmiges Schaltpult für die Zentralsteuerung, ein Ergebnisdrukker, ein Lochkartenleser, zwei Plattentische. Alle Apparate waren eckig, blitzten und schimmerten. Von der Decke strahlte das schattenlose Neonlicht. Sie sah niemanden, nur die einsamen Apparate. Der Anblick erinnerte sie an den Heiligen Hain von Stonehenge, an die Reihen senkrecht aufgerichteter Steintafeln.
Dann erblickte sie ihn. Zwischen zwei Magnetbandgeräten bewegte sich ein Mensch. Schwarzes Haar über einem weißen Kittel.
»Er ist es«, sagte sie.
»Wo ist die Tür?« fragte Anders. Überflüssigerweise kontrollierte er noch einmal seine Waffe. Mit einem lauten Klick schnappte das Magazin ein.
»Da drüben.« Sie zeigte den Korridor entlang. Bis zur Tür waren es etwa drei Meter.
»Gibt es noch andere Eingänge?«
»Nein.«
Ihr Herz pochte immer noch. Sie sah Anders an, seine Pistole, dann wieder sein Gesicht.

»Okay, Sie bleiben hier in Deckung.« Anders drückte sie auf den Boden herunter. Dann kroch er geduckt auf die Tür zu. Er hielt inne, richtete sich kniend auf und warf ihr über die Schulter einen Blick zu. Sie stellte überrascht fest, daß er Angst hatte. Seine Miene wirkte starr, sein Körper war verkrampft. Er hielt den Arm mit der Pistole steif ausgestreckt.

Wir alle haben Angst, dachte sie.

Dann stieß Anders mit einem lauten Krach die Tür auf und hechtete in den Computerraum. »Benson!« hörte sie ihn schreien, dann knallte sofort ein Schuß. Ein zweiter folgte, ein dritter. Sie konnte nicht sagen, wer von den beiden feuerte. Sie sah nur Anders' Füße, denn er lag dicht hinter der Tür auf dem Teppich. Aus der Öffnung wälzte sich grauer Rauch und kräuselte zur Decke des Korridors empor.

Noch zwei weitere Schüsse krachten, dann ertönte ein lauter Schmerzensschrei. Sie schloß die Augen und preßte ihre Wange gegen den rauhen Teppich.

Anders rief: »Benson! Ergeben Sie sich, Benson!«

Es hat keinen Zweck, dachte sie. Warum begriff Anders das nicht?

Die nächsten Schüsse knallten in rascher Folge. Plötzlich zersplitterte über ihr das Glasfenster, die Scheibe fiel ihr in großen Stücken aufs Haar und auf die Schultern. Sie schüttelte sich. Zu ihrer Verwunderung landete Benson auf dem Fußboden neben ihr. Er war durch das Glas gesprungen und hätte sie dabei fast gerammt. Sein Körper war nur einen Schritt von ihr entfernt. Sie sah, daß sein linkes Hosenbein blutdurchtränkt war. »Harry ...«

Ihre Stimme war ein eigenartiges Krächzen. Sie fürchtete sich. Sie wußte, daß sie vor diesem Mann keine Angst haben durfte, weil sie ihm dann nicht helfen konnte, weil es ein Verrat an ihrer Standespflicht als Ärztin war und sie sein Vertrauen kosten konnte – aber sie fürchtete sich trotzdem.

Benson starrte sie mit einem leeren Blick an. Dann lief er durch den Korridor davon. »Harry, warten Sie.«

»Lassen Sie nur«, sagte Anders. Er kam aus dem Computerraum und sprintete mit schußbereiter Pistole hinter ihm her.

Das sah so absurd aus, daß sie unter anderen Umständen laut gelacht hätte. Bensons rasche Schritte wurden im Tunnel des Korridors immer leiser. Dann bog Anders um die nächste Ecke. Die Schritte beider Männer vermischten sich zu einem harten Stakkato.

Sie war allein. Benommen erhob sie sich. Bei dem Gedanken an das, was nun geschehen mußte, wurde ihr übel. Benson würde wie ein gehetztes Tier auf einen der Notausgänge zulaufen. Sobald er draußen auftauchte, wo man gefahrlos eine Waffe gebrauchen konnte, würde ihn der nächstbeste Polizist niederschießen. Es gab keinen Fluchtweg. Dieses makabre Ende wollte sie nicht miterleben.

Sie betrat den Computerraum und sah sich um. Der Hauptcomputer war zerstört. Zwei Magnetbandgeräte waren umgeworfen. Das große Schaltpult wies ein paar kleine, runde Löcher auf, aus denen Funken stoben und auf den Boden herunterspritzten. Dagegen muß ich etwas tun, dachte sie. Ein Feuer könnte ausbrechen. Als sie sich nach dem Feuerlöscher umschaute, sah sie Bensons Axt in der Ecke liegen. Dann erblickte sie den Revolver.

Vorsichtig hob sie ihn hoch. Er war überraschend schwer, viel schwerer, als sie gedacht hatte. Sie wußte, daß An-

ders seine Waffe noch hatte. Es mußte also Bensons Revolver sein. Sie sah ihn fragend an, als könnte er ihr über den Besitzer Auskunft geben.
Irgendwo im Keller verhallten in rascher Folge vier Schüsse. Ihr Echo kroch durch das Labyrinth der Gänge. Sie trat zu dem zerbrochenen Fenster und beugte sich hinaus. Es war nichts zu sehen, nichts zu hören.
Es ist sicher schon alles vorbei, dachte sie. Das Knistern der Funken hinter ihr veranlaßte sie, sich umzudrehen. Hinzu kam ein monotones klatschendes Geräusch. Eines der Magnetbänder war abgelaufen, und das lose Ende des Bandes schlug rhythmisch bei jeder Umdrehung gegen das Metall.
Sie ging zu dem Gerät hin und schaltete es ab. Über einen der Bildschirme flimmerte immer wieder das Wort ERMINA ERMINA ERMINA Dann krachten weitere Schüsse, nicht mehr so weit weg wie die anderen, und sie merkte daran, daß Benson offenbar noch immer am Leben war. Sie stand in einer Ecke des verwüsteten Computerraums und wartete.
Ein weiterer Schuß, diesmal ganz in der Nähe.
Als sie Schritte kommen hörte, duckte sie sich hinter eine der aufrechtstehenden Magnetbandkonsolen. Eine lächerliche Situation – erst hatte sich Benson hinter den Computern versteckt, jetzt stand sie geduckt hinter den Metallsäulen, als könnten diese sie beschützen.
Sie hörte ein heftiges Keuchen. Die Schritte verhielten. Die Tür zum Computerraum wurde geöffnet und krachend wieder zugeschlagen. Von ihrem Versteck aus konnte sie nicht sehen, was vorging.
Andere Schritte liefen draußen auf dem Korridor an der Tür vorbei und verklangen hinter der nächsten Ecke.

Dann war alles still. Sie hörte nur das keuchende Atmen und ein leises Husten.
Sie richtete sich auf.
Harry Benson lag in seiner zerfetzten Kleidung, mit dem Rücken an die Wand gelehnt, auf dem blauen Teppich. Sein linkes Hosenbein war jetzt über und über mit Blut bedeckt. Er schwitzte und atmete in kurzen, rasselnden Stößen. Er starrte geradeaus und schien nichts mehr wahrzunehmen.
Sie packte den Revolver fester und empfand so etwas wie ein Hochgefühl. Jetzt konnte doch noch alles gut werden. Sie würde ihn lebend zurückschaffen. Die Polizei hatte ihn nicht getötet, und durch einen unglaublichen Glücksfall hatte sie ihn jetzt für sich allein. Sie war froh darüber. »Harry!«
Langsam wandte er den Kopf und blinzelte. Erst schien er sie nicht zu erkennen, dann lächelte er. »Hallo, Frau Doktor Ross.«
Es war ein freundliches Lächeln. Für eine Sekunde sah sie McPhersons weißhaarigen Schädel vor sich und hörte, wie er sie zur Rettung des Projekts beglückwünschte und sich bedankte, weil sie Benson lebend zurückgebracht hatte.
Ohne jeden Zusammenhang fiel ihr dann ein, wie ihrem Vater während der Verleihung des staatlichen Diploms plötzlich übel geworden war und er den Raum hatte verlassen müssen. Warum dachte sie ausgerechnet daran?
»Es wird alles wieder gut, Harry«, sagte sie. Zu ihrer eigenen Freude klang ihre Stimme ruhig und zuversichtlich. Da sie ihn beruhigen wollte, blieb sie bewegungslos stehen. Zwischen ihm und ihr war immer noch die Datenbank des Computers.

Er atmete heftig, und beide schwiegen sie eine ganze Weile. Er sah sich die Verwüstung ringsum an.
»Ich hab's also doch getan«, murmelte er. »Ich hab's getan – oder nicht?«
»Es wird alles wieder gut, Harry«, wiederholte sie. Dabei legte sie sich schon einen Plan zurecht. Noch in der Nacht würde man sein Bein operieren und gleich am Morgen den Computer abschalten, die Elektroden neu programmieren und den begangenen Fehler korrigieren. So konnte eine Katastrophe verhindert werden. Sie hatte wirklich unfaßbares Glück. Ellis durfte sein Haus behalten. McPherson würde Gelegenheit bekommen, mit der NPFA in neue Bereiche vorzustoßen. Alle würden dankbar sein. Man würde ihre Leistung anerkennen und sie zu schätzen wissen . . .
»Doktor Ross . . .«
Mit schmerzverzerrtem Gesicht richtete er sich auf.
»Nicht bewegen, Harry. Bleiben Sie, wo Sie sind.«
»Ich muß aber.«
»Bleiben Sie liegen, Harry.«
Bensons Augen blitzten auf, das Lächeln war verschwunden. »Nennen Sie mich nicht immer Harry. Für Sie bin ich immer noch Mister Benson.«
Seine Stimme klang zornig. Das überraschte und beunruhigte sie. Sie wollte ihm doch helfen. Begriff er denn nicht, daß sie der einzige Mensch war, der ihm trotz allem helfen wollte. Die anderen wünschten sich nur noch seinen Tod.
Er bemühte sich, fest auf den Beinen zu stehen.
»Rühren Sie sich nicht, Harry.« Sie zeigte ihm den Revolver. Es war eine feindselige Bewegung, eine aggressive Geste. Er hatte sie wütend gemacht. Sie wußte, daß das

eigentlich nicht passieren durfte, aber sie konnte sich nicht beherrschen.
Er lächelte wie ein kleines Kind. »Das ist doch mein Revolver.«
»Jetzt habe ich ihn.«
Sein Gesicht war verzerrt – teils ein Lächeln, teils eine schmerzhafte Grimasse. Er stand aufrecht und lehnte sich schwer an die Wand. Auf dem Teppich hatte sich eine dunkelrote Lache gebildet. Er starrte den Fleck an.
»Ich bin verletzt«, sagte er.
»Bewegen Sie sich nicht. Es wird alles wieder gut.«
»Er hat mir eine Kugel ins Bein geschossen.« Er hob den Kopf und sah sie lächelnd an. »Sie würden doch niemals abdrücken, wie?«
»Doch, wenn es sein müßte.«
»Sie sind meine Ärztin.«
»Bleiben Sie, wo Sie sind, Harry.«
»Ich glaube nicht, daß Sie schießen könnten«, sagte Benson. Er machte einen Schritt auf sie zu.
»Nicht näher kommen, Harry.«
Er lächelte und machte noch einen unsicheren Schritt, schwankte, behielt aber das Gleichgewicht. »Ich glaube es Ihnen nicht.«
Seine Worte jagten ihr Angst ein. Sie fürchtete, daß sie auf ihn schießen würde, und sie fürchtete auch, daß sie es nicht tun konnte. Die Situation war unwirklich. Sie war hier allein mit diesem Mann, umgeben von den Wracks der Computeranlage.
»Anders!« rief sie. »Anders!« Ihre Stimme hallte durch die Kellergänge.
Benson kam noch einen Schritt näher. Sein Blick war fest auf ihr Gesicht gerichtet. Er taumelte und stützte sich

schwer auf einen der Datenspeicher. Seine helle Jacke riß dabei unter dem Arm auf. Benommen betrachtete er den Riß. »Ich habe...«

»Bleiben Sie stehen, Harry! Bleiben Sie stehen!« Es ist, als wenn man zu einem Tier spricht, dachte sie. Bitte die Tiere nicht necken und nicht füttern. Sie kam sich vor wie der Löwenbändiger in einem Zirkus.

Benson klammerte sich für ein paar Sekunden an den Datenspeicher und keuchte schwer. »Ich will den Revolver haben«, sagte er dann. »Ich brauche ihn – geben Sie mir den Revolver.«

»Harry...«

Ächzend stieß er sich von dem Kasten ab und kam wieder auf sie zu.

»Anders!!«

»Es hat keinen Zweck«, sagte Benson. »Die Zeit ist abgelaufen, Frau Doktor Ross.« Sein Blick war fest auf sie gerichtet. Sie sah, wie sich in einer Stimulation kurz die Pupillen weiteten. »Das ist schön«, murmelte er und lächelte.

Durch die Stimulation gewann sie ein wenig Zeit. Er blieb stehen und genoß das Gefühl des Elektroschocks. Dann klang seine Stimme ruhig und distanziert. »Sehen Sie«, sagte er, »alle sind hinter mir her. Sie haben ihre kleinen Computer auf mich gehetzt. Das Programm heißt Jagd. Jagen und töten. Das Programm aller Menschen heißt jagen und töten. Verstehen Sie das?«

Er war nur noch einen Schritt von ihr entfernt. Sie hielt den Arm mit dem Revolver steif ausgestreckt, wie sie es bei Anders beobachtet hatte. Nur ihre Hand zitterte.

»Bitte kommen Sie nicht näher, Harry«, sagte sie.

Er lächelte. Dann machte er noch einen Schritt.

Sie wußte selbst nicht, was sie tat. Aber sie drückte auf den Abzug, die Waffe krachte. Das Geräusch war so laut, daß es schmerzte, und der Rückstoß riß ihr den Arm hoch. Fast hätte sie das Gleichgewicht verloren. Sie wurde gegen die Wand zurückgeschleudert.
Benson blieb stehen und blinzelte in den Pulverdampf. Dann lächelte er wieder. »So einfach ist das nicht.«
Sie hielt den Revolver mit beiden Händen fest. Er fühlte sich warm an. Sie hob die Waffe, aber ihre Hände zitterten noch heftiger als zuvor.
Benson kam näher.
»Halt, Harry, ich meine es ernst.«
Eine Flut von Bildern glitt an ihren Augen vorbei. Sie sah Benson bei ihrer ersten Begegnung, einen bescheidenen Mann mit einer schrecklichen Krankheit. Sie sah vor sich eine Montage all der stundenlangen Gespräche, der Tests, der Versuche mit Medikamenten. Er ließ alles brav über sich ergehen, er war ehrlich, und er hatte Angst. Er war nicht schuld an dem, was geschehen war. Sie war schuld daran und Ellis und McPherson und Morris.
Da sah sie Morris vor sich. Sein zerschmettertes Gesicht.
»Doktor Ross«, sagte Benson. »Sie sind meine Ärztin. Sie würden nie etwas tun, was mir schadet.«
Er stand jetzt ganz dicht vor ihr. Seine Hände streckten sich nach dem Revolver aus. Sie zitterte am ganzen Körper, starrte wie hypnotisiert auf diese Hände, die nur noch wenige Zentimeter vom Lauf der Waffe entfernt waren, die danach griffen...
Da drückte sie ab.
Benson zuckte wie vom Blitz getroffen zurück und versuchte mit einer unfaßbaren Beweglichkeit der Kugel auszuweichen. Das freute sie. Es war ihr also gelungen,

ihn abzuwehren, ohne ihn zu verletzen. Jeden Augenblick konnte Anders ihr zu Hilfe kommen, ihn überwältigen und in den OP schaffen.
Benson krachte gegen den Resultatdrucker und riß ihn um. Der Apparat begann monoton zu klappern und schrieb irgendeine Meldung aus. Benson drehte sich auf den Rücken. In heftigen Stößen quoll Blut aus seiner Brust. Seine Jacke tränkte sich dunkelrot.
»Harry?« fragte sie. Er regte sich nicht.
»Harry, Harry!«
Was dann geschah, wußte sie nicht mehr genau. Anders kam zurück und nahm ihr den Revolver aus der Hand. Er führte sie beiseite, dann kamen drei Männer in grauen Uniformen mit einem geschlossenen Behälter auf einer Tragbahre. Sie öffneten den Behälter, der mit einem seltsamen gelben Isoliermaterial ausgekleidet war. Sehr behutsam hoben sie Benson hoch und legten ihn in den Behälter. Sie schlossen und versiegelten ihn. Zwei Männer trugen ihn weg. Ein dritter ging mit einem laut klappernden Geigerzähler durch den Raum. Das Geräusch erinnerte sie an einen wütenden Affen. Er kam auf sie zu. Sie sah sein Gesicht unter dem grauen Helm nicht, weil die Sichtplatte beschlagen war.
»Sie müssen diesen Raum verlassen«, sagte der Mann.
Anders legte ihr den Arm um die Schultern. Da begann sie zu weinen.

Bibliographie

Allgemeines

1. WIENER, NORBERT. *The Human Use of Human Beings: Cybernetics and Society.* Boston: Houghton Mifflin, 1954; Avon paperback, 1967; deutsch: *Mensch und Menschmaschine. Kybernetik und Gesellschaft.* Frankfurt 1966.

Die erste und bedeutendste Aussage über das Verhältnis Mensch und Maschine.

2. WOOLDRIDGE, D. E. *The Machinery of the Brain.* New York: McGraw-Hill, 1963; deutsch: *Mechanik der Gehirnvorgänge.* München 1967.

Eine ungewöhnliche Beschreibung der Gehirnfunktionen.

3. LONDON, P. *Behavior Control.* Harper & Row, 1969; Perennial paperback, 1971.

Ein eingängiges Buch, das die Gehirnchirurgie zusammenhängend mit anderen Formen der Verhaltenskontrolle darstellt.

4. WOLSTENHOLME, G., ed., *Man and His Future.* London. Churchill, 1963.

Mit besonderem Hinweis auf das Kapitel von Hoagland über die verschiedenartigen Betrachtungsweisen der Verhaltenskontrolle.

5. KOESTLER, A. *The Ghost in the Machine.* New York: Macmillan, 1967; deutsch: *Das Gespenst in der Maschine.* Wien, München.

Siehe besonders Kapitel 16 über die drei Gehirne.

6. DELGADO, J. M. R. *Physical Control of the Mind: Toward a Psychocivilized Society.* New York: Harper & Row, 1968; deutsch: *Gehirnschrittmacher. Direktinformation durch Elektroden.* Berlin.

Ausführliche Darstellung der Gehirnchirurgie – in allgemeinverständlicher Sprache – von ihren Anfängen bis heute einschließlich der Zukunftstendenzen, beschrieben von einem der prominentesten Forscher und Vertreter der Technik.

7. MARK, V., and ERVIN, F. *Violence and the Brain.* New York: Harper & Row, 1970.

Stellt die psychomotorische Epilepsie in Zusammenhang mit gewalttätigen Ausbrüchen; eine bemerkenswerte Sachdiskussion über gehirnchirurgische Techniken, mit Bilddokumenten.

8. CALDER, NIGEL. *The Mind of Man.* New York: Viking, 1970.

Anschauliche, reich illustrierte Übersicht der Hirnforschung; erfordert keine wissenschaftlichen Vorkenntnisse. Der Inhalt ist teilweise oberflächlich.

9. BRUNER, JEROME. *On Knowing, Essays for the Left Hand.* Cambridge: Harvard University Press, 1962.

Ein brillantes Werk. Siehe speziell den Aufsatz über die Kontrolle des menschlichen Verhaltens.

10. APTER, MICHAEL J. *The Computer Simulation of Behavior.* New York: Harper Colophon, 1971.

Ausführliche Arbeit mit sehr guten Quellenhinweisen, wenn auch streckenweise nicht ganz klar.

11. LEGEWIE, HEINER und WOLFRAM EHLERS. *Knaurs moderne Psychologie.* München, Zürich, 1972.

12. POLLAK, KURT. *Knaurs Lexikon der modernen Medizin.* München, Zürich, 1972.

1. DELGADO, J. M. R., et al. »Intracerebral Radio Stimulation and Recording in Completely Free Patients.« *J. Nervous and Mental Disease,* 147 (1968): pp. 329–340.

2. FENTON, G. W., et al. »Homicide, Temporal Lobe Epilepsy and Depression: A Case Report.« *Brit. J. Psychiatry,* 111 (1965): pp. 304–306.

Eine typische Fallbeschreibung.

3. KENNA, J. C., et al. »Depersonalization in Temporal Lobe Epilepsy and the Organic Psychoses.« *Brit. J. Psychiatry,* 111 (1965): pp. 293–299.

4. HOLOWACH, J., et al. »Psychomotor Seizures in Childhood, a Clinical Study of 120 Cases.« *Pediatrics,* 59 (1961): pp. 339–345.

Gute Darstellung des Wesens der Krankheit einschließlich ihrer Ausprägung bei Kindern.

5. SERAFETINIDES, E., et al. »Some Observations on Memory Impairment After Temporal Lobectomy for Epilepsy.« *J. Neurol. Neurosurg. Psychiat.,* 25 (1962): pp. 251–255.

Es werden die Schwierigkeiten dargestellt, die in der Alternative zwischen chirurgischer Therapie und stereotaktischem Vorgehen liegen.

6. HOMMES, O. R. »Psychomotor Epilepsy: A. Neurological Approach to Hysteria.« *Psychiat. Neurol. Neurochir.,* 67 (1964): pp. 497–519.

Ungewöhnliche Symptome bei fünf Patienten.

7. SERAFETINIDES, E. A. » Aggressiveness in Temporal Lobe Epileptics and its Relation to Cerebral Dysfunction and Environmental Factors.« *Epilepsia,* 6 (1965): pp. 33–42.

Von 100 Schläfenlappen-Epileptikern dieser Untersuchung zeigten 36 ein aggressives Verhalten. Die

meisten wiesen gleichzeitig Charakterveränderungen auf.
8. GREENBERG, R., et al. »Sleep Patterns in Temporal Lobe Epilepsy.« *Comprehensive Psychiatry,* 9 (1968): pp. 194–199.
9. GREEN, J. R. »Temporal Lobectomy, with Special Reference to Selection of Epileptic Patients.« *J. Neurosurg.,* 26 (1966): pp. 584–593.
Eine informative Übersicht.
10. FALCONER, M. A. »Surgical Treatment of Temporal Lobe Epilepsy.« *New Zealand. Med. J.,* 66(1964): pp. 539–542.
Monographie über die operative Schläfenlappen-Entfernung.
11. CHASE, R. A., et al. »Ictal Speech Automatisms and Swearing: Studies on the Auditory Feedback Control of Speech.« *J. Nervous and Mental Disease,* 144 (1967): pp. 406–420.
12. ELLINWOOD, E. H., Jr. »Amphetamine Psychosis: Theoretical Implications.« *International J. of Neuropsych.,* 4 (1968): pp. 45–54.
Weist auf die Ähnlichkeit einer Amphetamin-Psychose und die Psychosen hin, die Folgen von Schläfenlappen-Epilepsie sind.
13. HIERONS, R., et al. »Impotence in Patients with Temporal Lobe Lesions.« *Lancet,* 2 (1966): pp. 761–763.
14. WEISS, A. A. »Psychodiagnostic Follow-Up of Eight Cases of Temporal Lobectomy.« *Israel Ann. Psychiat.,* 3–4 (1962): pp. 259–266.
15. FALCONER, M. A. »Problems in Neurosurgery: 1. Temporal Lobe Epilepsie.« *Trans. Med. Soc. London,* 82 (1967): pp. 111–126.
16. FALCONER, M. A., et al. »Temporal Lobe Epilepsy Due to

Distant Lesions: Two Cases Relieved by Operation.« *Brain*, 85 (1961): pp. 521–534.

17. SERAFETINIDES, E. A., et al. »The Effects of Temporal Lobectomy in Epileptic Patients with Psychosis.« *J. Ment. Sci.*, 108 (1962): pp. 584–593.

Eine Arbeit, die nachweist, daß normalerweise die psychische Desorientierung gleichzeitig mit der Epilepsie ihr Ende findet, jedoch bei schizophrenen und schizophren-ähnlichen Psychosen unberührt von der Behandlung weiterbestehen kann.

18. REIHER, J., et al. »Combined Electroencephalography and Sonoencephalography in Temporal Lobe Epilepsy.« *Neurology*, 19 (1969): pp. 157–159.

19. BISHOP, M. P., et al. »Intracranial Self-Stimulation in Man.« *Science*, 140 (1963): pp. 394–396.

20. BLOCH, S. »Aetiological Aspects of the Schizophrenia-Like Psychosis of Temporal Lobe Epilepsy.« *Med. J. Australia*, 66 (1969): pp. 451–453.

21. ANASTASOPOULOS, G., et al. »Transient Bulimia-Anorexia and Hypersexuality Following Pneumoencephalography in a Case of Psychomotor Epilepsy.« *J. Neuropsych.*, 4 (1963): pp. 135–142.

22. FENYES, I., et al. »Temporal Epilepsies with Deep-seated Eliptogenic Foci: Postoperative Course.« *Archives of Neurology*, 4 (1964): pp. 559–571.

23. ADAMS, JOHN E. »The Future of Stereotaxic Surgery.« *J. Am. Med. Assn.*, 198 (1966): pp. 648–652.

Eine Zusammenfassung anderer Anwendungsbereiche dieser Operationsmethode.

24. RAND, R. W., et al. »Chronic Stereotactic Implantation of Depth Electrodes for Psychomotor Epilepsy.« *Acta Neurochirurgica*, 11 (1968): pp. 609–630.

In technischer Hinsicht besonders klare Darstellung der stereotaktischen Techniken.
25. STEVENS, J. R. »Psychiatric Implications of Psychomotor Epilepsy.« *Arch. Gen. Psych.*, 14 (1966): pp. 461–471.
26. BENNET, A. E. »Mental Disorders Associated with Temporal Lobe Epilepsy.« *Dis. of the Nervous System*, 26 (1965): pp. 275–280.
27. KOLARSKY, A., et al. »Male Sexual Deviation: Association with Early Temporal Lobe Damage.« *Arch. Gen. Psychiat.*, 17 (1967): pp. 735–743.
28. CRANDALL, P. H., et al. »Clinical Applications of Studies on Stereotactically Implanted Electrodes in Temporal Lobe Epilepsy.« *J. Neurosurgery*, 20 (1964): pp. 827–840.
29. WALKER, E. A. »Temporal Lobectomy.« *J. Neurosurgery*, 26 (1966): pp. 642–649.
Beschreibung eines Alternativ-Verfahrens.
30. GLASER, C. H. »The Problem of Psychosis in Psychomotor Temporal Lobe Epileptics.« *Epilepsia*, 5 (1964): pp. 271–278.
31. HUNTER, R., et al. »Temporal Lobe Epilepsy Supervening on Longstanding Transvestism and Fetishism: A Case Report.« *Epilepsia*, 4 (1963): pp. 60–65.
32. DUFFY, J. C., et al. »Psychic and Somatic Interactions in Psychomotor Epilepsy.« *Psychosomatics*, 7 (1966): pp. 353–356.
33. STROBOS, R. J., et al. »Mechanisms in Temporal Lobe Seizures.« *Arch. Neurology*, 5 (1961): pp. 48–57.
34. STEVENSON, H. G. »Psychomotor Epilepsy Associated with Criminal Behaviour.« *Med. J. Australia*, 60 (1963): pp. 784–785.
35. ROTH, M., et al. »Temporal Lobe Epilepsy and the Pho-

bic Anxiety-Depersonalization Syndrome.« *Comprehensive Psychiatry*, 3 (1963): pp. 130–151, 215–226.
36. AIRD, R. B., et al. »Antecedents of Temporal Lobe Epilepsy.« *Arch. Neurology*, 16 (1967): pp. 67–73.

Elektronik

1. YATTEAU, R. F. »Radar-Induced Failure of a Demand Pacemaker.« *New Eng. J. Med.*, 283 (1971): pp. 1447–1448.
2. CARLETON, R. A., et al. »Environmental Influence on Implantable Cardiac Pacemakers.« *J. Am. Med. Assn.*, 190 (1964): pp. 938–940.
3. PICKERS, B. A. »Inhibition of a Demand Pacemaker and Interference with Monitoring Equipment by Radio-Frequency Transmissions.« *Brit. Med. J.*, 2 (1969): pp. 504–506.
4. NORMAN, J. C., et al. »Implantable Nuclear-Powered Cardiac Pacemakers.« *New Eng. J. Med.*, 283 (1971): pp. 1203–1206.
5. KNAPP, D. L., et al. »Nuclear Electrical Power Sources for Biomedical Applications.« Proceedings of the Fourth Intersociety Energy Conversion Engineering Conference, Washington, D. C., September 22–26, 1969. New York: American Institute of Chemical Engineers, 1969, pp. 101–106.
6. SLOTNICK, D. L. »The Fastest Computer.« *Sci. Am.*, 224 (1971): pp. 76–87.

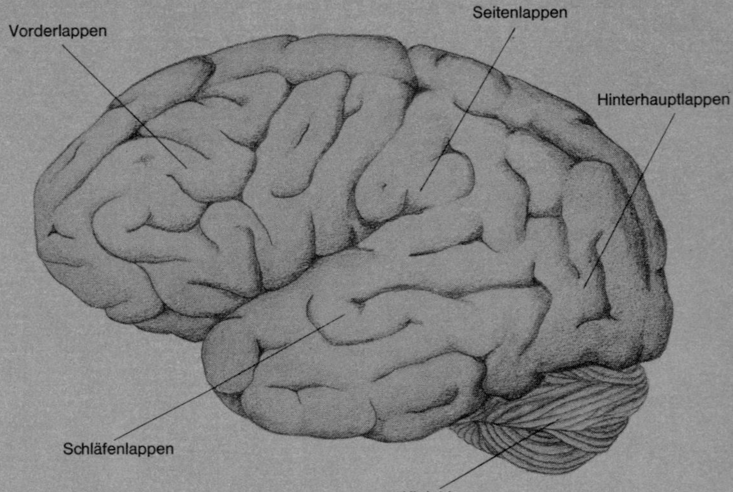

Gehirn (Seitenansicht)

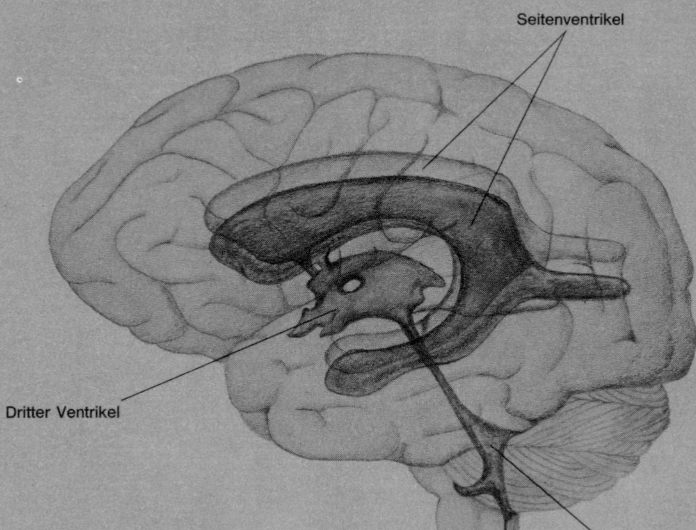

Hohlräume des Gehirns